Old New York

纽约往事

[美]詹姆斯·布兰德·马修斯/著

朱燕楠 王力军 徐蓓思/译

中国青年出版社

（京）新登字083号

图书在版编目（CIP）数据

纽约往事／[美]马修斯著；徐蓓思等译.—北京：中国青年出版社，2015.3
（作家与城）
ISBN978-7-5153-3095-2

Ⅰ.①纽… Ⅱ.①马…②徐… Ⅲ.①故事—作品集—美国—现代
Ⅳ.①I712.45

中国版本图书馆CIP数据核字（2015）第008496号

责任编辑：李　茹　　liruice@163.com
特约编辑：王瑜玲　徐　心　朱燕楠
装帧设计：瞿中华
封面插图：李清睿

出版发行：中国青年出版社
社址：北京东四十二条21号
邮政编码：100708
网址：www.cyp.com.cn
编辑部电话：（010）57350508
门市部电话：（010）57350370
印刷：北京科信印刷有限公司
经销：新华书店
开本：787×1092　1/32
印张：12.75
字数：184千字
版次：2015年3月北京第1版
印次：2015年3月北京第1次印刷
定价：35.00元

本图书如有印装质量问题，请凭购书发票与质检部联系调换
联系电话：（010）57350337

目录

缘起·代序 ——————003
作者小传 ——————007

曼哈顿花絮

致西奥多·罗斯福的信 ——————019
小教堂中的葬礼 ——————021
二月二十九 ——————028
预展见闻 ——————037
小街之春 ——————052
装饰日遐思 ——————061
寻找地方色彩 ——————074
破晓之前 ——————092
仲夏夜 ——————105
中央公园 ——————125
晚宴演讲 ——————135

感恩节晚餐 ——————150

生活的困境 ——————165

曼哈顿情缘

与马林斯派克小姐的会面 ——————187

告别信 ——————200

底层社会一瞥 ——————215

华尔街求爱记 ——————231

春潮涌动 ——————250

麦克道尔·苏特洛的不眠夜 ——————266

纠结 ——————288

单人交响乐团 ——————302

新剧排演 ——————320

盘上的蜡烛 ——————350

男人、女人和马 ——————366

新年前夜的守候 ——————386

译后记 ——————405

缘起·代序

"作家与城"系列是一套奇妙的作品。

之所以说是"奇妙",一是缘于成书的方式——图书的引进、实现者就是它的读者,这些古老的经典,借由互联网的思维方式在当下呈现。

书的选题全部来源于中国最大的译者社区——"译言网"用户自主地发现与推荐,是想把它们引进中文世界的读者们认定了选题,而这些书曾影响了那个时代,这些书的作者成就了作品,也成了大师。

每本书的译者,在图书协作翻译平台上,从世界各地聚拢在以书为单位的项目组中。这些天涯海角、素昧平生,拥有着各种专业背景和外语能力的合作伙伴在网络世界中因共同的兴趣、共有的语言能力和相互认同的语言风格而交集。

书中的插图是每本书的项目负责人和自己的组员们，依据对内容的理解、领悟寻找发掘而来。

每位参与者的感悟与思索除了在译文内容中展现，还写进了序言之中，将最本初的想法、愿望、心路历程直接分享给读者。因此，序也是图书不可分割的内容，是阅读的延伸……

所以，这套书是由你们——读者创造出来的。

二是缘于时间与空间的奇妙结合——古与今、传统与现代在这里形成了穿越时空的遇见。

百多年前的大师们，用自己的笔和语言，英语、法语、德语、日语……来描摹那时的城市，在贴近与游离中抒发着他们与一座城的情怀。而今天的译者们，他们或是行走在繁华的曼哈顿街头，在MET和MOMA的展馆里消磨掉大部分时间；或是驻足在桃花纷飞的爱丁堡，写下"生命厚重的根基不该因流动而弱化"这样的译者序言；又或者流连在东京的街头，找寻着作为插图的老东京明信片……他们与大师们可能走在同一座城的同一条路上，感觉着时空的变幻,文明的演化,用现代的语言演绎着过去,用当代的目光考量着曾经的过往。

然后,这些成果汇集在了"译言·古登堡项目"中,将被一个聚合了传统与现代的团队来呈现。这里有——电脑前运行着一个拥有着400多位图书项目负责人、1500多名稳定译者,平台上同时并行着300多个图书项目的译言图书社区小伙伴们;有对图书质量精益求精的中青社图书编辑;有一位坚持必须把整本的书稿看完才构思下笔的设计师……一张又一张的时间表,一个又一个的构思设想,一次又一次的讨论会……

就这样,那些蜚声文坛的大师们、那些他们笔下耳熟能详的城市带着历史的气息,借由互联网的方式进入了中文世界,得以与今天翻开这本书的你遇见……

好的书籍是对人类文化的礼赞,是对创作者的致敬。15世纪中叶,一个名叫约翰内斯·古登堡的德国银匠发明了一种金属活字印刷方法。从此,书籍走出了象牙塔,人类进入了一个信息迅速、廉价传播的时代,知识得以传播,民智得以开启,现代工业文明由此萌发。

今天,互联网的伟大在于它打破了之前封闭的传承模式，摒弃了不必要的中间环节。人的一生何其短暂，人类文明的积淀浩如烟海，穷其一生的寻寻觅觅都不可能窥探其一二。而互联网给人们、给各个领域以直面的机会，每个人都可以参与，每个人都有机会做到。人类文明的积淀得以被唤醒、被发现，得以用更快、更高效的方式在世界范围内传播。

"让经典在中文世界重生"——"译言·古登堡项目"的灵感是对打开文明传播之门的约翰内斯·古登堡的致敬。这个项目的创造力，来自于社区，来自于协作，来自于那些秉承参与和分享理念的用户，来自于新兴的互联网思维与历史源远流长的出版社结合在一起的优秀团队。

从策划到出版是"发现之旅"——发现中文世界之外的经典，发现我们自身；是"再现之旅"——让经典在中文世界重生。这套作品的出版是对所有为之付出智慧、才华、心血的人们的礼赞。

这是多么奇妙的事情，多么有意思的事业。

我的朋友，当你打开这本书的时候也是开启了一段缘。我们遇见了最好的彼此。也许，你就是我们下一本书的发现者、组织者或是翻译者……

所以，这就让这段"缘起"代序吧。

作者小传

詹姆斯·布兰德·马修斯（James Brander Matthews，1852年2月21日—1929年3月31日）是美国作家、教育家、评论家，美国首位戏剧文学教授。他兴趣广泛，从莎士比亚、莫里哀、易卜生到法国的马路喜剧、民间剧场以及同时代的新现实主义都是他的研究对象。

马修斯出生于新奥尔良的一个富裕家庭，成长在纽约市。1871年，他从哥伦比亚学院[※1]毕业，是那里的爱辩者社团和Delta Psi兄弟会的成员，1873年，他又从哥伦比亚法学院毕业。然而，他对法律兴趣寥寥，由于家道殷

※1　1896年更名为哥伦比亚大学。

实，他无须打工谋生，转而踏上文学之路，在19世纪末发表了诸多小说、剧本、戏剧评论、演员传记以及城市生活随笔集。

1892年到1900年间，他是哥伦比亚大学的文学教授，而后一直担任戏剧文学教授直到1924年退休。作为一名教师，他魅力四射，讲课引人入胜，对学生要求也高。他的影响之大甚至让整整一代人"被同一个马修斯打上了烙印"[※1]。

在哥伦比亚大学漫长的任职期间，马修斯创建了一座收藏戏服、道具、脚本和其他舞台纪念品的"戏剧博物馆"并亲任馆长。博物馆最初设在哥大哲学楼的一间四室套房里，他去世后收藏即停止，藏品被出售。不过，馆中的藏书被校图书馆收入，环球剧院模型和其他具有历史意义的戏剧场馆模型分散在校园里公开展览。曼哈顿117街上曾有一座布兰德·马修斯剧院，现已被毁。哥伦比亚大学至今仍有一个以他命名的英文教授职位。

※1 "Brandered by the same Matthews."双关语。Brander既是马修斯的名字，也有打上烙印的意思。

马修斯通晓戏剧史，不仅熟知美国和英国剧作家，也对欧洲戏剧家如数家珍。早在剧本创作远未流行之时，他便大力推荐、频频盛赞那些不大合美国人口味的敢于针砭时弊的剧作家，如赫尔曼·苏德曼[※1]、亚瑟·皮尼洛[※2]、亨利克·易卜生[※3]。他也是一个固执己见的人，政治倾向有点保守。1917年师从马修斯的剧作家S.N.贝尔曼在回忆录中写道："有一天我犯了个错误，把一本自由派杂志《新共和》带到班里来。事实上，里面有我写的一篇文章。马修斯看看《新共和》，说：'见你把时间浪费在那种东西上，我感到惋惜。'作为一名坚定的共和党人、西奥多·罗斯福的好友，他是要尽责任的。"不过贝尔曼承认，他也可以是"随和有故事的人"，时常出入上流社会，在学校里备受尊敬。他一心扑在戏剧上，明确提出戏剧首先是一种表演艺术，而剧本作为文学文本决不应等量齐观。在课堂上，他却是一位严格要求舞台技艺的导师。

※1 赫尔曼·苏德曼（Hermann Sudermann，1857—1928）：德国剧作家及小说家。

※2 亚瑟·皮尼洛（Sir Arthur Wing Pinero，1855—1934）：英国演员、剧作家。

※3 亨利克·易卜生（Henrik Ibsen，1828—1906）：挪威剧作家，被誉为"现代戏剧之父"。

在其他学生的回忆中,马修斯则是一位让人"既爱又烦"的老师,高调处世,从不掩藏自己的优越背景、社会关系和鉴赏品位。他与哥大同事的关系有时搞得很僵。晚年时,他的保守倾向更加明显:他坚决不收女研究生,还公开表态,认为女人天生不具备成为伟大剧作家的能力。

据马克·范·多伦回忆,他教授一门"古老"的美国文学选修课,几十年来拒绝修订课本。毫不奇怪,他自然是"一战"那一代作家和激进分子的攻击目标。回顾马修斯于1917年出版的自传时,哥大毕业生、自由派记者伦道夫抱怨道,对布兰德·马修斯来说"文学是斯文的作态而非生活的解读"。在《祖国的土地上》一书中,阿尔弗雷德·卡辛将他刻画为一位"文学绅士"。

马修斯是一位多产作家,著作三十余部,作品体裁多样,流行程度不一。他的小说和戏剧无人问津,早被遗忘,而其中一个剧本的出名是借了西奥多·德莱塞[1]的小

---

[1] 西奥多·德莱塞(Theodore Dreiser, 1871—1945):美国现代小说先驱、现实主义作家,《嘉莉妹妹》是其代表作。

说《嘉莉妹妹》的光：嘉莉出演了一部闹剧《一座金矿》（马修斯作品），于是开始考虑演艺事业。马修斯所著的一些美国文学和戏剧综述作为高中和大学课本非常畅销。他早在1881年出版的《十九世纪法国戏剧家》则是一部优秀的学术著作，二十年间修订并再版过两次。他于1919年出的自传《这些年》则娓娓道出一个生活优渥、著作丰富的人从事艺术教育的历程，同时生动再现了1860至1900年曼哈顿的风土人情。马修斯还分别于1910年和1913年出版了莫里哀和莎士比亚的传记。

马修斯对纽约和美国的热爱不亚于他对戏剧和哥大的热爱。虽然出生在新奥尔良，但他八岁时就移居纽约，对这座城市的爱从未动摇过。乔治·奥德尔论道："最坚贞的纽约人是从外地来的。马修斯的父亲来自新奥尔良，母亲来自弗吉尼亚。马修斯认为，深爱这座城市的人很少是土生土长的纽约人。"他写过三本围绕纽约展开的随笔和短篇小说：《曼哈顿花絮》（Vignettes of Manhattan）、《曼哈顿情缘》（Studies in Local Color）、《纽约掠影》（Vistas of New York）。他的三部小说都以纽约为背景，这座城市是小说人物演绎人生的大舞台：《父之子》《自信的明天》《行动和语言》。

他之所做、所说、所写都意在将纽约城确立为美国文学的中心。他甚至说服威廉·迪恩·豪威尔斯[※1]从波士顿搬到纽约;他创立并支持各种有助于纽约在美国文学发展中发挥作用的组织。他是作家俱乐部的创始人,意在提供"纽约文化人联络感情的机会";他帮助成立了美国版权联盟,加强了美国作家,尤其纽约作家的团结。他是以纽约为本部的国家艺术文学协会的一位创始成员;1904年,该组织的核心群体创立美国艺术文学学院,他在1922至1924年担任学院院长。1906年,他被任命为简化拼写委员会第一任主席,并于1910年担任美国现代语言协会主席。因弘扬法国戏剧文化,马修斯在1907年获得法国政府颁发的荣誉勋章。

马修斯并不是那个时代的典型学者。他与众多名人结交,如罗伯特·路易斯·史蒂文森[※2]、鲁德亚德·吉卜

[※1] 威廉·迪恩·豪威尔斯(William Dean Howells,1837—1920):美国小说家、评论家、剧作家。

[※2] 罗伯特·路易斯·史蒂文森(Robert Louis Stevenson,1850—1894):苏格兰小说家、诗人,新浪漫主义代表。

林[1]、布雷特·哈特[2]、马克·吐温、威廉·迪恩·豪威尔斯、西奥多·罗斯福。他与西奥多·罗斯福的通信从19世纪80年代开始一直延续到后者入主白宫。二人情趣相投,且都热心推行简化拼写。《曼哈顿花絮》便是马修斯献给罗斯福的"礼物"。

晚年的马修斯留着早已过时的络腮胡,总是一副扬扬自得的样子,但他一直非常热衷社交。他经常邀请学生到曼哈顿西区的公寓彻夜畅谈。他是一个名为"酒神好儿子"的非正式团体的创始人,其成员常聚在格林威治村的一家波西米亚酒馆里玩乐、阅读。该团体成员还包括博学多识的大批评家杰姆斯·吉本斯·哈尼克。同马修斯一样,哈尼克也迫切希望戏剧作为一种严肃的文学评论主题为人所接受,也呼吁美国观众对欧洲先锋戏剧家给予更多关注。二人曾在欧洲打过交道,当时马修斯正为写作第一本书《巴黎剧院》(1880年)进行考察。

马修斯也是长盛不衰的"酒馆俱乐部"的一员,这

---

[1] 鲁德亚德·吉卜林(Joseph Rudyard Kipling, 1865—1936):生于印度孟买,英国作家、诗人。1907年获诺贝尔文学奖。
[2] 布雷特·哈特(Bret Harte, 1836—1902):小说家,美国西部文学代表作家。

纽约往事
Old New York

是一个更加排外的非正式组织,成员包括哥大校长尼古拉斯·默里·巴特勒[1]以及众多政府官员。

七十二岁时,布兰德·马修斯从哥伦比亚大学退休,五年之后的1929年,他在纽约去世。他的妻子和女儿都已先他而去。

作品

— The Theatres of Paris《巴黎剧院》(1880)
— French Dramatists of the Nineteenth Century《十九世纪法国剧作家》(1881,1891和1901修订)
— Margery's Lovers《马杰里的情人们》(1884)
— Love at First Sight《一见钟情》(1885)
— Actors and Actresses of the United States and Great Britain《美国和英国的演员》(五卷,1886)
— Americanisms and Briticisms《美国腔和英国腔》(1892)
— The Decision of the Court《法院的决定》(1893)
— Vignettes of Manhattan《曼哈顿花絮》(1894)
— Studies of the Stage《舞台研究》(1894)
— The Gift of Story-Telling《讲故事的天赋》(1895)
— His Father's Son《父之子》(1895)
— Aspects of Fiction《虚构的方方面面》(1896;1902修订)
— An Introduction to the Study of American Literature《美国文学导论》(1896)
— Studies in Local Color《曼哈顿情缘》(1898)

---

[1] 尼古拉斯·默里·巴特勒(Nicholas Murray Butler,1862—1947):美国哲学家、外交官、教育家。1888年创办哥伦比亚大学教育学院,1902—1945年担任哥伦比亚大学校长。1931年与简·亚当斯同获诺贝尔和平奖。1925—1945年担任卡内基国际和平基金会会长。

- A Confident To-Morrow 《自信的明天》（1900）
- The Action and the Word 《行动和语言》（1900）
- The Historical Novel and Other Essays 《历史小说》（1901）
- Parts of Speech, Essays on English 《词性，英语论文》（1901）
- The Philosophy of the Short-Story 《短篇小说的哲理》（1901）
- The Development of the Drama 《戏剧沿革》（1903）
- American Character 《美国人的性格》（1906）
- The Short Story 《短故事》（1907）
- Americans of the Future and Other Essays 《未来的美国人》（1909）
- Molière: His Life and Works 《莫里哀：生平和作品》（1910）
- Introduction to the Study of American literature 《美国文学导读》（1911）
- Shakespeare as a Playwright 《剧作家莎士比亚》（1913）
- On Acting 《论表演》（1914）
- The Oxford Book of American Essays 《美国散文牛津本》（1914）
- A Book About the Theater 《戏剧之书》（1916）
- These Many Years 《这些年》（自传，1917）
- Principles of Playmaking 《戏剧创作原则》（1919）
- Playwrights on Playmaking 《剧作家论戏剧创作》（1923）

曼哈顿花絮

Vignettes of Manhattan

致

西奥多·罗斯福[※1]的信

亲爱的西奥多,你知道——我们已经反复讨论过了——我认为你不是一个典型的纽约人,因为你的血统源自荷兰,并且初见日光是在曼哈顿岛这里,而典型的纽约人生于新英格兰家庭,父母多半来自阿利根尼山脉[※2]以西的地方。你也知道,典型的纽约人往往并不以他所选择的城市为傲,也不如我们所愿的那样对它忠心耿耿。对于我们的这座备受诋毁和误解的城市,他并没有始终不渝的关

※1 西奥多·罗斯福(Theodore Roosevelt,1858—1919):美国历史学家、政治家,第二十六任美国总统(1901—1909)。1858年在纽约市出生,荷兰人后裔。

※2 阿利根尼山脉(the Alleghanies):北美阿巴拉契亚山系西部的分支,从宾夕法尼亚州北部绵延至弗吉尼亚州西南。

怀。当他跨过那条大河[※1]回来的时候，并不会一看见它那雄健而参差的轮廓就豪情万丈，也不会一听见它那极富挑逗和刺激性的渐强的轰鸣就欣喜若狂。然而我们对纽约却有一种坚贞的感情，你和我，还有其他一些人，无论它是什么样，我们都喜欢它；无论我们希望它是什么样，我们都爱它。

正是由于对我们的这座奇特而多面的城市怀有这种平凡的关爱，我才自得其乐地向你奉上这小小一册花絮。恐怕它们实在算不上短篇小说——更不是散文，也不是论文，我想它们只是我所称之为的——花絮。一共十二篇，一年之中每月一篇，是记录时节的城市月历。虽不足道，但我恳请你接受以表我的友情和敬意；也恳请你相信我，永远是，你诚挚的

布兰德·马修斯
1894年5月于纽约

※1 指哈得孙河（Hudson River）。

小教堂中的葬礼

小教堂退立一隅,并不临街,一条小径从院子的铁门蜿蜒至教堂门口,小径两侧各有一方草坪。在这寒冷的一月清晨,雪在草地上铺了一尺厚,雪水已被夜风吹冻。一侧的小喷泉结了一层冰壳。在喷出的细流跌落的地方,一棵亮晶晶的冰笋正迅速长高,圆滚滚的麻雀要在它们日常的饮水槽里喝水就难了。天空是灰的,但愿上午能出太阳。一股凌厉的风从河边吹进这条街,随风传来阵阵叮当声,是雪橇铃铛在仅仅五十码[1]开外的大道上叮当作响。

灵车在院门前停住的时候,照例有一群好奇的闲人聚

---

[1] 1码=0.9144米。(译注)

拢过来。几位抬棺人从随行的马车上下来，在人行道上各就其位，等殡葬工把棺材抬出灵车。这时，露着一头灰白发的教区长步出教堂门廊，走向院门口去迎接送葬队伍。他手捧摊开的祈祷书，来到棺材前，开始诵读庄严的葬仪祷文：

"主说：'复活在我，生命也在我。信我的人，虽然死了，也必复活。凡活着信我的人必永远不死。'"

教区长在抬棺人前面领路，向教堂走去，教堂里已挤满这位死去演员的同事和朋友，以及完全不相干的人，他们过来是出于好奇，还为看看女演员们在白日里、舞台下的样子。室内昏暗，尽管各处都点着煤气灯。圣诞彩枝仍缠绕在柱子上，厚重的垂饰仍挂在低矮的拱顶下面。棺材缓缓穿过门廊的时候，教区长再次开讲：

"我们没有带什么到世上来，也不能带什么去。赏赐的是耶和华，收取的也是耶和华。耶和华的名是应当称颂的。"

整个教堂躁动起来，众人都把头转向门口。眼含泪水的男人不止一个，因为死去的演员一向是大家的最爱，默默哭泣的女人也不少。靠门的一排长椅上坐着两位年轻女演员，她们曾与死者在一家公司共事，那时他初次登台亮相，距今不过三年；而现在，两人一时情难自已，放声大哭。在她们旁边站着一位高挑、俊秀的金发女子，显然不是演员。她穿着一身黑。当棺材被堆积的花圈半掩着经过通道时，她只朝棺材瞥了一眼，然后就直勾勾地目视前方，绷着脸，眼中却没有一滴泪。

教区长缓缓地走在抬棺人前面，步入教堂的中央通道，与此同时，统一着装的诗班唱起庄严的赞美诗：

"耶和华啊，求你叫我晓得我身之终，我的寿数几何，叫我知道我的生命不长。

"你使我的年窄如手掌；我一生的年数，在你面前如同无有。各人最稳妥的时候，真是全然虚幻。"

这庄严的赞美诗是为一个年轻人而唱——为一个在二十五岁死去的人而唱，那正是他首获成功、前程似锦的时候。他的家族在美国历史上赫赫有名，朋友们原以为他会像父亲和祖父一样去当律师。他是个帅小伙，眼睛会说话，嗓音浑厚撩人。在父亲的朋友们看来，他俨然是个富有感染力的辩护律师。可是就在他大学毕业那年，父亲去世了，母亲也去世了，把他孤零零一个人留在世上。可巧，父亲的投资并不明智，多少年都别指望依靠那些投资获得什么收益。上大学时，他曾是戏剧俱乐部的首要成员，暑假期间，他参与过很多业余戏剧演出。也许放弃出庭改登舞台一直是他的秘密心愿。正当他左思右想该走哪条路的时候，机会来了，一位悲剧名角所属的演艺公司向他发出聘约。他接受了幸运之神的眷顾，不是作为一名律师，而是作为一名演员，开始谋生；此时在街巷深处小教堂中的葬礼，正是为作为演员的他所举行的。

伴着诗班献唱的歌声，棺材被抬至圣坛，安放在栏杆前，几乎被散置于台阶上、簇拥在讲坛下和诵经台前的鲜花遮没了。浓郁、甜腻的百合花香在教堂中弥漫。

教区长在圣坛内的诵经台前站定，宣读指定的讲章，传达信与爱的福音。当他宣告这必死的总要变成不死的时候，啜泣之声呜呜可闻。

"那时经上所记'死被得胜吞灭'的话就应验了。死啊，你得胜的权势在哪里？死啊，你的毒钩在哪里？"

出席葬礼的有童年时代的老友，他们从远方赶来给死者献上最后的深情祝福，他们知道他登台时志向有多高，也知道他头一年有多苦：苦于乏味的学徒生活，苦于不停歇的四处奔波，苦于缺少机会不得志。其中一些人晓得在他戏剧生涯的第二年，他的命运如何有了转机，失意如何让位于信心。他所在的公司出现了纠纷，那位悲剧名角跟配角演员分道扬镳。于是小伙子时来运转，并借机证明了自己是值得好运眷顾的。舞台上已多年不曾出现这么年轻、火热的雷欧提斯[※1]，这么激情四溢的麦克德夫[※2]，这么狡诈、雄辩的马克·安东尼[※3]了。他拥有天赐的恩惠——青春、阳刚之美和戏剧气质，还拥有使其天资发挥到极致的艺术智慧。在他的第二个演出季结束之前，他即被公认为同年龄段里最有前途的演员。仅在十二个月前，他才第一次扮演马克·安东尼，而此时，他静躺在棺木里，前来告别的纽约的男女演员挤满了小教堂。

教区长讲道完毕，教堂里一片肃静。雪橇铃铛的叮当声从大道那边轻轻飘来。

零散的几束阳光透过小教堂的右侧窗，给左边长椅

※1 雷欧提斯（Laertes）：莎士比亚戏剧《哈姆雷特》中的人物。（译注）
※2 麦克德夫（Macduff）：莎士比亚戏剧《麦克白》中的人物。（译注）
※3 马克·安东尼（Mark Antony）：莎士比亚戏剧《裘力斯·恺撒》中的人物。（译注）

的木纹染上了熔融的颜色。身着诗袍的诗班成员变换了队形，只见一位壮硕、庄严的女人走到管风琴前站定。她是一家大歌剧团的女低音，她中气十足、声情并茂地唱起《万古磐石》。

在管风琴和讲坛之间的长椅上坐着一位娇小、优雅的女子，长着黑眼睛和黑头发，年轻依旧，风韵长存，虽然清新之气已从脸上褪去。这就是一周前刚刚与死者同台演出的那位女明星。她是理想的朱丽叶——戏迷们这样认为——她从未和这么殷切、这么热情的罗密欧搭档过。这出悲剧从未被演绎得这么精彩过，从未产生过这么真实、这么丰富的戏剧效果。《罗密欧与朱丽叶》从未连续上演一百五十天不间断。而这一次，批评家竟和观众的论调一致，青春、美貌和激情的魅力太强大了。每个眼光敏锐的戏剧爱好者看到这么难演的角色被诠释得这么到位都感到莫大的快慰。于是乎，这出悲剧一连上演了五个月，场场爆满。这一戏剧盛事的中断，只是由于那炽烈的求爱者的辞世——那罗密欧此时躺在圣坛前的棺木中，而朱丽叶坐在长椅上，眼泪滑下面颊，身旁是她马上要嫁的中年商人。那年轻的男演员——傻傻的女生为看他一眼会守望在后台入口，痴痴的妇人向他送上一篮篮鲜花——此时尸身冰冷，百合丁香高高堆起在他静默的心上。

女低音用浑厚高贵的嗓音唱出最后一串音符，一曲终了，教区长继续主持葬礼：

"人为妇人所生，日子短少，多有患难。出来如花，又被割下；飞去如影，不能存留。"

死者是家族的最后一员，没有近亲出席葬礼。到场的没有母亲，没有姊妹，没有妻子。朋友们来了，但没有一个是他的血亲，没有一个跟他同姓。然而，当小块泥土扑簌簌掉在棺盖上，当教区长说"尘归尘，土归土"的时候，人群中涌起一阵同情的悸动。

葬礼迅速进入尾声，抬棺人再次各就其位，棺材被抬起，沿着通道缓缓地抬走。

哀伤的队伍渐行渐近敞开的门口，经过高挑的金发女人所在的那排长椅时，女人漠然站立，背过脸去，眼睛盯着地板，这时一个抬棺人绊了一脚，但马上恢复了平衡。女人抬起了手，险些大叫"当心"，但棺材被稳稳地从她面前抬走了。抬棺人哪里知道，他们抬着棺材经过的无泪女人，腹中正怀着死者那未出世的孩子。

（1893年）

二月
二十九

州长和他的秘书刚刚在饭店的私人会客室里用完午餐。州长点燃雪茄,仰靠在椅子上,秘书走到门口让一个老人进来,老人刚才一直在走廊里焦躁地踱步。

"州长现在可以见你,巴克斯特先生。"秘书说。

那老人高、瘦、挺冲,大步流星走过秘书身边,连个"谢"字都没说,径直走到州长坐着的地方。

"总算!"他喊道——"我总算有机会跟你面谈了。你要是知道我这么巴巴地盼着,你早就让我进来了。"

"请坐,巴克斯特先生。"州长和蔼地说。

"谢谢,我倒愿意站着,"老人回答,"其实,我更愿意走着。一说起这小子的事,我就好像坐不住也站不住了。你知道我为什么想要见你,对不对?"他突然发问,锐利的目光直盯州长。

"我认为,你是想求我赦免你的儿子,"州长回答,"我准备听听你怎么说。我这儿有全套文件,"他指了指肘边的一堆文件,"我刚才一直在看呢。"

"但是写那些文件的人可不像我这么了解我的儿子,他们讲不出来的情况我能跟你讲。他在监狱里,在那儿都快三年了,他今天满二十四岁——今天是他的生日——那他也不过是个小男孩。他还没长成男人呢,不能按一个男人来受审判,按一个男人来受惩罚。我不能跟你说他没开枪打那家伙,他的确打了,可他是在气头上打的,他忍都忍不住;更重要的是,他是出于自卫。哦,我知道这在庭审的时候没提出来,可你看看这个吧,"他解开外衣,掏出一包文件,挑出其中一张,塞到州长手里。"是2月28号,打架的前一天,卖给鲍尔斯一把手枪和一把刀的那个人写的。你再看看这个,"他又挑出一封信,以同样焦躁蛮横的手法塞给州长,"是鲍尔斯的一个朋友写的,开枪之前那人正跟鲍尔斯在一起。他在法庭上保持沉默,能不说就不说。他知道我卧病在床,所以一直不吭声。可是自打我又能走动以后,我就去跟他死磕,现在已经把他搞定了。这就是结果,凡事总归要真相大白的。你看,在那封信里,他说二十九号早上鲍尔斯随身带着那把手枪。如果没在身上给搜出来,那是因为鲍尔斯跌倒的时候把枪弄掉了。当天晚上那把枪在人行道上的一块木板底下被人捡到。就是鲍尔斯的这位朋友发现的,可他什么都没说——这杂种!连庭审的时候他都没说!可我知道他有话瞒着,最后我逼他开了口。他现在说出了实情,和盘托出。你看看那封信,看是不是这样。他恨我儿子,他说他希望看见他被绞死,可我逼他写了那封信。如果那还不够,我会把他推上证人席,我会逼他发誓保证字字属实。"

州长调整眼镜,开始阅读强塞在他手中的信。

老人急于倾诉,甚至无法容忍这片刻的耽延,当州长放下第一封信时,他又唠叨开了:"今天是他的生日,是开枪之后他头一次过生日,是他头一次不在我身边过生日。他生在二月二十九号,他每四年才过一次生日。就是在四年前的今天,他闯下这祸,开了那一枪,给我们造成这么多麻烦。那天早上他满二十岁,他是1864年生的,就是格兰特将军[※1]准备把杰夫·戴维斯[※2]那伙叛军一锅端的那一年,所以我们给儿子起名叫格兰特——出于对将军救国的感激。有时我觉得他没早生二十年真是可惜,否则他就能像条汉子似的死在冷港[※3],也省得进监狱了。可这就是命,我估计。我们的命是注定了的,我估计。也许一个生在二月二十九号的男孩跟别的男孩是不一样的。我不明白。他比大多数男孩都受宠,这我相当有数。我是在科德角[※4]长大的,父亲从来没给过我爱抚。虽然我猜他也爱我,以他自己的方式。但我结婚以后就搬到伊利湖[※5],在湖边我们盼啊盼,我和妻子盼着生儿子。我们盼了二十多年,终于盼来了格兰特,他是我们的独生子。他的两个姐姐都夭折了。所以我们是老来得子。也许我们太惯着他了。我们当然舍不得打他。哎呀,我们爱他还爱不过来,

---

※1 格兰特将军(General Grant):尤利西斯·辛普森·格兰特(1822—1885),美国南北战争后期北方联邦军总司令。(译注)

※2 杰夫·戴维斯(Jeff Davis):杰斐逊·汉密尔顿·戴维斯(1808—1889),南北战争期间南方美利坚邦联唯一一任总统。(译注)

※3 冷港(Cold Harbor):位于美国弗吉尼亚州,南北战争的战场。1864年的冷港战役中,格兰特领导的北方军伤亡惨重。(译注)

※4 科德角(Cape Cod):美国马萨诸塞州东南部半岛顶端。(译注)

※5 伊利湖(Lake Erie):北美五大湖之一,为美国与加拿大共有。(译注)

连句狠话都没对他说过。大体上讲,他也是个好孩子——有时撒野,浮躁——但总是很有爱心,也容易引导。他母亲只要看他一眼,他就会跳过去伺候。所以我们由着他怎么欢喜怎么来,通常他也讨我们欢喜。也许我太纵容他了,我常这么想,现在我看他一脚已踏入万劫不复的深渊。但他是个好孩子,一直孝顺他母亲。她爱他——哦!她那么爱他!——胜过爱她的丈夫,我知道,尽管她很疼我。"

这时,老人中止了慷慨激昂的演说,突然背过脸去。

"你太太跟你一起进城来了吗?"州长和蔼地问。

"进城来?"老人哭号,猛转过脸,"她在家——在墓地!她跟那儿待着呢。儿子一被捕,她就萎靡不振,但她一直撑到庭审结束,指望他能逃过一劫,不相信她的儿子能被判有罪。可是当儿子被送往奥本[※1],因过失杀人去服刑十五年的时候,唉,她就再没什么活头了,她生命的全部乐趣都被锁在一间石头牢房里了。于是她卧床不起,死了。她气数尽了,她对生活失去了兴趣,于是她放弃

※1 奥本(Auburn):纽约州监狱所在地。(译注)

了。现在这小子就是我的全部,我想让你把他还给我。我跑到这儿来为的就是这个。六个月来我一直追着你为的就是这个。这小子就是我的全部。我想在死之前看见他回到湖边的老家——估计我活不了太久了。我现在七十岁了,看上去挺硬朗,其实我的心脏有毛病,医生说,我随时可能过去,就像狂风里的蜡烛。唉,把儿子还给我吧,我死也甘心。让我在家里再一次见到他,作为一个自由人,然后只要时候一到,我就高高兴兴地带着这个好消息去找我老婆。"

他停顿片刻,他的激情演说丧失了几分暴烈的火气。

州长拿起第二封信开始阅读。州长手举信纸的动作再度唤起老人的倾诉欲。

"如果地方检察官尽到了本州人民赋予他的责任,也就轮不到我来从那胆小鬼口中榨出实情,你看的那封信就是他写的。有时我寻思这杂种就是整件事的始作俑者。就是他把格兰特介绍给那女的。你可知道婚礼本来要在那天晚上举行的——就是开枪的那天晚上?是啊,庭审的时候都说了。格兰特每四年才有一次生日,我跟你说过,所以他劝那姑娘就定那天为结婚的日子。他刚满二十岁——还是个小男孩呢。难怪他们欺负他。如果你看过报告,你就能看出她怎么欺骗他。连地方检察官也承认,虽然他激烈反对我儿子。啊!庭审的时候我要是能在场就好了!儿子发现真相的那天,我要是在城里就好了,他就不会开枪打那恶棍,因为我会亲自动手。"

"那么谁会来向我寻求你的赦免呢?"州长慈祥地笑问,"我看完这些信了,可里面并没有我不知道的新情况,而且——"

"没有新情况?"老人粗暴地打断,"这封信表明格兰特开枪是出于自卫,因为那家伙手里有一把枪。这难道不是新情况?"

"对我来说不是,因为地方检察官——你好像对他有偏见,巴克斯特先生——他已经向我报告了这个情况。"

"如果你一直在听他的,估计我这是白跑一趟了,"老人激动地回道,"从来没有哪个人对另一人的偏见比那人对我儿子来得更大。"

"你冤枉他了,"州长语气坚定,"他在法庭上尽到了敦促判决的责任,他现在也已尽职尽责,把新发现的证据摆在我面前。他甚至更进一步,劝我批准你的请求,赦免你的儿子。"

"地方检察官?"老人惊叫。

"对。"州长回答。

"他终于良心发现了。"

"主要是由于他的劝说,我才决定赦免你的儿子。"州长继续道。

"我不在乎这是谁力主的,只要成了就行。"老人反驳。"我儿子什么时候能出来?"他热切地问。

"我会让你把赦令带给他,"州长说,然后他打开放在身旁桌子上的一份文件,签上字,"拿去吧。"

老人抖着手一把抓过文件。他双膝颤抖,眼睛快速浏览赦令。

会客室的门开了,秘书回来了。

老人抓起帽子。"你知道下一班去奥本的火车是几点吗?"他忙问。

"我想四点有一班。"秘书回答。

"我会赶上的。"老人说。然后,他二话不说离开了会客室,颤抖的手指捏着赦令。他快步穿过饭店走廊,下楼梯,出门上街。走上人行道的时候,他定定地站了片刻，没戴帽子，丝毫没感觉到一场暴雨已在一分钟前倾盆而下。

一个小男孩从街对面向他跑来，叫卖："晚报——四点的公报！"

显然，老人没有听见他的叫声。

"噩耗！有人丧命！"报童扯着嗓子走开，"奥本暴乱！犯人企图越狱！"

这时一只铁爪箍紧报童的胳膊，老人居高临下，声音嘶哑地问："你说什么来着？奥本监狱里有人丧命？给我报纸！"

他抓过报纸。头版有一则从奥本发来的电讯，称州监狱发生了一起囚犯暴动，狱警镇压下去的时候事态已有所发展。囚犯在狱警向其开火后才屈服并返回牢房，致使五六个人受伤，拼命抵抗的暴乱头目被击毙。此人是来自湖区某村的青年，因过失杀人被判有期徒刑十五年，他的名字是格兰特·巴克斯特。

老人读至此处，报纸从他的指间滑落，他倒在人行道上死了，依然牢牢地抓着赦令。

（1889年）

预展

见闻

春季展览开幕的时候,三月已脱去佯装威风的狮皮,露出羔羊般的温柔。漫卷尘埃扫过大街的风中没有刺骨的寒气,给建筑物的文艺复兴式立面镀银的月光也不再凄冷。飞渡的乱云正在增厚,恐怕要下雨。然而在人行道上临时搭建的帆布通道旁,马车纷纷停靠,载来许多不惜戴上华丽春帽的漂亮女人。应邀出席预展的女士中有不少人身着晚礼服,这光彩夺目的一群人熙熙攘攘地穿过宽阔的走廊,经过化妆间,拥进第一展馆,协会主席正站在那里恭候她们,身边围绕着其他知名艺术家。

穿过第一展馆,迈上六级台阶,是一间较小的展厅,左右各有一间更小的正方形房间。再往里走,再上几级台阶，是主展馆——一座辉煌、庄严的大厅，轩敞气派，比例协调，与墙壁上挂了两三层的众多精美画作很相称。在正对入口的显要位置上，是弗雷德里克·奥利芬特先生的惊人之作《斯芬克斯的谜题》，简朴的画框上附有一纸证书，声明其在去年夏季的巴黎美展上获过银奖。展厅一隅有这位艺术家创作的另一幅画，是他的朋友劳伦斯·劳顿先生的肖像。与之相对应的，在名为《昂提拉日落》的风景画的另一侧，是诗人鲁珀特·德·勒伊特先生的肖像，由一位名叫伦威克·布拉什利的青年画家创作，笔触奔放有力却不失同情，大大盖过了挂在它旁边的印象派画作《吊床里的姑娘》。宽敞的大厅里，雕像和半身像散置各处，其中一座半身像表现的是逗乐的喜剧演员阿斯特里德。阳光沐浴下的田园和严寒冬日里的海景并排张挂，细致的静物写生与几乎由单色构成的纯装饰性作品相映成趣。

　　拥挤在这一层的人形形色色，堪比满墙的画作。这里有众多的艺术家，有文化人和公子哥，有为艺术而活的女人和为社交而活的女人，有来参观展览的男男女女，也有来展示自己的男男女女。有艺术学生和艺术批评家，有买画的和卖画的，有诗人和小说家，有券商和教士。这些人中有《高谭公报》[※1]的罗伯特·怀特先生和原属于该报社的哈里·布拉克特先生，寸步不离本人肖像的鲁珀特·德·勒伊特先生，建筑师德兰西·琼斯先生和他漂亮的妻子，作曲家J.沃伦·佩恩先生，华盛顿广场的马丁先生及夫人，还有马林斯派克小姐——一个老姑娘，她好像人人都认识，而且人人都喜欢她。

马林斯派克小姐在奥利芬特画的劳伦斯·劳顿肖像前徘徊，她和劳顿已相识多年。她喜欢这幅画，直到无意中听见两个年轻的艺术生对它的议论。

"可惜奥利芬特压根儿没有色彩的概念，是吧？"一个评论道。

"是啊，"另一个赞同，"而且头部线条错得离谱。"

"这人的脸还挺适合绘画的，"第一个接茬，"我自己倒想画画他。"

※1　高谭（Gotham）：纽约市的一个别称。Gotham原本是英国传说中的"愚人村"。（译注）

"奥利芬特的装饰画还可以，"第二个回应，"但是要说肖像画，他根本没法跟布拉什利相提并论。看见他的两幅画了吗？"

"谁的？"先开口的那个问。

"布拉什利的，"对方回答，"这里最大的两件作品。而且跟别人的画法都不同。最好的是那幅华尔街大款——普尔，好像叫这名字。"

"我知道，"第一个插话，"赛勒斯·普尔，他是西部什么地方的一个大铁路公司的总裁。老有钱了。我纳闷布拉什利是怎么搞到那份差事的？"

"估计他给鲁伯特·德·勒伊特画像没收钱。你知道，德·勒伊特在一本杂志上撰文捧他来着。"

两个年轻的艺术生在肖像前又站了片刻，定睛细看。然后二人走开，先开口的又说："那个头也画得不准。"

马林斯派克小姐感到几分震惊，原来她两个朋友的头部线条都不准确。她想知道变形程度有多严重。她一时觉得，好像自己结识的是两个畸形人，是在廉价展览馆里展出来吓唬人的。这些联想一个接一个地浮现出来，她不由得轻轻笑起来。

"无怪乎你在嘲笑那幅画,马林斯派克小姐,"她右边的一个声音说,"它不比常规的《彩湖日落》强,你在自由街上花五块钱就能买到,还配一个价值两倍的画框。"

马林斯派克小姐转过身,认出罗伯特·怀特先生。她热忱地伸出手去。

"你太太来了吗?"她问。

"哈里·布拉克特正给她解说画作呢,"怀特回答,"他对艺术一窍不通,可他就像真懂似的那么逗人。"

"我喜欢布拉克特先生,"老姑娘回应,"他有点儿——呃,恐怕有点儿粗俗,不过他的看法十分古怪,十分独特。到了这个岁数,我就喜欢让人逗乐。"

"我知道你喜欢寻求刺激,"怀特回应,"我相信你是不会拒绝跟魔鬼共进晚餐的。"

"我为什么要拒绝?"马林斯派克小姐勇敢地回敬,"人家说魔鬼是位绅士,而且,能得知很多朋友的最新消息,我会十分高兴的。"

"说到那位并不像画里那么黑的绅士,"怀特说,"你看过赛勒斯·普尔的肖像没有?是这儿最好的作品。

真没发现布拉什利有本事把什么事儿做得这么好。"

"在哪儿?"马林斯派克小姐问,"我一直在看这位布拉什利先生画的德·勒伊特先生的肖像,还有——"

"挺好看的小作品,是不是?"怀特打断她,"也许稍有点感伤和造作。可是真把诗人给画活了。"

"活力恰恰是我在这么多肖像里都没找到的,"老姑娘议论,"有些画看上去就好像画家先给他的模特做了一个蜡像,然后照着蜡像画的。"

他们缓慢地穿过人群向展厅另一头走去。

"查尔斯·沃恩,喏,他又在耍把戏,"怀特说着朝面前的一幅画一扬手,"自打去了巴黎拜在卡罗吕斯门下,他就把他的模特一律改造成法国人,然后把这种改造搬上画布。"

怀特提醒注意的那幅画表现了一个为舞会盛装打扮的女士,正站在镜前调整头发里的一根羽毛。这是建筑师的妻子德兰西·琼斯太太的肖像。

马林斯派克小姐举起眼镜,用挑剔的眼光审视片刻。然后她微微一笑。"这是老一套,喏,我看出来了,"她说,"道德败坏的暗示。"

怀特大笑，二人继续在大厅里巡行。

"你要是那么说查尔斯·沃恩的画，"他提出，"我倒想听听你会怎么说伦威克·布拉什利的画。就是这幅。"

他们停下脚步，面对占据展厅那一侧墙面正中显要位置的画作。

"那是赛勒斯·普尔，"怀特继续道，"奈厄布拉勒中央铁路的总裁，正在华尔街平步青云的一个人，现在去欧洲度蜜月了。"

画作标号十三，目录上注明它是《一位绅士的肖像》。画幅巨大，人物有真人大小。画面表现了一个年仅四十的男人，坐在其私人办公室里的办公桌前。他身后的墙上挂着一幅奈厄布拉勒中央铁路及各支线的地图。光线来自左侧窗口，办公桌靠窗放置。人物的姿势是这样的：一个被打断工作的人在椅子里扭转身体去跟一位访客说话。这个人是从群体里被挑出来的，因为与众不同，他身形瘦削，个头偏矮，结实但不壮实。毫无疑问他精力充沛，不知疲倦，内心坚定而强大。他的坐姿表明对于实力的自觉，表情亦如此，虽然从他的相貌上察觉不到自负的迹象。他的头发又黑又密又直，鲜有白发。他长着挺拔的鼻子和炯炯有神的眼睛，却有着一张薄嘴唇和一个大下巴。

马林斯派克小姐津津有味地端详画面。"是啊，"她说，"难怪这幅画引起轰动。画上有种惊人的东西——新的东西。这是种新的调子，就是这么回事。而且那人也很有意思。他有个专横的下巴。我敢说，他不是怕老婆的人。而且从眼睛和嘴巴判断，他很会养家。我相信，他的妻子永远都用不着把自己最好的黑绸衣料翻过来穿。那张脸自有迷人之处，可我不明白怎么——"

她说到半截，又盯着画细看。

"这画跟本人很像吗？"她终于发问，眼睛仍盯着肖像。

"跟他太像了，我都不愿跟它讲话了。"怀特回答。

"我明白你的意思，"老姑娘回应，"是啊，那人要是真像画上那样，就没人愿意跟他讲话了。我可不会让这位画家——他叫什么来着？——布拉什利先生？——我无论如何都不会让他给我画像。哎呀，他要是画我，我的朋友们一旦看见，就没有一个敢再请我吃饭了。"

怀特微微一笑，迅速回应："就像我刚才说的，你知道，就连那位你想让他带你去吃饭的绅士很可能都没画出来的这么黑。"

"我可不想让那人拐我去吃饭，"马林斯派克小姐立刻回敬，朝那幅肖像一挥手，"用色固然很好，况且，那只是外在的，女人并不介意。可黑的是那个人的心，是他的内心实在可怕。他让我着迷——不错——可他也让我害怕。他是谁？"

"我告诉过你，"怀特答道，"他是赛勒斯·普尔先生，奈厄布拉勒中央铁路的总裁，正在华尔街平步青云的一个人。十年前他在丹佛发迹，从丹佛学到一切可学的之后，他就跑去芝加哥。他从那儿的商品交易所学成之后，就来到纽约。他来这儿已有两年，而且已然崭露头角。他策划了华尔街上迄今为止最大的两三件事。结果，现在有两种对于他的看法。"

"如果这幅画像是真实的，"老姑娘说，"我看不出怎么能有不止一种对他的看法。"

"起初有三种，"怀特回答，"起初他们以为他是只温驯的羊羔，现在他们明白过来了。但他们仍然怀疑他是不是规矩。他们说，他用以获取奈厄布拉勒中央铁路股票并把自己送上总裁位子的那笔交易有点儿猫腻，假如没有成功，赛勒斯·普尔这会儿就不是在欧洲度蜜月，而是在蹲班房了。嘿，假如关于他当时情况的传言有一半是真的——他应该早就被吊死在绞索上，而不会吊在这儿的挂画绳上了。不过对于他的传闻，我连一半都不信。"

"像那样的一个人，人家说什么我都能信。"马林斯派克小姐说，"我想我从没见过这么邪恶的一张脸，虽然它显出坦率甚至友善的样子。"

"不过我只给你讲了一面之词，"怀特继续道，"普尔自有其党羽否认对于他的一切指控。他们说他唯一的罪过就是他的成功。他们宣称他因设法帮助朋友摆脱困境而陷入麻烦已经不止一次了。他的敌人说他寡廉鲜耻、报复心强，他的朋友却说他既忠诚又幸运。"

马林斯派克小姐一分多钟没作声。她正在研究肖像，没有丝毫兴致减退的迹象。突然，她抬头看着怀特问："你觉得他知道这幅画有怎样的感染力吗？"

"普尔？"怀特反问，"不，我想不会。他对华尔街理解的价值比对艺术生联盟诠释的价值有更强的判断力。

另外，我听说这幅画还没完成，他就结婚并去了欧洲。布拉什利只好后来补画上背景。"

"可怜的姑娘！"马林斯派克小姐说，"她是哪位？"

"什么可怜的姑娘？"怀特问，"哦，你是指新的赛勒斯·普尔太太？"

"对。"老姑娘回答。

"她原是卡梅伦家的一位小姐，"怀特回答，"尤妮斯·卡梅伦，我想她以前叫这名字。她好像是布拉什利的表亲。对了，我估计就是这个缘故他才被找来画了这幅肖像。他属于那种进步画家，华尔街的人是不太可能轻易赏识的。不过就算找别人来画，也不会画得更好了，是吧？"

马林斯派克小姐微微一笑。

"嗯，"怀特说，"布拉什利对人有着非凡的洞察力，你自己就能看出来。或者说，至少他画肖像让人觉得他有这种洞察力。这些艺术家当然是很难讲的，而且很容易高估了他们。他们看到的比他们理解的要多得多。他们有这个天赋，你知道，可他们解释不了。而且经常是，他们并不知道自己做了什么。"

老姑娘抬起头，笑了笑。

"我认为画这幅画的那个人，"她说，"知道自己在做什么。"

"对，"怀特承认，"似乎没有人能不知不觉地以这种惊人的力度做一件事。但是，十有八九，布拉什利思考的主要是他的线条、笔触和色调。或许对模特灵魂的揭示是个意外。他这么做是因为他无法避免。"

"这回我可不同意你的看法，"马林斯派克小姐回答，"我从这幅肖像里看出，画家对于人类作恶的潜力有相当的了解。噢，他在作画之前必定已经见识过了！"

"幸亏我不是一个职业画家，"怀特回应，"否则我会觉得有责任把你当场驳倒，我就说外行人总是'望画生义'。"

马林斯派克小姐一时没有搭腔。她正怀着好奇的兴趣在看肖像。她往旁边斜了一眼，接着又盯住画面。

"可怜的姑娘！"她终于开口，带着一声轻叹。

"你指普尔太太？"怀特问。

"对，"老姑娘回答，"我为她难过，但我想我明白她何以不得不屈服。我自己就能感觉到那张脸的邪恶魅力。"

在充斥展厅的嘈杂人声之上，雷声隆隆可闻，接着是雨点打在上方巨型天窗发出的急促的嗒嗒声。

"失陪了，马林斯派克小姐，"怀特急忙说，"我妻子近来听到雷声总有点紧张。我得去找她了。我会打发哈里·布拉克特过来。"

"你不用替我担心，"他离开时，她回答，"我已经自己照顾自己好多年了，我想我依然能胜其任。"

此时大厅里已十分拥挤，往任何特定方向移动都变得越来越困难。雨水重重地拍在屋顶上，盖过了越发嘈杂的人声，甚至压过了时不时冒出来的尖厉嗓音。

马林斯派克小姐漫无目的地随人群移动，偶尔看看画作，兴致勃勃地听着从周遭传进她耳朵里的议论和零星的批评。当哈里·布拉克特跟她搭讪时，她发现自己正站在查尔斯·沃恩的《巴黎审判》前。

"我一直在到处找你，马林斯派克小姐，"他开口道，"怀特说你就在这附近，我有好几个月没见到你了。"

他们聊了几分钟上次见面的情形，还聊到请他们去家里吃过饭的朋友们。

这时哈里·布拉克特一抬头,看见了面前那幅巨作。

"原来查尔斯·沃恩的《巴黎审判》是一幅美展画,嗯?"他问,"在我看来,它倒更适合酒吧[※1]。这就是伦威克·布拉什利所说的,把艺术家、道学先生和酒色之徒统统得罪了的那些裸体画中的一幅。"

马林斯派克小姐笑了。她的微笑是她最大的魅力。

"你认识布拉什利先生?"她问。

"自打他从巴黎回来,我就认识他了,"布拉克特回答,"他是个画家,他真是。他不是那种教富家小姐近大远小画月亮的公子哥儿。你不会撞见他串来串去喝下午茶,大谈什么艺术的自发性。"

"你见过他给某位普尔先生画的肖像吗?"她问。

"还没有,"他回答,"不过他们跟我说那是一件极品。我从未见过普尔,但我见过他妻子。她原名尤妮斯·卡梅伦,是布拉什利的表亲。你想想,他的第一幅轰动之作就是三年前在学会展出的一幅她的肖像。"

※1 Salon（美展,指巴黎美术展览）与Saloon（酒吧）谐音。（译注）

"她是个什么样的姑娘？"马林斯派克小姐问。

"先得说，她是个美人儿，"他回答，"虽然他们说她近来有点走样。我今年一直没见到她。但布拉什利把我介绍给她的时候，她是个非常漂亮的姑娘，我不骗你。"

人群已裹挟着他俩离开原处，这时马林斯派克小姐发现自己又一次站在《一位绅士的肖像》前，她又一次被画家在赛勒斯·普尔脸上描绘出的力量和邪恶抓住。

"他们以前常说，"哈里·布拉克特继续道，并没有看画，"布拉什利爱上了她。我记得有一回某人跟我说他俩订了婚。"

马林斯派克小姐的眼睛里突然闪过一道慧光。

"当然这里没有半点真实性可言。"他接着说。

微笑又浮上这位老姑娘的嘴角，此时她目不转睛地看着面前的画像，应道："当然没有。"

（1893年）

小街之春

城里的春天比乡下来得早,在有遮有挡的广场上,七叶树有时会比原野上的同胞提前两星期绽放花朵。那一年的春天比往常来得早,乡下、城里皆然,三月像头狮子似的乱闯,把接下来的四月当傻瓜愚弄,人行道边高高耸起的大雪堆在三四天内就消失不见,空留泥泞的排水沟,沟里的泥巴比平日还黏腻些。让养病的人十分难受的是那多变的天气,天公显然无力把握自己的心意:早晨浓雾弥漫,午后清风拂面,正午朗朗如六月天,突然寒意袭来在夜幕降临前。

然而当四月的最后一周到来时,街角小广场上的草地再次转绿,丛丛灌木即将开花,病人也觉得自己的活力正在回归。他的体力随着春天回来了，恢复的健康送来新鲜的血液在他的血管里流淌，就像新鲜的汁液从树根源源不断地上升至窗前的树枝。痛苦挣扎已经过去，他知道，虽然他并不怀疑自己已跟死神本身较量过不止一次。现在他的胃口再次苏醒，他也有了更强的力量来抵挡那企图主宰他的郁郁悲伤。

窗外的那棵树不过是一棵颓萎的梧桐，而窗户则属于一间寝室，是小街深处一家破败的供膳宿舍走廊尽头的一个小隔间。那年轻人膝头上盖着大衣，靠在帆布折叠椅里，椅子是他在城里仅有的几位朋友中的一位借给他的。他的双手枯瘦而多筋，交叉搁在腿上放的一本书上。他的肉体被病魔销蚀惨重，但骨架还扎实牢固。他的脸仍然又白又瘦，虽然病态的蜡黄已经褪去。几根顽皮的胡须蜷曲在他的下巴上已有两个月不曾修过，一头未剪的棕发厚厚地垂在外套的领子上。一双黑眼睛带有近来受苦的标记，但也揭示出一个顽强的灵魂，强得足以承受不幸。

他的房间在小街北侧，上午的阳光反射进窗口，此时他靠在椅子里，感激地享受着温暖。一辆沉重的马拉货车隆隆地碾过坑坑洼洼的路面。车在街角停了下来,一帮工人迅速清空车里装的钢轨,一根一根扔在人行道上,发出哐哐的巨响,震耳的噪声在街巷深处回荡。那一小群人正在搬运有轨马车[※1]的轨道,一声声喝令从中传来,随后一根钢轨便下落到位并被迅速钉牢。之后,工人退到一旁,一辆刚才受阻的有轨马车重新驱驰向前,马蹄踏地发出规律的嘚嘚声,同马颈圈上小铃铛的叮当声一样清晰可闻,飘在这座大都市的巨大轰鸣之上。最后,从连片的屋顶那边传来一声响亮的汽笛,紧接着是一连串相似的信号,宣告午休时间已到。又有两三根钢轨哐哐落在其他钢轨上,然后货车隆隆驶离。搬运轨道的工人已在马路牙子上坐下开始吃午饭,其中一个去了街角的酒吧,要了一大罐窗口广告上推销的新啤酒,那俗丽的印刷品上画着一只活蹦乱跳的小山羊背着一位丰满的小女神。

趁铺轨工尚未制造更强的噪声,病人乐享片刻安歇,他的头脑还不是那么清醒,他的神经因疼痛而紧绷。他倾

[※1] 有轨马车(horse-car):又称轨道马车,一种交通工具,由马拉车沿轨道行驶。(译注)

身向前，俯视下面的街道，捕捉到一个年轻人的目光，那人正扯着嗓子叫卖："草——莓！草——莓！"病人笑了，因为他知道，卖草莓的小贩是可靠的报春使者，同小广场上的广告牌宣布对街的三栋房正在"招租"一样，是毫无争议的春来的迹象。五月一日将至。他不知道联合广场的花市是否已经开张。他回想去年春天的多少个清晨，他心爱的姑娘，那曾答应嫁给他的姑娘，同他一道去联合广场挑选娇嫩的玫瑰和盛放的天竺葵，只有这些花儿才配开放在她那俯临中央公园的客厅窗口。

那天早上他频频思念她，并无怨恨，虽然他们的婚约已在去年秋天解除，三四个月后他就生病了。他从圣诞节起就没见过她，他发觉自己在猜想那天下午她会是什么样，她是否高兴。他的遐思被隔壁的走调钢琴的嗵哧声打断了，那家跟他的小屋只隔一道薄薄的隔断墙。有人正试着一个音一个音地敲出《等到云消散》的简单曲调。似乎现在是隔壁某个孩子的练琴时间，他时常听见那孩子活泼的嗓音。又似乎这项任务十分讨厌，因为钢琴、乐曲和听者都由于年幼演奏者的恶意而饱受折磨。

一阵敲钢轨的声音突然响彻下面的街道，告知他午休结束，工人已回去劳动。不知何故，他没有听见教堂尖塔传来一点的敲钟声，而那教堂就在短短一条街之外的大道拐角处。现在他才闻见一阵弥漫的气味，知道供膳宿舍的午餐时间已到。他醒得早，早餐吃得很少。这会儿他肚子饿了，当用人把一盘冷牛肉和一碟李子脯端上来的时候，他很高兴。他的胃口很好，吃得津津有味。

吃完这顿简餐之后，他又仰靠在椅子里。一阵狂风高扬起街上的尘土，吹得窗前的梧桐摇晃着刚抽芽的枝条。他望着阳光下的嫩绿新叶在他面前舞动，感到春意搅动他的血液；他又强壮起来，充满青春的力量。他能应付一切病态的幻想，能抛却一切怨懑。他但愿此刻身在乡下——在有小溪、树丛和青草的地方——在宁静安闲、噪声止息的地方——在有时间和空间去思考过去并果决地规划未来的地方——在没有两架手摇风琴在街的两头较劲——一个奏《安妮·劳里》，另一个奏《安妮·鲁尼》——比拼哪个更狂烈的地方。斗琴达到高潮时，他皱起眉头，与此同时隔壁的孩子更加凶狠地敲击钢琴。然后他微微笑了。

健康既已恢复，他又何必在意小小的烦恼？大约一周以后，他就能回到仓库重新开始自食其力。工作之初无疑会很苦，但苦工正是他此时所需的。为将来的结果，也为工作本身，他都需要繁重的劳动。许许多多的年轻人都在热火朝天地奋斗，但他知道自己心力强健不逊于全城任何一个人，命运为何不能也垂青他呢？有了金钱、权力和地位，他就可以立足纽约。也许现在瞧不起他的那些人，其中有些到时候便会乐意结识他。

他靠在小隔间里的折叠椅上休息时，日影开始一点点拉长，漫长的白天渐近落幕。他再次醒过来时，两架手摇风琴都已离去，隔壁的孩子也已停止练琴，小街又安静下来，只有一位女高音在邻街的音乐学院的一扇敞开窗口高唱华丽的咏叹调，还有一阵不寻常的隆隆车声正从宿舍门前经过。他使劲挺直身子，看见一溜马车在街对面慢慢地往街角驶去。一阵沙尘旋风又从下方街道腾起，飞扬的尘土几乎遮住了那些乘客的脸——车上坐的是穿浅色长裙的姑娘和穿双排扣礼服的小伙子。他们正在闲聊，时而爆出欢快的笑声。

他想知道婚礼时间是否到了。他艰难地在椅子里扭转身体，从身后的梳妆台上拿过装有婚礼请柬的信封。仪式定于三点举行。他看看表，发现只差几分钟就到点了。他的手微微颤抖着把表放回口袋。他呆呆地凝视虚空,直到大道拐角处教堂尖塔里的钟敲了三下。婚礼的预定时间已到。仍有马车速速赶来放下晚到的客人。

年轻人在小街深处的破败宿舍尽头的小隔间里养病,他还不够强壮,无力闯入春光并出席婚礼。可他就这样躺在摇晃的折叠椅里,膝头盖着旧大衣,却并不难想象出教堂里的场景。他看见中年的新郎站在轨道边等候新娘。他听见《婚礼进行曲》庄严而欢乐的旋律。他看见新娘挽着父亲的手臂缓缓地行经教堂通道,罩着的蕾丝面纱并不比她的一头朦胧秀发更淡雅更柔美。他想知道她会不会面色苍白,站在祭坛前时她会不会受到良心的谴责。他听见牧师发问并赐福新人。他看见新婚妻子再次行进通道,这回挽着丈夫的手臂。他疲倦地叹了口气,然后闭眼仰靠在椅子上,仿佛要阻挡那难以接受的视像。当马车再次经过他的门前,一辆接一辆地去教堂门廊接应乱纷纷的声嘶力竭的召唤时,他没有动弹。

他在那儿躺了许久,一动不动,也不出声。他在想自己,想他曾如春光般明媚的希望,想他苦涩的失意。他在思索宇宙的奥秘,在扪心自问是否对世界有任何用处——

因为他仍然雄心勃勃。他在思考个人的劳动对他的同胞能有什么价值,他讨厌三六九等的划分。他对自己说,我们死后都要淡出视野,被众水淹没[※1],最优秀的很快被遗忘,最差劲的亦如此,扔进池塘的硬币是金是铜无关紧要——稀有金属并不激起更多的涟漪。这时,他看见长长的几近水平的一束束阳光从窗前的细枝嫩叶间透进来,回想那些由一人成就的伟业,他又振作起来。他跳出自怜的心境,他甚至对无意间生出的狂妄之心报以一笑。

一辆笨重的救火车发出的雷鸣把他从悠长的遐思中唤醒,车子轰隆隆地碾过街面,车后拖着嘎啦嘎啦响的消防水管。随后的寂静只被救火车的警笛时时打破,那车正穿过一条又一条大道向东渐行渐远,他趁着寂静的工夫牢记,每一个人的奋勇前进都有助于人类整体的进步,卑微的消防员尽责殉职是为全人类的事业效力。

纽约的暮色迅速降临,天色转暗时,他的思绪再次被打乱,只听几个大嗓门的男人你来我往地叫卖三流晚报的廉价号外。叫卖声从街巷两侧同时响起,住户们心生好

※1 指堕入阴间。(译注)

奇，把卖报人叫到门口要买报纸，于是几个男人东一家西一家地跑，也顾不上吃喝了。

  天空晴朗，孤星闪耀。空气新鲜而柔和。敲击钢轨的铿锵之声已在一小时前停止，那帮用道钉固定钢轨的人已散去，各自回家。白天行将结束。一阵做饭的味道又飘散在宿舍里，预示着晚餐时间将近。

  而那年轻人在供膳宿舍尽头的小隔间里，在帆布折叠椅上躺着，却对一切并未在意，只想着自己的心事。他眼前是一幅画面：一列火车沿着月光照耀的山谷飞驰，投下急匆匆的影子。只见这列火车上，那天下午的新娘陶醉在她的丈夫身边。但他眼里只有新娘，没有丈夫。他看见她苍白的脸、明亮的眼、淡金的发。他不知道在未来的岁月里，她是否会幸福得如同她信守承诺嫁给了他。

（1896年）

装饰日
遐思

频频的春雨宣告迟来的春天。装饰日[1]到来时,花草树木呈现出一派清新佳貌,仿佛大自然正在为我们的光荣先烈准备花环。游行终于开始的时候,阳光透过广场树木羞涩青葱的绿叶洒下来,柔和地落在从树下经过的摇晃的队列上。金色的光束在斜向的刺刀上闪烁,仿佛跟激昂的战斗老曲合拍,乐曲从频频出现的乐队中澎湃而出。空气中弥漫着战斗豪情,就连爬上废旧灯柱安顿下来的小男孩

---

[1] 装饰日(Decoration Day):最初为纪念美国内战(南北战争)中死去的将士,人们在5月某一天用花环和旗帜"装饰"将士墓碑,是为装饰日。后来演变为纪念历次战争中死去的美国将士,这一天也改称为悼念日或阵亡将士纪念日(Memorial Day),定在5月最后一个星期一。(译注)

的心里也荡漾着说不出的斗志。乐曲的间隙，短笛声尖锐嘹亮，轰轰隆隆的鼓声盖过了士兵有节奏的步伐。我在雄伟的海军上将雕像近旁徘徊良久，他稳稳地站立在那儿，海风将他的外衣下摆吹向后方，在雕塑家匠心独运的塑造之下，这尊一动不动的青铜像似乎比聚集在其基座周围的大多数普通男女更有生气。我想，这里——对于那个经历鏖战并恪尽职守的人，对于那些视这一天为圣日的英雄们——是合适的纪念地。令我高兴的是，游行的数千人都要在那沉默的形象面前接受检阅，他代表了我们的国家所能孕育出的最优秀、最勇敢的人。就在那一刻，一列水兵分队闯入视野，热烈的欢呼声从四面八方爆发。

当我徘徊沉思的时候，陆军的一个营从我们身边大踏步依次经过，他们英姿飒爽，衣着朴实无华，却随时准备履行血腥的职责：随时准备用冰冷的武器给入侵的外人以迎头痛击，随时准备以瞬间齐射来终结国内的非法勾当。一段间隔之后走来了民兵中的佼佼者，身着工装服似的统一制服,队列中有担架,有救护车,还有加特林机枪※1。城市民兵团一个接一个地前进,毋庸置疑,他们必定会火速奔赴战场,如同他们的前辈——英勇的事迹给了前辈们高举旗帜的权利,那些旗帜在颂扬不止一场惨烈程度堪比马拉松或腓立比、丰特努瓦或滑铁卢的战役。当他们在晨光里昂首阔步走在大道上,当尖锐的乐声被阵阵响亮的欢呼声淹没时,我的思绪飘回四分之一个世纪前我所见到的走在那条大道上的其他千千万万,他们来自新英格兰的松林和石山,正要去往南方的静谧水泽和幽暗湖沼。在那些阴沉彷徨的日子里,我曾旁观部队川流不息地行进在那条大道上,一次一千人——年轻、真诚、热情的人;我记得看见他们返回时,人只剩下区区一两百,或许衣衫褴褛,心力交瘁,但仍然坚强勇敢。死亡,像扎克雷起义※2中发疯的农民,挥着夺命的镰刀。那漫长的四年,时间流逝缓慢,死亡收获丰盛。如今千家万户的老妇一听见"前进,

---

※1 加特林机枪(Gatling gun):美国人查理·加特林发明的一种早期机枪,是世界上第一种实用化的机枪。形体较大,一般为两轮车载。(译注)
※2 扎克雷起义(Jacquerie):1358年法国北部农民暴动。(译注)

前进，前进，小伙子在行军"[1]那平凡的曲调就无法不感到喉咙一阵剧痛，眼前忽现安德森维尔监狱[2]。无疑，在那条被战争血洗的梅森—狄克逊线[3]以南，也有成千上万的妇人一听见《我的马里兰》[4]那抒情的旋律就会感到同样的心酸和同样的温情。夏洛、马尔文山和葛底斯堡是被永远圣化了的名字，被那里所出的事迹和并肩躺在同一个坟墓里的死者圣化了，在那里，灰布蓝服[5]俱已零落成尘，无从区分。好在一个雨后清新、花开娇艳的春日，会有益于保持那份记忆的甜蜜。

军团一个接一个地行进在大道上，步履轻松，洋溢着健康和快乐。民兵团的年轻人过去后，退伍军人走来，他们手捧为阵亡战友献上的鲜花。有些老人坐在马车里，座位上多有横着的拐杖，但大多数人步行，步伐整齐划

---

[1] 《囚徒的希望》歌词，旨在鼓舞被俘虏的北方联邦士兵，是内战时期最流行的歌曲。（译注）
[2] 安德森维尔监狱（Andersonville）：内战期间南方军的战俘营，位于佐治亚州，条件恶劣，被关押的北方联邦囚犯因疾病和虐待大批死亡。（译注）
[3] 梅森—狄克逊线（Mason and Dixon's line）：美国南方分界线。（译注）
[4] 《我的马里兰》（My Maryland）：内战时期南方流行的战歌。后成为马里兰州州歌。（译注）
[5] 指内战时期南北各方军服，南方为灰，北方为蓝。（译注）

一，虽然步幅较小。当几位勇士高举一面战旗的破烂残骸从我们面前列队经过时，我不由自主地脱帽致敬。瞬间，帽子遮住了刺眼的光线，我突然看见对面房子的窗口有一组人。一位挺拔庄重的妇人，灰白头发上戴着寡妇帽，犹如戴着一顶王冠，她站在中间，双手搭在两个年轻人的肩上，这两个强壮的小伙子无疑是她的儿子，容貌健美，充满阳刚之气。我看见了，我认出来了。当我再次降低视线去看游行队伍时，我却见到另一组熟识的面孔。一辆马车上坐着一个五十多岁的男人，矮胖，粗俗，糙手上夹着一根点燃的雪茄，手搭在马车门上。他头发蓬乱，曾经的红发已经转灰，变成不洁的白色。外套的扣眼上系着共和国大军[※1]的饰扣。与他同坐在敞篷大马车上的是三个嘻嘻哈哈的小青年——显然是那种卑贱的职业政客。

男人看见一个朋友站在路边，就热情洋溢地点头，露出谄媚的灿烂笑容。我身边的众人认出了他，于是一个传一个地喊他的名字，街角上的一小群年轻人还高声欢呼。

※1 共和国大军(Grand Army of the Republic)：内战后北方联邦退伍军人组织。1866年成立，1890年人数最多，1956年最后一名成员去世。（译注）

纽约往事
Old New York

这两组人——马车上的龌龊之徒和他上方窗口中的高贵妇人——我都认得。我知道他们都是战争的幸存者。

随着游行队伍的经过，不时有人认出那位政客，我能听见阵阵欢呼声在观众行列中传播。我并不惊讶，因为这个男的在部分人中走红是明摆着的事。他是一个从未开过一枪的战士，是一位从未见过敌人的上校。他的战术技巧表现为：在有利可图而不必冒险的地方为自己保障一支特遣队。他的策略就是确保从那些分发美物的人的口中获得美言。

当别人为国奋战时，他一直在关照自己。战争结束时，他邀功请赏，并作为领事被派往东方。时候一到便有丑闻从大洋彼岸传来，调查令随即下达。于是他辞职，事情也从未被追究。然后他步入政坛。他出口成章，夸夸其谈。他奉承群氓，相信在政治上，巧言石^{※1}就是成功的垫脚石。攻击对手的时候，他从不停下来斟酌用词，相信在政治上，比林斯门^{※2}便是成功之门。他善于撩拨众人的耳朵制造纷争，这样就更容易牵着他们的鼻子走。仿佛

※1 巧言石(blarney-stone)：爱尔兰布拉尼城堡的石头，相传亲吻此石之后即善于花言巧语。（译注）
※2 比林斯门(billingsgate)：伦敦的鱼市，指代市井粗话、下流语言。（译注）

为弥补他在战争中的失职,他现在不遗余力地辱骂南方人民,对他们的谴责总是粗暴又恶毒。每次选举中,他都恳求他的同胞要像曾经射杀敌人那样去投票。他对那些曾为南方而战的人侮辱起来是一贯的狠毒刻薄。简言之,他就是人渣一个,是每当深渊剧烈动荡时便会浮于表面的那种渣滓。

以其政治辩论之蛮不讲理和政治欺骗之肆无忌惮,他很适合领导他施展大能招于麾下的那帮走狗。他的地位无异于中世纪意大利诸国纷争时的那些外国雇佣兵头目。像他们一样,他也领导着一个紧密的团体,这伙人组织起来就是为了掠夺,只要得到报酬且有望分赃就立即服从命令。虽然他名义上属于争夺国家控制权的两大党之一,但如果他的报酬和分得的肥差没能使他自己和众爪牙满意,他随时愿意倒戈。他甚至会为受到怠慢而伺机报复,并指望从另一方获得更高的酬劳。

至于我,当我站在法拉格特[※1]雕像下的拐角上观看老

※1 戴维·格拉斯哥·法拉格特(David Glasgow Farragut,1801—1870):美国海军上将,参加过1812年战争、南北战争、新奥尔良战役等。(译注)

兵列队经过时，想起这个人的谋生之道，看见他出现在那些为了崇高目的而打过一场漂亮仗的人中间，我感到他玷污了这神圣的场合，也暗淡了这灿烂的晨光。我又抬头望窗口，就是曾见那妇人同她的两个儿子现身的窗口。她还在那里，身体微微前倾，仿佛沉浸在不自觉的兴奋之中，一只手勾着右边的英武青年。看见那三个人，我又振作起来，我知道他们是谁，知道他们在国家历史上代表的是什么——既是过去的光辉榜样，也是未来的希望之光。冠于那位母亲额头的寡妇帽令我回想起一则高尚而纯粹的事迹。

穿水兵服的男孩组成的军乐团走在前，后边跟着一艘铁甲舰模型，模型安装在车轮上，巧妙地装饰着鲜花和花环。这之后走来区区二十位老水兵，他们已经自发形成了罗德曼·R.哈迪老兵会。行至那妇人与她的两个儿子所站的窗口时，他们仰头欢呼起来。哈迪舰长的遗孀看见丈夫的老战友，眼睛里顿时充满泪水。当他们朝她和她的儿子们欢呼时，她的脸上泛起红晕，搂着儿子的胳膊也微微颤抖。她欠欠身，两个小伙子脱帽致意，老兵会一行人便继续沿大道前进去履行其悲哀的职责，尽管他们无法用鲜花装点老指挥官的坟墓，因为他长眠于水底。当他的身体沉入那永恒的安息之所时，勇士们正在接二连三地发射炮弹向他致敬。

有人说：水兵的行当就是学习如何去杀，如何去死，而如何去活则无关紧要。哈迪舰长活得像个男人，像个绅士，像个基督徒，他死得像个英雄。他来自水兵世家。他的曾祖父在1758年路易斯堡被攻克之际曾随同阿默斯特[※1]指挥的舰队一道航行。他的祖父曾在好人理查号上给保罗·琼斯[※2]当过见习船员。他的父亲在"老铁壳"上服役时正值宪法号[※3]擒获战士号。他自己当兵出海时正赶上围攻韦拉克鲁斯[※4]。内战爆发时，他结婚才三年。他在坎

※1 杰弗里·阿默斯特（Jeffrey Amherst，1717—1797）：英国军事家、陆军元帅。1758年法国—印第安战争中率军攻克路易斯堡（Louisburg，位于加拿大布雷顿角）。后担任过英属北美殖民地总督。回国后被授予勋爵头衔。（译注）

※2 约翰·保罗·琼斯（Jonn Paul Jones，1747—1792）：生于苏格兰，美国海军军官、军事家，被誉为美国海军之父。好人理查号（Bonhomme Richard）是其指挥过的一艘由商船改装的军舰。（译注）

※3 宪法号（Constitution）：美国海军现役木壳三桅风帆护卫舰。由华盛顿总统命名，为纪念于1789年生效的《美国宪法》。自1797年入役至今连续服役二百多年。因其坚韧的橡木船壳而得绰号"老铁壳"（Old Ironsides）。曾在1812年战争中击毁英国皇家海军战士号（Guerrière）。（译注）

※4 韦拉克鲁斯(Vera Cruz)：墨西哥东岸港口，1847年在美墨战争中被美军围困并攻克。（译注）

伯兰号上服役时，梅里马克号击沉了该舰。在新铁甲舰建造期间，他得到短短几周与妻子和两个男婴共度的时间。昂提拉号完工之后，他身为一名海军上校，被派去担任指挥官。

没有一艘铁甲舰比昂提拉号效力更勤，吃苦更多。就在大举进攻戴维斯堡之前，哈迪舰长冒着南方邦联的炮火去轰击一艘巡洋舰，该舰已退至河的上游，躲在炮台所处的长条地后面。尽管炮台的火力很猛，有可能将他的船轰得招架不住，他依然奋不顾身，把炮口瞄准巡洋舰。他刚进入射程之内，一场浓雾就笼罩下来，遮住了作战双方。炮台停止连发，只漫无目标地开几炮碰运气。铁甲舰则仰仗炮手的精确性，继续射出一发接一发的炮弹，炮弹穿透厚厚的雾墙，直击敌船所在的隐形位置。浓雾消散后，巡洋舰起火了。铁甲舰遂撤退至炮台射程之外，完成了哈迪舰长布置的任务。

次日开始对戴维斯堡展开猛攻。舰队司令命昂提拉号跟随旗舰进攻。防守水道的不仅有堡垒本身及辅助防御工事的大炮和一小队炮艇，还有隐藏的鱼雷，鱼雷的位置连那些领航员都全然不知，他们都是戴维斯堡的联邦人士，自告奋勇来引导我方舰船通过曲折迂回的河口。铁甲舰做好了战斗准备。甲板已沉至与海面平齐，除了带有两门大炮的旋转炮塔，没有其他突出物。在操舵室的小房间里，哈迪舰长在领航员旁边就位。舰队司令发出前进信号，于是昂提拉号紧随旗舰的航迹。

安全通过水道的第一个弯之后，铁甲舰终于完全暴露在堡垒的炮火之下。炮塔缓慢旋转，两门大炮双双瞄准一艘脱离堡垒掩护、铤而走险的大胆炮艇。第二发炮弹击中炮艇的蒸汽室，炮艇爆炸，随波漂流。舰队司令仍在前进，昂提拉号紧随其后。忽然船体猛地一震，传出一声沉闷的轰响，铁甲舰从船头颤抖至船尾，并开始下沉。原来一枚鱼雷把船底炸出了一个洞，昂提拉号正在沉没。几乎同时，来自戴维斯堡的一发炮弹击中炮塔，一块碎片打中哈迪舰长，扯掉了他的右臂。就在鱼雷爆炸后的短短几秒之内，在颤抖的船身倾斜下沉之前，十余人逃离炮塔，扎进河里。舰长还没来得及爬出水，他的船就在他脚下沉没了。当他从急转的旋涡中浮上来时，那只未受伤的手抓住一块碰巧漂过的木头，他得以支撑因伤口裸露而发虚的身体。他发现自己就在领航员旁边，那人正徒劳地与浪涛搏击,体力几乎耗尽。

"你不会游泳吗?"哈迪舰长问。

"只会一点,"领航员回答,"我怕是要完蛋了。"

"扒住这块木头。"舰长说。

领航员伸出手臂,用绝望的手指抓住那块破木板。木板太小,撑不住两个男人,于是哈迪舰长松了手。他用一条手臂奋力划水支撑身体,撑了一小会儿。后来他体力不支,终于没入昂提拉号曾在他脚下沉没的那方水面。水上激战正酣,炮弹从一艘接一艘的舰艇上发射,回应从堡垒和炮台发出的炮弹,另一艘铁甲舰接替昂提拉号执行任务,勇敢的心和敏捷的头脑在海上和岸上同时发挥作用,而罗德曼·哈迪却葬身水底,给他的遗孀和儿子们留下了烈士的遗产。

那顶寡妇帽当晚被年轻的妻子戴在头上,直到今日她从未摘下。他的两个儿子由她抚养成人,追随父亲的脚步。一个以优异的成绩从安那波利斯的海军学院毕业,已开始在海军崭露头角。另一个是律师,正在努力跻身政界。虽然还不到三十岁,他却已在州议会历经两任,在那里,他为这个城市做出了卓越的贡献。

游行终于结束了——因为罗德曼·R.哈迪老兵会是压阵的队伍之一——于是我转身穿过广场。寡妇带着两个儿子的出现洁净了空气，驱散了坐着粗俗大马车经过我身边的政客一路留下的秽气。对英雄事迹的纪念是生命景观里的一片绿洲，对哈迪舰长之死的回顾使这一天显得更加美好。阳光洒在街上仿佛金水泻地。一对小麻雀轻快地掠过我面前的绿地，落在我头顶上方的树枝上。从连片的屋顶那边，飘来《约翰·布朗之躯》[※1]和《行军佐治亚》[※2]的回声。

(1890年)

※1 《约翰·布朗之躯》（John Brown's Body）：美国内战时一首著名的进行曲，纪念废奴主义运动家约翰·布朗。（译注）

※2 《行军佐治亚》（Marching Through Georgia）：内战时的一首进行曲。（译注）

寻找
地方色彩

6

　　小说家站在里文顿街和包厘街的交叉口，试图寻找恰当的词语来表述他所感知的纽约街道在一个潮湿的六月清晨呈现出的最独特的风貌。高架列车从他头顶上哐啷哐啷驶过，他并没有留意，因为太专注于默记从他面前经过的形形色色的路人。突然他险些被撞个跟头。一个年轻人踩上一块被随手丢在人行道上的香蕉皮，脚下一滑，重重跌在他身上。

　　"非常抱歉，"年轻人大声说，重新站定。"我——哎，德·勒伊特先生！"他惊叫，认出了作家。

　　"约翰·苏达姆！"鲁伯特·德·勒伊特应道，亲切地伸出手去，"嘿，真是巧了！你知道吗？我正要去大学睦邻之家※1找你呢。"

"要是再过十分钟,你就在那儿找到我了,"苏达姆回答,"这星期是我住校。事实上,我想我会在这儿过夏天。你看,我上星期通过了哥伦比亚※2的文科硕士考试——"

"那么现在要考试才能拿到文凭,嗯?"小说家问,"我上学那会儿,我们差不多是白拿的——至少我是——那不过是二十年前的事。你既拿了文凭,打算拿它做什么呢?我听说你求学是为当牧师。"

"我考虑过神职,"苏达姆回答。他是个又高又瘦的小伙子,有一头棕色的直发和一个坚毅的下巴。"可我现在不知道该做什么。我有点儿钱,你知道——要是我愿意,足够过活的。所以我可能留在睦邻之家,那儿的工作很有意思。"

"毫无疑问,"小说家欣然回应,"你一定能看到许

※1 大学睦邻之家(University Settlement):1886年在纽约成立的社区睦邻组织。在贫民区建一些大学生宿舍,使大学生与贫民共同生活,口号是"工作者与工作对象相亲相爱",针对社区居民的实际需要制订工作计划,并尽量发挥当地志愿者的力量,培养其自动自发、互助合作的社区精神。(译注)
※2 指纽约的哥伦比亚学院(Columbia College),即哥伦比亚大学前身。(译注)

多稀奇古怪的案例。我要是能抽出一段时间,跟你在这儿待上一个月就好了。"

"还犹豫什么呢?"苏达姆热切地建议。

"咳,手头的事太多了,"德·勒伊特回答,"下星期我得去哈佛朗诵优秀生联谊会[1]之诗。此外,我已经答应为《大都会》完成一系列纽约故事。这就是我今早要去找你的缘故。我想找你帮忙。"

"可我平生从没写过什么故事。"年轻人马上说。

"我不是想让你写故事,"德·勒伊特反驳,"当然我自己写得来。但我觉得你能帮我找点儿地方色彩。"

"地方色彩?"苏达姆疑惑地重复着。

"对,"小说家继续道,"地方色彩——那正是我想要的——新鲜的印象。"

"我不太明白——"年轻人犹疑着说。

"噢,我可以解释一下我想要什么,"鲁伯特·德·勒伊特打断他,"你看,我生来就是纽约人,

---

[1] 优秀生联谊会(Phi Beta Kappa):成立于1776年的美国大学优秀生荣誉性组织。(译注)

你也是，而且我一辈子都住在这儿，我太了解这座城市了——就是说，我对它的某些方面都摸透了。我能周旋于众长老[1]之间，能办克莱尔蒙特茶会，或其他各种时髦聚会；我知道俱乐部里的人怎么讲话。我研究过那些画家、文人和记者。我能描述剧院首演当晚的盛况或大街上发生骚乱的情形。可是我所知的这些人，我差不多都挖掘尽了，于是我想，我该来这儿见识一下我所不知的类型。"

"我很乐意带你去睦邻之家，"苏达姆回应，"而且——"

"我想去的并不是睦邻之家，多谢，"德·勒伊特打断他，"睦邻之家里的人是我已知类型的种种变体。我想见识的是那些我一点儿都不了解的人——那些非常穷的人，住廉租房的人，为温饱而做工的人。你认识那种人吗？"

"认识，"苏达姆回答，"我认识很多那样的人。可他们一点儿都不像那些煽情报纸写出来的那么生动，那么凄惨。你干吗不去唐人街看看？"

"那不是我想看的，"小说家答道，"唐人街是粗

---

[1] 长老（the Patriarchs）:纽约世家望族的族长。（译注）

俗的，是异域的，是外来的，只不过是附在纽约上的一种赘生物。而廉租房里的人是来扎根的，他们是这座城市的一个重要组成部分。我不关心唐人街，但我很关心桑树弯[1]。哎，苏达姆，你熟悉桑树弯，是不是？"

"是，"苏达姆回答，"我熟悉桑树弯。"

"你知不知道在桑树弯，或那附近，哪栋廉租房最有特色——最典型地代表了桑树弯所展示的最糟糕的状况？"德·勒伊特问。

"知道，"苏达姆又答，"我想我可以找一栋那样的廉租房。"

"那这就带我去吧，如果你能抽出一两个小时的话。"小说家说。

"我可以把差事推到今天下午，"年轻人答应，"我想我可以带你去看看你想看的。跟我来吧。"

他俩一直站在刚才撞见的地方，即包厘街和里文顿街的交叉口。现在，由约翰·苏达姆领路，两人在高架铁路

---

[1] 桑树弯(Mulberry Bend):桑树街（Mulberry Street）拐弯处，原纽约贫民窟之一，后拆除辟为公园。（译注）

的单轨下面,沿包厘街往北走了一小段,然后拐进一条小巷,朝西进发。

每当他们来到十字路口,德·勒伊特就发议论,说其中总有三个拐角是酒馆,而且有时四个都是。宽大的镀金招牌悬在这些酒吧敞开的大门上方,招牌上的名字不是德文就是爱尔兰语,直到他们来到一个拐角,看见有个馆子自称"克里斯托法罗·科隆博小馆"[※1]。一副木头架子立在小巷里,占去人行道宽的三分之一,上面有个牌子广而告之:冰镇苏打水加水果糖浆二分一杯;加巧克力和奶油,售价三分。一只盛水半满的大洗衣盆坐在拐角的路缘石上,里面泡着可疑的嫩卷心菜和抱子甘蓝。它的看守者是个瘦巴巴的姑娘,头上系着一条红手帕。

从这个街角,苏达姆拐出小巷,走上一条街,街不见得更宽,但往南往北延伸得那么曲折而犹豫,在纽约的街道中并不常见。这条曲街两边的人行道很窄,与此地密集的人口不相称,而且被种种默许的侵占行为弄得愈加狭

※1 原文为意大利语:Caffè Cristoforo Colombo。"克里斯托法罗·科隆博"即"克里斯托弗·哥伦布"。(译注)

窄。例如这边，一个小店侧面支出一副架子，上面的未脱壳豌豆在六月骄阳的暴晒下萎蔫。再如那边，几级台阶通往地下室，凹地一角的台阶上或许有只大桶，里面装满脏兮兮的冰块，镇着一罐号称是冰淇淋的东西，不然就是有块木板，上面摆着半打干硬的黑面包，也是要卖给偶然路过的顾客。又如这边和那边，高层廉租房里的居民把椅子搬到大门口，坐下来，舒舒服服地跟邻居交谈，全然不顾如此一来造成的人行道阻塞，逼得行人只好走到马路上去。

而马路也跟人行道一样拥挤不堪。苏达姆和德·勒伊特小心地择路而行，前面是一个皮肤黝黑的小伙子，他的法兰绒上衣领口大敞，袖子高卷，露出褐色的胳膊。他推着一辆手推车，车上堆满色彩艳丽的印花布。还有别的手推车，别的推车人，有老有少，在贩卖别的货物——往往是水果，极不诱人的臭烘烘的水果。偶尔会有一辆大马车隆隆地慢慢穿过街道，车上堆积如山的高级家具出自街角附近一家叮叮咣咣的工厂。在拉车的大马前方，孩子们总要等到有惊无险的最后一刻才四散逃跑。这里的孩子数不清，永远有成群的孩子从房子里出来，从地窖里上来，在路边转悠，在街心跑来跑去。各年龄的孩子都有，有躺在矮胖敦实的母亲怀里的婴儿，也有脸盘甜美眼睛黑的小姑娘——虽然看着老成像十四的样子，其实不过十一二岁。他们在街上疯跑，他们在闲坐门口聊天的母亲的腿边玩耍，他们在架设于每座高楼前脸的防火梯的栏杆上吊着。

到处都有意大利人把防火梯的平台当作斗室的外间。他们用长在破木箱里的花草装点它，他们用它的栏杆晾晒杂色法兰绒上衣，他们坐在上面乘凉，仿佛它是故乡别墅的凉廊。

到处也有噪声和浊气。从敞开的窗口传来的附近机器的轰鸣，以及街头群众无休无止的吵闹和尖叫，使得都市的喧嚣在这里加剧。邋遢厨房的馊臭与腐烂果蔬的轻度腐臭混合在一起。

然而超越噪声、臭气和众人碌碌繁忙的表象，鲁伯特·德·勒伊特觉得仿佛他在接受生活的本相。就好像他窥见了宏大的生存运动——永不止息也不可避免。他所看见的并不令他心生怜悯，也不令他心灰意冷。眼前的景象并不美，甚至算不上什么景，然而一刻也不曾令他感伤。只是有趣，实在有趣——有无穷无尽之趣。

纽约往事
Old New York

"我多少年都没见过这么浓的意大利味儿了,"当他俩小心翼翼地穿过乱作一团爬出门口的婴孩时,小说家对他的向导说,"记得第一次在意大利漫步——我们下了开往科莫的船之后,在梅纳焦[※1]的山间漫步,那时我都没见过这么浓郁的意大利风情。这里的某些面孔是更纯正的希腊式,比你在意大利北部遇见的任何一个都纯正。你瞧见刚刚路过的那个年轻母亲了吗?"

"正给婴儿喂奶的那个?"苏达姆反问。

"对,"德·勒伊特继续道,"她有椭圆形的脸庞和橄榄色的皮肤,是希腊人留在西西里岛上的那种相貌。她不漂亮,算不上,但她具有出自雕塑家族群的那种沉静的美。她的侧脸俨然脱胎于一枚叙拉古银币[※2]。这样一张脸竟出现在这里,在曾经是新阿姆斯特丹而现在是纽约的这座城市里!"

"我们可没时间在这儿怀念叙拉古和新阿姆斯特

※1 科莫(Como):意大利科莫省的省会;梅纳焦(Menaggio):科莫省的一个镇。两地皆坐落于科莫湖边。(译注)
※2 叙拉古(Syracuse):又译锡拉库萨,位于意大利西西里岛的一座沿海古城。由古希腊科林斯的殖民者于公元前734年建立,一度兴盛,铸币业发达。银币上多有女性侧面像。(译注)

丹，"苏达姆说，"我们对纽约还考虑不过来呢。但凡真的想起西西里，也只是为了记住我们这儿的西西里人是所有意大利人中脾气最暴、最不好惹、最爱报复的。"

"假如我不知道，"小说家感慨，"意大利人是以牺牲一切艺术冲动为代价来发展商业才能的，我就会纳闷，米开朗琪罗、列昂纳多·达·芬奇、乌尔比诺的拉斐尔这种族群的后裔，怎么如今竟愿意住在那么丑恶的一座房子里！"他一扬手，示意一座高耸的双开间廉租房，大量的蹩脚装饰把房子弄得越发丑陋。"它甚至不因朽坏而别有风味。事实上，这一整片儿的维护状况比我预想的要好。"

"瞧瞧你身后的房子。"他的同伴回应。

他们身后的那座房子属于这条街上最老的一批廉租房。其防火梯的平台同周边住宅的那些平台一样杂乱，每一个窗口都显出室内有人居住的迹象。然而这座建筑物，作为一个整体，却像被忽视了。

"这房子真好似捉襟见肘、蓬头垢面，"德·勒伊特承认，"看上去就像个流浪汉，是不是？"

"看上去是不太干净，"苏达姆说，"而且后楼还要更脏。那就是我们要去的地方,如果你想去。"

"好,"德·勒伊特回答,"如果这一带确有地方色彩可寻,我猜我们会在这里找到相当一部分。"

"那就这边请吧。"苏达姆说着钻进一条有顶的巷子,巷子在房子下面延伸,通往一个铺着高低不平的石板的小院,院子被周遭建筑四面合围。即使在那个阳光明媚的上午,院里的空气依然透着阴冷,石板路上处处是水渍。

"新建筑法规不允许建这种不见天日的后楼,"苏达姆解释,"但是城里有数千座这样的楼,都是新法规生效之前建的。我们最好先去地下室看看。"

院子一角有五六级台阶通往后楼的地下室。来自大学睦邻之家的这位青年,身后跟着小说家,踩着台阶步入地窖似的房间,房间约占后楼地下空间的一半。

这间屋里的空气污浊不堪,害得德·勒伊特一阵憋气。房间不超过十二英尺见方。墙壁上没抹灰,露着粗基石。地面是土地,被踩得硬邦邦,除去啤酒罐滴液弄湿的地方。上层的地板梁似乎已朽烂。在室内的溽热中,十来个老少爷们儿坐在旧椅子和破箱子上,吸着烟,就着唯一一盏脏臭的煤油灯发出的摇曳光芒打牌，喝着用旧罐头盒收集的酒渣。

苏达姆和德·勒伊特进来的时候，地窖居民抬头看了看，然后继续之前的消遣，对闯入者并无进一步的关注。

离门口最近的是个身材魁梧的五十岁汉子，灰白的短发紧贴头皮，腰间的皮带上掖着一把刀。他正在打牌。

"早上好，贾科莫，"苏达姆对这位头发花白的粗人说，"我好长时间没听到你的消息了。你什么时候离开岛[1]的？"

"上周。"他硬生生地回答。

"你的妻子在哪儿呢？"年轻人问。

"她做工。"贾科莫回答。

苏达姆没有继续往下聊。他估计小说家看够了，就转身又踏上颤颤巍巍的台阶，身后跟着他的朋友。

"吁！"当他俩再次站在狭小的院子里时，德·勒伊特长长地舒了一口气。"真不知道他们怎么能呼吸那样的空气而且还能生活。"

---

[1] 指曼哈顿岛。（译注）

"他们不生活,"苏达姆回答——"根本不生活,较弱的很快就被逼死了,只留下你看到的较顽强的个体。现在我们上楼去,如果你想去的话。"

"走吧,"德·勒伊特回答,"我来就是要看这个。"

后楼中央有一个入口。大门已脱离合页。过道里面就是楼梯,栏杆破损,许多台阶朽坏,很不安全。他们往上走的时候不见什么光,只有一股烂鱼的腐臭伴着他们。

楼梯口两边各有一扇门。苏达姆轮流敲门,然后试图开门,但两扇门都是锁着的,也无人回应一遍遍的叩门声。

"我说,"当他们往上一层走时,小说家发问,"这些人愿意让咱们这样打扰他们吗?"

"有些不愿意,"苏达姆答得干脆,"当然我尽量不去打扰。但是大多数人并不介意。大多数人没有家的感觉。大多数人不知道隐私是什么。他们怎么可能知道?"

"真是,"小说家重复着,"他们怎么可能知道?"

"这儿有个实例能表明我的意思。"两人又上了一层楼时,来自睦邻之家的青年说。

通向右侧房间的门是敞开的。房间大约十英尺见方，放有两张床。其中一张床上有个男人盘腿坐着正在缝纫，他只在两个访客挡住门口的光时才抬眼看了一下，然后就继续他的活计。另一张床上有两个小孩，半裸着正在睡觉。一个是三岁的男孩，另一个是快两岁的女孩。这张床的床沿上坐着一个十七岁的高个儿男孩，也在缝纫。两张床之间的窄过道上放着两台缝纫机，一台由一个女孩操作，孩子十五六岁，瘦巴巴的，发育不良，肩膀佝偻着。另一台机器由这些孩子的母亲操作，她是一位大骨架的四十岁女人，长着特拉斯提弗列人[1]中十分常见的高贵头颅。

她认识苏达姆，于是面露微笑。

"早上好。"她说。

"早上好，"苏达姆应道，"我带一个朋友来楼里参观。你这儿好像有点挤呀。"

"现在不挤。"她回答，"现在只有一个房客，"她

---

[1] 特拉斯提弗列（Trastevere）：罗马第十三区，位于台伯河西岸，梵蒂冈以南，意为"台伯河外"。（译注）

指指盘腿坐在床上的那个人。"上星期有两个。"

"你丈夫在哪儿？"年轻人问。

"噢，他又找了一个姑娘。"她回答，做了一个模糊的手势，明显不以为然。

苏达姆和德·勒伊特又上一层楼，往敞着门的房间里扫视。苏达姆认识这里的大多数住户，他们似乎很高兴见到他。显然他们把他当成了朋友。

在顶层，在通往屋顶的楼梯下面，有一个不足六乘八英尺的小窝。小归小，屋里的陈设却强于德·勒伊特刚才见过的大多数房间，它包含着渴望安家的种种迹象。墙上钉着暴力的彩色印刷品。床上铺着杂色床罩。唯一的住户是一个高大、黝黑的意大利人，眼睛炯炯有神。他正在一盏油灯上烹调拉丝奶酪通心粉。他的房门虚掩着。

"早上好，彼得罗。"苏达姆兴冲冲地招呼。

彼得罗的第一反应是迅速关上门。后来他改变了主意，因为他又打开了房门，狐疑地向外张望。认出苏达姆后，他正要把门大敞，忽然看见了德·勒伊特。片刻犹豫之后，他将手从门把上移开，继续烹饪。

"我带朋友来楼里参观。"苏达姆解释。

意大利人一言不发。显然,烹饪吸引了他的全部注意力。但他向德·勒伊特投去探寻的一瞥。

苏达姆转向小说家。"这是彼得罗·巴雷提,"他说,"他是美国最专业的马赛克镶嵌工。他来自那不勒斯,我估计,这就是为什么他的通心粉做得这么好。"

"确实,自打上次从那不勒斯回来,我还没见过那么做通心粉的呢。"小说家没话找话,实在吃不准这意大利人的态度。

"你老婆不在?"苏达姆问。

"不在。"意大利人生硬地回答。

"她去哪儿了?"年轻人追问。

"她毁了。"巴雷提回答。

"死了?"苏达姆大叫,"真是太惨了。她什么时候死的?"

"十天前。"意大利人回答。

当苏达姆和德·勒伊特结束了参观,正小心翼翼地下楼梯时,来自大学睦邻之家的青年问小说家是否见到了什么有趣的东西。

"噢,是的,"小说家答道,"我找到了很多色彩,正是我想要的。还有那妻子殁了的意大利人——他是素材,肯定是。"

"素材?"苏达姆疑惑。

"我是说我可以把他写进一篇给《大都会》的短文里。"小说家解释,"要是我知道他妻子长什么样就好了。"

"她是个漂亮姑娘——黑头发,黑眼睛,笑容生动活泼,"苏达姆说,"他把她看得很紧。我听说他俩以前常吵架,吵得很凶。"

"我可不愿意跟那个家伙为敌,"他俩穿出巷子来到大街上时,德·勒伊特声明,"他那眼睛就像玻璃锥子似的。"

小说家和来自大学睦邻之家的青年并肩走在街上。当他们接近一所由绿灯[1]谨慎戒备着的警察局时,三名警官走出来拐到街上。

三个警察走到这两位朋友跟前时,其中一个让了一

---

[1] 绿灯:当纽约还是荷兰殖民地——新阿姆斯特丹时,巡逻员在夜间巡逻时会提一盏装绿玻璃的油灯,回到值班室后就把绿灯挂在门前以示有人值班。后来警察局沿用该传统,也在门前挂绿灯作为"警戒"的标志。(译注)

步,跟来自睦邻之家的青年搭话。

"苏达姆先生,"他说,"你们这些睦邻之家来的先生有时候比我们更清楚这里的情况。你最近见过彼得罗·巴雷提吗?就是人称意大利皮特的?"

"不到十分钟前我还见过他——在他自己的房间里,"苏达姆回答。

"他没事,伙计们,"警察大叫,"他在。"

"你们想找他?"苏达姆问。

"怎么不想?"警察脱口而出,"我们要把他抓起来。"

"他干什么了?"德·勒伊特询问。

"噢,他干得够多的了!"警官回答,"他上星期杀了他的妻子,那就是他干的。"

苏达姆瞧瞧德·勒伊特。

"嗯,"德·勒伊特说,"这下齐了。我能得着一句好的结束语了。"

(1893年)

破晓之前

她住在街角的一座小木屋里,木屋缩在两栋高耸的廉租房的阴影中。这种脆弱的木屋仍少量残存于城市的那片区域——包厘街以东半英里和汤普金斯广场以南半英里的地方,那里的建筑毫无章法、拥挤不堪、缺乏关爱,如同那里的居民。在原本为单一家庭建造,而今却剧变为容纳八到十户的老旧私宅之间——在高耸、突兀而丑陋的新建廉租房之间——在这儿,在那儿,人们仍能找到距今半个世纪之久的、在城市扩张之前建造的木屋,破破烂烂,大可不必地自惭形秽于一座座并不比它们更好的新建大厦面前。这些木瓦覆盖的尖顶屋是一个时代的可怜孑遗,那时纽约还记得自己曾经是新阿姆斯特丹,那时它兴建房屋并未模仿巴别塔[※1]的多元混杂和自高自大。就是在这样一座墙面铺着白色护板、被苍白的月光映得发灰的小屋里，玛吉·奥唐奈躺在那儿睡得正酣，此时远处一座尖塔里的钟敲了三下，天将破晓，这天正是七月四日。

她睡在酒馆楼上两间小室中较大的一间里。在城市的那片区域，几乎每个街角都有酒馆，有时一个街区有两三家。大多数酒馆的门面招牌，以及杂货店和面包坊和其他商店的门面招牌上都写着古怪的外国名字。此地离城中的德国区不远，离意大利区和中国区[※2]也不远。而这一带的房子却主要充斥着波兰人，大多是勤劳、温顺、节俭的波兰犹太人。在占据另外三个拐角的廉租房里，缝纫机的嗡嗡声直到午夜才停息。玛吉躺在其上熟睡的那间酒馆，门面招牌上写着一个爱尔兰名字——她丈夫的名字——特伦斯·奥唐奈。然而那展示其名的朴素木板却被两侧夹击的巨型招牌震慑住了，那些招牌在两侧街道的墙面上各占好

[※1] 巴别塔(Tower of Babel)：据《圣经·创世纪》第11章1～9记载，当时世人都说一种语言，他们要建造一座城和一座通天塔以传扬己名，但没有造成，因为神变乱了世人的口音使他们无法交流，所以那城名叫巴别（即"变乱"），塔即巴别塔。（译注）

[※2] 分别指曼哈顿岛上该国移民集中的区域。意大利区亦称小意大利，中国区亦称华埠、唐人街、中国城。（译注）

大一片，盛赞"凯利公司的麦高恩关隘[※1]啤酒"。

这些啤酒招牌如此之大，令那座小屋看上去比实际还要小——实际也不过二十英尺见方。酒馆正门就开在拐角处，自然为便于揽客。临街一侧有两个窗口，另一侧有一个窗口和一扇门，上悬"私家入口"的牌子。这扇门通向一条小过道，由此可进入酒馆，也可爬上窄楼梯去特伦斯·奥唐奈和他妻子玛吉位于楼上的家。除了被这入口和楼梯占去的空间，整个底层都是酒吧。自从特里[※2]在午夜过后不久关门上了锁，一束孤单的灯苗就一直在吧台上方幽暗地燃着。吧台在酒馆里曲折延展，吧台后面，镶着斜边镜子的餐具柜排列在两面内墙上。餐具柜因层层堆叠的玻璃杯而闪闪发亮，每座玻璃金字塔顶都放着一个柠檬，黄澄澄的。啤酒泵处于吧台下面的中间位置，吧台一头有特伦斯存钱的铁制保险箱；吧台另一头，就在通往私家入口的门后靠墙的地方，有一部电话机。

楼上有两间小屋和一两个壁橱。玛吉已将较小的一间

[※1] 麦高恩关隘（McGown's Pass）：纽约中央公园里的一处地貌区，位于陡坡之上，遍布崎岖小径，在美国独立战争中起过重要作用。（译注）

[※2] 特里(Terry)：特伦斯的昵称。（译注）

屋改造成厨房兼饭厅。位于拐角的较大的那间是他们的卧室，玛吉就在这里酣然入睡。夜晚闷热，窗户虽然开着，小巧的白窗帘还是软塌塌地垂着一动不动。过去的一天炎热无云，另外三个拐角的砖房已积聚了十五个小时的热量，自从太阳落山就一直在往外散热。如此闷热的天儿，玛吉·奥唐奈却睡得很沉。特里在门口吻别她的时候已过午夜，她已睡了三个小时。此时已有熹微的晨光出现在天边，纽约这个地方，七月四日的太阳升起得早——四点半日出。一阵微风懒洋洋地从东河吹过来，轻柔地拂动窗帘。玛吉不安地翻个身，伸出手，唤道："特里。"

她猛醒过来。一时间，她呆呆地看着身边空空的床铺，然后她想起特里将彻夜不归，在客船和驳船上卖力为野餐做准备。她又翻过身去，但睡意全无。她静静地躺在床上听，她能捕捉到的只有邻街啤酒车发出的低沉的隆隆声和海湾汽船发出的迟疑的嘟嘟声。然后她听见远处传来三四声枪响，她知道有些年轻人早早起来，已经开始在所住廉租房的房顶庆祝七月四日了。

她试着入睡，但睡不着。她已彻底清醒，她知道再次沉入梦乡的可能性很小。她曾不止一次像这样在半夜、在天亮前的一小时左右醒来,然后她只得躺在床上静静地听特里均匀的呼吸声。现在她独自躺在那儿,思念特里,感激他对她的好,陶醉在他的爱中。她独自躺在那儿想,要不是特里怜悯她,不知她现在身在何处。

突然,她一下子从床上坐起,屏息细听。她恍惚觉得楼下酒馆里有动静。她一点都不紧张,可她真希望特里没放那么多钱在保险箱里。他俩结婚快两年了,这是他头一次晚上不在家。她竖起耳朵,但声音没再响起。她又躺到枕头上,断定那是老鼠从吧台上掉落的声音,想必它一直在上面吃奶酪渣来着。地窖里有许多大老鼠,有时它们甚至冒险上蹿到卧室和隔壁的厨房。

想当年,要把如今是特伦斯·奥唐奈妻子的那个女孩从酣睡中吵醒,非来一声巨响不可。母亲在她不满五岁时就去世了,之后父亲带她搬到城中最差的一处廉租房里,那是一片破烂不堪的旧营房,就在地狱厨房[※1]边上。那里无论白天黑夜,无论屋里街头,从来没有消停的时候。一

※1 地狱厨房(Hell's Kitchen):曼哈顿岛西岸的一个地区,早年为贫民窟,主要由爱尔兰移民的劳工阶层聚居,以杂乱落后的居住条件、严重的族群冲突和高犯罪率闻名。(译注)

天里无论几点钟，总有吵架闹事的。倘若谩骂和骚乱能让一个女孩睡不着觉，她在那儿就绝无片刻安眠。但玛吉不记得她小时候睡眠轻，事实上，她倒记得自己能随时随地睡觉。炎热的夏夜，当父亲醉醺醺地回家时，她会偷偷爬上屋顶躺下来，沉沉地睡去，仿佛就睡在父女俩住的那个单间里。

早在那时她父亲就常常醉酒，周六晚上必醉，工作日里也常有一两回。而且他一喝多就爱发火。要是见她在家，他就打她。父亲第一次把她打趴下的情形她历历在目，然而伴随那一拳的咒骂，她却忘记了。他并不常把她打趴下，可是从她一出生，他就天天诅咒她。她幼小的耳朵最早学会辨别的就是那些污言秽语。

父亲再婚之后戒酒一个月。他们从地狱厨房搬到东河附近一处较好的房子里。有那么一阵，一切顺心，继母对她也好。可是父亲又回到老路上去了，很快他的新妻子原形毕露。火气一上来他俩就吵架，要是玛吉没来得及逃跑，他们还会轮番殴打玛吉。正是在一个星期六的晚上，父亲朝玛吉一拳抡过来的时候，一头栽倒，摔下廉租房的一截楼梯，被救起时已断了气。邻居把他抬上楼，发现他的妻子躺在屋里醉得不省人事。

那时玛吉快十四岁了。她继续跟继母一同生活，继母在制盒厂给她找了一个位子。上班的最初几天是玛吉少女时代最幸福的日子。她记得自己因有能力挣钱而感受到的那份喜悦。那给了她一种自己做主、能够在世上立足的感觉。她还跟别的女孩交了朋友。其中一个叫萨迪·麦克德莫特的有个哥哥——吉姆，他常常在星期六晚上过来缠着妹妹要钱。吉姆是帮派成员，能不工作绝不工作。他没有职业。玛吉记得她和萨迪一起走回家的那个星期六晚上，吉姆大发脾气，因为妹妹不愿把工资分给他。他抢过她的钱包，拔腿就跑。玛吉骂了他一句，抓住他的一条胳膊，他极粗暴地甩开她，结果她摔倒了，脑袋狠狠撞上灯柱晕了过去。

那个七月四日的凌晨，当玛吉躺在床上，看过去的生活像一幅画卷展开在眼前时，她知道自己头侧的伤疤并不是吉姆·麦克德莫特给予她的最重的伤害。回想过去，她奇怪自己怎么会与他交好，怎么会让他如影随形，怎么会允许他向她求爱。正是吉姆·麦克德莫特的缘故，她才与继母吵翻的。吉姆从一个醉汉身上抢了五美元后邀请玛吉去郊游。那晚上,她的继母比平日多喝了几口,说如果玛吉跟他出去就再也进不了家门。玛吉可不吃这一套,她告诉吉姆次日一早就跟他去。继母骂她是个忘恩负义的丫头。第二天夜里玛吉同他游玩归来,走到与继母同住的卧室门口时,他们发现门被反锁着,玛吉的所有财物被打成了一捆,鄙弃在楼梯口。

那一夜,吉姆没花多长时间便说服玛吉跟他私奔,从此她再没见过她的继母。一星期后,吉姆因抢劫那醉汉而被捕,之前他和玛吉已经吵过架。他被押送到监狱岛上。自郊游之后玛吉就一直没回工厂。吉姆曾在一天晚上带她去过一间舞厅,当她被孤零零地抛在世上时,她就独自去了那里。一个月后,她在那里遇见了特里。初次见到特里的那会儿,她的前景明明白白就是停尸房,她正在往那儿去,而且步履匆匆,她心里明白。冬天还未到,她就已经日日夜夜饱受咳嗽的折磨。

她躺在舒适的床上,想到特里救她免受停尸房的寒气时,她闭上眼睛,挡住那恐怖的画面,又紧握双拳交叉在额头上。她继而微笑,因为想起了特里痛揍吉姆的样子,吉姆不知怎的在刑满之前就离了岛。吉姆说,他跟警察有交情，此来是找她要钱的，还威胁要霸占她。就在这时特里跟他交手了，把他一通收拾。那时候，特里在格拉默西公园附近的一家高档餐厅当酒保。老板星期天歇业，所以那天特里没上班。

痛揍吉姆的那次并不是特里第一次对她好，也不是最后一次。两星期后，他带她离开舞厅，刚一得空儿，他就跟她结了婚。他们到陵墓[※1]去，法官为他们证婚。法官认识特里，特里亲吻新娘后，他祝贺特里，还说新郎是个幸运的男人，他找了一个好妻子。

玛吉知道自己一直是好妻子，也确信自己给特里带来了好运。现在门面上写着特伦斯·奥唐奈大名的这座木屋当时是由别人经营的，后来那人犯事不得不逃亡国外，于是店主让特里接管，并让玛吉到酒馆楼上的小屋里做家务。后来店主猝然离世，他的遗孀知道特里是老实人，就把这地方转让给他，很便宜，分期付款。那是一年半之前的事，现在应付款基本交齐，只剩下最后一笔，一周后才需支付，不过这笔钱已经备齐，就放在楼下的保险箱里。

※1　陵墓(the Tombs)：纽约司法大楼的别称。（译注）

特里一直干得很好。他人缘好，朋友们会特地跨两条街来他这里喝上一杯。他刚刚得到一个做野餐生意的机会。他肯定会赚大钱。也许过两三年他们就能还清买固定设备的贷款。然后他们会发财，也许特里还会步入政界。

突然，玛吉的思绪被打断了。楼下传来一阵响声，混乱而沉闷，却明白无误。玛吉一动不动地听着，然后她迅速下床。她知道有人在楼下酒馆里，在这个钟点，来者不可能心怀善意。无论是谁，必是贼。也许是邻近的某个恶棍，知道特里不在便乘虚而入。

她没有任何一种武器，可她一点都不害怕。她小心翼翼地走到楼梯口，蹑手蹑脚地下楼，没有耽误时间去穿袜子。酒馆里响声继续，声音零星而轻微，但玛吉听得很明白。响声告诉她，一个人以某种方式进了屋，现在已到吧台后面。也许他正准备偷收银抽屉里的零钱。她庆幸的是，特里临走时已经把所有的钱都锁在保险箱里了。

玛吉轻轻溜下楼梯，站在小过道里，通往酒馆的门在她面前虚掩着，这时她感到一股小风，于是她知道窃贼是跳窗进来的，且任窗户敞着。然而她叫喊求助是没有用的。在喊声所及的范围内只有那些穷波兰人，他们太胆小了，就算见到她在光天化日之下遭劫也绝不敢抗议。他们是懦弱之辈，全都是。她不能全当他们是白人而指望从他们那儿得到帮助。警察或许听得到她的叫声，但巡逻范围很大，他在附近的可能性很小。

玛吉头脑清醒，思维敏捷。应该做的，唯一能做的，就是打电话求援。她站在过道上，电话离她不到两英尺，可它在门的另一侧，在吧台头上，因此无论谁在酒馆里，电话都暴露在其视野中。呼叫总机并求助而不被盗贼听见是不可能的。

一旦决定了怎么做最好，玛吉便毫不犹豫。她轻轻推开面前的门，悄悄步入酒馆。当吧台上方幽暗的孤灯发出的微光照到她时，她竟显得挺漂亮，光晕笼罩着她的一头红发，粗布白睡袍裹着她年轻结实的身体。她环顾四周，一时间不见一个人。她面前的窗户是敞着的，但是跳窗而入的人却全无踪影。

四下窥探时，她听见一阵刺耳的刮擦声，接着看见一个人的头顶刚好露在吧台上面，身体则隐在吧台后方。于是她知道，窃贼正在设法打开特里锁钱的保险箱。

玛吉让身后的门大敞着，两步迈到电话机前，飞快地转动摇柄。然后她一扭脸去看那人做何反应。

他的第一反应是猛然低头,完全消失在吧台下。然后他慢慢仰起脸露出吧台,此时,玛吉发现自己正瞪着吉姆·麦克德莫特的那双贼眼。

"你好,玛吉!"他说着站了起来,"真是你吗?"

她见他右手里有一把左轮手枪。但她再次抬手重拨电话。

"放下!"他大叫,同时举枪,"你要告发,我就开枪——明白?"

"你从哪儿偷的那把枪,吉姆·麦克德莫特?"她回了一句。

"从哪儿弄的不关你的事,"他回敬,"反正为你预备妥了。我也会开枪,你别忘了!撂下电话,否则让你见识见识我出手多快。听见没有?"

她没有回答。她正在等待总机确认刚才的拨叫。她直勾勾地瞪着吉姆·麦克德莫特,感到不自在的是他,而不是她。

这时电话铃响了,她转身对着话筒,清楚迅速却毫不慌张地说出:"这里是查塔姆三十一号,发生一起入室盗窃,窃贼是吉姆·麦克德莫特。速派警察过来。"

这就是她的留言。然后她一扭脸,冲他大嚷:"开枪吧,浑蛋!"

他照她的话去做,开了枪。子弹在电话机的木匣子上穿了个洞。

玛吉嘲笑一声,快速闪身出门,但没快到足以躲过第二发子弹。

五分钟后警察赶到,正是天将破晓时,他们发现吉姆·麦克德莫特已经逃跑,窗户敞着,保险箱完好无损,而玛吉·奥唐奈躺在楼梯脚的过道上,她的睡袍沾染了胳膊所受皮肉之伤流出的血。

(1893年)

仲夏夜

在白舰队※1的旗舰上服役三年之后,海军上尉约翰·斯通获准休一个长假。那是最热的八月天里的一个傍晚,他离开军港码头,搭乘渡轮去了纽约。他乘坐的有轨马车慢吞吞地在市内穿行,拉车的马儿好像被持续两周的难熬天气耗尽了气力,赶车人也无力使它们保持工作步调。

约翰·斯通并不介意它们走得多么缓慢。他不着急,他无事可做,他没有让谁等着。四十岁的他在这世上孑然

※1 白舰队(White Squadron):又叫"大白舰队"。1907年在西奥多·罗斯福总统的倡导下,美国海军组建了由十六艘战列舰组成的舰队,因舰体均被漆成白色而得名"白舰队"。白舰队进行了历时十四个月的环球航行,确立了美国的海上强国地位。(译注)

纽约往事
Old New York

一身，举目无亲，没有比远房表亲更近的人，没有家，没有地址，除了一句"由华盛顿特区海军部转交"。即使在军队里，他也没什么野心，因为他尚未获得指挥权，也不会为了晋升去熬三四个年头。他喜欢自己的职业，最近他钟情于研究海军的早期历史。他此来纽约是为去图书馆查找史料中的一些缺失环节，以便分析迦太基作为海上强国的盛衰。为靠近他需要查阅的书籍，他将投宿在华盛顿广场周边两三个街区内的一家旅馆里。

他在旅馆登记时，接待员上下颠倒地看着他签名，彬彬有礼地说："很抱歉，斯通先生，我们无法为你提供更好的房间，只能把你安排在六楼。你看，房间全被南部和西部的客商占满了，他们已经发现纽约是全国最好的避暑胜地。我尽量为你做最好的安排，也就是给你一个临街的房间，带浴室的。"

"那就很好。"斯通回答。

"前面的！"接待员喊道，"带斯通先生上三一三。"

这位海军军官来到三一三房间时已将近六点钟。他打开窗户，俯视下面的街道。即使在那个高度也能感觉到热气从石铺人行道和对面的砖墙蒸腾出来。在他听来，仿佛这座都市的巨大轰鸣上传到他耳朵里时是被热气捂住了的、隔远了的。他点燃一支雪茄,探出窗外,寻思整座城里有多少人跟他有过一面之缘,又有寥寥几个能叫出他的名字。

从西边吹来一阵潮热的风,吹动了远在他下方的行道树茂密而蒙灰的树枝。他扔掉抽了一半的雪茄。洗完冷水澡后,他神清气爽地下楼去餐厅。

餐厅领班招呼他入座的那张桌子边已经坐了一个男子,一个高大、英俊的年轻人,约莫二十五岁。斯通喜欢那张面孔,也喜欢那法兰绒衬衫使脖颈全然不受拘束的剪裁样式。那朴素的围巾怎样打结及其两端怎样塞进衬衫他也注意到了。他还看见那年轻人坚持把他的黑色阔边软帽带进餐厅,挂在了旁边椅子的椅背上。这座位给了斯通之后,帽子立即被转移到帽主另一侧的椅子上。斯通认定他的邻座是个牧场工之类的人,是来东部办事的。

没花多长时间两个孤单的男人就熟识了。还没吃完嫩玉米,斯通就对他的同桌邻座了解得一清二楚,邻座也得知了一些关于他的事。

"你进来的时候我就打量你了,"年轻人说,"我一眼就看出你有来头。不知怎的，我料你就是山姆大叔的儿子[※1]，当然啦，我料不到你是水手。我从没见过水手，直到今儿早上，我下到码头去打听轮船图赖讷[※2]号的消息，才看见一个水手，是法国人，跟你不像，半点儿不像。我估摸着，喏，山姆大叔的水手跟他的其他儿子一样，我常在老家看见他们。那边有不是坏蛋的荷兰人，我还见过靠得住的拉丁佬，有时是墨西哥佬，时不常地——虽说他们是大老粗，但还是可以信赖的——可山姆大叔的儿子每回都是白人。"

小伙子名叫克莱·马格鲁德。正如斯通所料，他是个牛仔，此来纽约是要完成一项对自己至关重要的使命。他在等候他想娶的那个姑娘，她预计在次日早上乘那艘法国轮船抵达。

"这儿的吃食还不赖，是吧？"就餐行将结束时，马格鲁德说，"当然跟我们在家吃的不一样喽。自打我跟佩蒂格鲁老头混，我在哪吃的牛肉都赶不上我们这两年

※1　山姆大叔的儿子（Uncle Sam's boys）：指美国军人。（译注）
※2　图赖讷（Touraine）：法国旧行省名。（译注）

弄到的牛肉。哈什刀公司[※1]一直有道儿上最好的伙食。这是它臭名昭著的地方。纽约这儿的东西够好了,可是这儿的味道抓不住你,不像在家似的。而且东部的咖啡是糟烂货,是不?咖啡该有的苦味都没有。"

用餐过后,他们走进旅馆的吸烟室,斯通拿出一支雪茄递给他的新朋友。

"不抽,谢谢,"对方说着从裤兜里掏出一个欧石楠木的小烟斗,"我对雪茄不大感冒。我觉着,我能从烟斗里抽出更实在的舒坦。"他装满烟斗,吸了五六口,然后冷不丁地对斯通说:"嘿!今晚城里有什么演出吗?我今晚得空儿,你知道,而且我老听人说,纽约为了吸引眼球能把什么都给亮出来。你以前来过这地方,是不?"

斯通承认这不是他第一次造访纽约。

"我就觉着是,"克莱·马格鲁德说,"那这儿的路你熟啊,我就不熟。这里交叉口太多,老把我拐带跑了。咱俩一起去看演出怎么样?——要是城里有演出的话。"

※1 哈什刀公司(Hash-k-ife Outfit):阿兹特克畜牧公司(Aztec Land & Cattle Company,1884—1902)的别称。公司标志形似哈什刀——流动炊事车上的一种用具。该公司牛仔以偷牲口、劫火车、枪战而闻名。(译注)

斯通买了一份晚报,查阅文娱活动一览表。他在琢磨什么最合这位新朋友的口味。

"这里有朽木迪克的狂野西部展,在尼布罗——"他开口说。

"朽木迪克?"牛仔十分不屑地打断,"他是作秀的,就会作秀。他是个骗子,就是骗子一个。咱们今晚能看的只有他了吗?"

"噢不,"水手回答,"还有半打别的东西可看呢。花园剧院有一场喜歌剧,之后在屋顶花园还有一台综艺节目。"

"喜歌剧——有唱歌、有逗乐,还有漂亮姑娘,猜得可对?"西部牛仔说,"我觉着咱们不如去那儿看看——除非你愿意去别的地方。"

"喜歌剧和屋顶花园正合我意。"斯通回答。

他们幸运地得到两个好座位,抵达剧院时,正赶上幕布徐徐上升,《耐心》[1]第一幕开演了。尽管时值盛夏,

---

[1] 《耐心》(Patience):由英国作曲家阿瑟·萨利文(Arthur Sullivan,1842—1900)和英国剧作家威廉·吉尔伯特(William Gilbert,1836—1911)创作的两幕喜歌剧。(译注)

斯通新朋友的装束还是吸引了一些人的关注，坐在他们后排的一群漂亮姑娘在他入座时用胳膊肘互相轻推，哧哧地笑。瞧着这么英俊的男人，她们心里乐开了花。

第一幕演出时，马格鲁德的脸成了斯通的研究对象。很明显，牛仔完全无法理解《耐心》所蕴含的精致且孤立的讽刺。幕布终于落下时，他忍无可忍了。

"我从没看过这么傻的演出，"他说，"纯属瞎编乱造，一个家伙那样就能迷倒一群姑娘也太离谱了。这是我多少多少年来看过的最最愚蠢的演出。简直跟朽木迪克一样烂。《耐心》，是叫这名吧？好，我一点儿耐心都没了，实在看不下去了。你跟我说的屋顶花园啥样？"

于是斯通带他上屋顶花园，他们很高兴再次来到户外，楼顶上同样是热气灼人。他们一边听音乐一边喝酒、抽烟。

小舞台上的综艺节目开演时，斯通及时赶到前面去给马格鲁德和他自己占好位置。前面的节目里有一首法语歌，由一个花枝招展、戴一顶大帽子的年轻姑娘演唱。

"这首歌不错，"牛仔断言，"可她唱的是哪门子的外国话呀？明明白白的美国话怎么就不好用来唱歌呢？不过她倒是个漂亮姑娘,舞步也轻快。"

令克莱·马格鲁德激赏不已的节目是埃洛伊丝小姐的蛇舞。当他目睹那优雅的年轻女子舞动卷曲的裙摆,舞出美丽如画、出人意料的回旋盘绕,被投射在舞台上的不停变色的聚光灯映照得异彩纷呈时,他的兴致上来了。

"真厉害!"他大叫,"让我想起有一次在夏延[※1]看一个意大利姑娘跳舞。她也是个美人儿,但这个更厉害。毫无疑问,这个可是厉害多了。"

马格鲁德附和众人的叫好,演员照例应声返场,重演舞蹈的一部分。也许是出于这个原因,他对接下来的两三个节目都不大感兴趣。总之,牛仔和水手两个都看腻了娱乐表演。于是他们穿过拥挤的人群,下楼来到街上。

他俩走回旅馆时,马格鲁德告诉斯通是什么风把他吹到纽约的。那就是去迎接预计次日早上抵达的图赖讷号,并说服其中一个乘客嫁给他。

"她一定得嫁给我,"他认真地说,"没她我再也过不下去了。她算是在佩蒂格鲁老头的姐姐家当家教——教

※1　夏延(Cheyenne):美国怀俄明州首府。(译注)

小孩读书和弹钢琴。去年冬天他们都在迈尔斯城[※1]，那是我第一次见到她。我立马当场下决心，克莱·马格鲁德太太就是她了，如果我能追到她。我这次来就是为追到她，如果我能的话。她美得像一张画——比画还美，我还从没见过有她一半好看的彩印画呢。去年冬天有一回差点刮起暴风雪，反正那风刮得是鬼哭狼嚎。你该看看她当时的样子，看看她脸蛋是啥颜色！所有东西都冻得硬邦邦的，她就怕摔跟头。哎哟，她摇摇晃晃地走路，活像一只喝醉了的母鸡。"他一想起来就哈哈大笑，"她明早就到了，你会见到她。明天，我要一大清早就下到码头去，哪个法国水手也甭想拦着我。"

他们快走到旅馆时，马格鲁德说："嘿！这附近不能没有酒馆吧？进去陪我喝一杯。"

斯通跟他去了，他们举杯祝那年轻姑娘身体健康，马格鲁德细数她的迷人之处，畅想婚后降临到他的幸福。然后他们穿过马路进旅馆，上楼回房间。

巧得很，克莱·马格鲁德的房间正对着约翰·斯通的

[※1] 迈尔斯城(Miles City):位于美国蒙大拿州东部。（译注）

房间，于是他俩就站在各自的门前亲切地握手道别，互祝晚安。

水手发现屋里的空气很闷。他将窗户大敞，在窗前站了一会儿，俯瞰这座热烘烘的城市在他周围、在暗夜中躺卧。他想知道马格鲁德到东部来迎见的那位姑娘长什么样，他发觉自己有点羡慕那个牛仔。然后他下意识地叹了口气，准备上床睡觉。给手表上弦的时候，他发现已经快十一点半了。五分钟后，他睡着了。

他好像觉得才睡了五分钟，就慢慢醒过来，呼吸有点困难，感觉不大对劲。他仍睡意蒙眬，但意识到一种像干树枝折断似的噼啪声。他睁开眼睛，顿时觉得双眼刺痛。吸入的第一口长气把稀薄的烟填满他的肺，他一下子完全清醒了。噼啪作响的意味确定无疑：旅馆着火了。

他从床上跳下来，打开房门。走廊里全是烟，燃烧的声音更响了。楼梯所在的走廊拐弯处，锋利的火舌正舔着拐角。斯通看出撤退的路被切断了，他必须依赖窗户逃生。他来到对门，咚咚地砸门，还大喊："着火啦！着火啦！赶快起床！"直喊到克莱·马格鲁德应门。他脚下的走廊地板很热，这时他回到自己的房间，关上门，以最快的速度穿上衣服,火的低吟越来越近了。

他刚穿好衬衫就再次步入走廊,叫对门的马格鲁德。

对面的门开了,牛仔在门里现身,半裸着。

"楼梯着火了,"斯通大叫,"咱们没法从那儿下楼。必须想办法从窗户出去。拿上你的床单和毯子,到我屋来。"

"要是手头有两条套索就好了。"马格鲁德说着回去拿床单。

此时走廊里的烟气很重,令人窒息,拐角处的楼梯成了熊熊燃烧的大火炉。一缕缕的烟从走廊地板各处冒上来。

牛仔重新出现在自己的房门口,怀里抱满铺盖。

"快上这儿来,我好关上这扇门,挡住浓烟。"水手说着退后一步让出门道。

当马格鲁德踏出自己的房间时,走廊的地板咔嚓一声塌了,炽热的裂口在两屋之间大张着。斯通尽力倾身向前,试图搭救他的新朋友。但地板下陷太突然,马格鲁德掉进下方熊熊燃烧的熔炉里,火焰从炉里往上蹿得很凶。须臾之间,他就消失在沸腾的炉火中。斯通呆呆地站了片刻，俯身趴在炽烧的窟窿上，伸长胳膊直到被火烤焦才作罢。然后他迅速起身，进屋关门。

他自己的房间现在满是浓烟，他知道不消一分钟，房门就会起火。他打开窗户往下看，一眼看出单靠他的铺盖是无济于事的，顶多能将他缒下两层，而此时火已经烧到楼的正面。他发现，这层楼板边缘有一条凸出的窄檐顺着外墙延伸。他跨出窗口踩到檐子上，在身后关上窗户。就在这时，火焰破门而入，从走廊蹿进他的房间。

窗外的窄檐给了他立锥之地，他站在上面看见右侧前方是他原来没有注意到的东西——一座带有发光表盘的高高的钟楼。指针显示此时午夜已过四分钟。从下面的街上传来乱哄哄的噪声——呼来喝去的喊叫声、消防车赶来时笨重的轱辘嘎嘎的转动声、水泵运作时有规律的节拍声、十几股水流向上弯着猛攻燃烧的大楼时冒出的咝咝蒸汽声。行道树的枝叶太茂密了，斯通无法瞧见正下方的人行道，而那些负责救火的人显然也没看见他。

水手以前面对过死亡——他在海上多次经历大风大浪，他曾在萨摩亚遭遇飓风，还有一次在比斯开湾落水一个小时——他不怕死。他回想当时的感觉——确信自己快要淹死时的感觉，他想起当时的主导想法就是：彼时彼地的那样一种死亡是不必要且毫无意义的。那一次的情况，他或多或少是被动的，与海浪搏击耗尽了体力。现在他身强力壮，准备为活命而奋战。当时他不得不与水搏斗，而此时他知道，水是他的大救星。

就在这时，远远地从下方街道上传来一阵更大的喧闹声：喷水塔来了。它被迅速竖立起来并开始工作，它的长鼻子将一股粗壮的水流强行喷入火光熊熊的旅馆，距离斯通站的位置大约五十英尺。他看着它喷水，然后抬起眼睛，再次捕捉到发光的表盘，上面的指针显示此时午夜已过七分钟。

斯通不知道消防员能否制服烈焰。他心存疑虑，但他希望自己能加入战斗。最令他心焦的不是他的处境十分可怕，而是他孤立无援。他处于危险之中，而那危险随着每一分钟的耽搁持续加剧，可他毫无办法。他站立的檐子将将一英尺宽，大概十英尺长。檐子的长度等于房间的宽度，房间超出大楼主体墙一码多远。斯通小心翼翼地向右挪，一直来到檐子尽头，希望它继续沿侧面延伸，自己好顺着它溜过旅馆的整个正面，也许还能找条路逃到邻楼的房顶上。

可是希望落空了,因为窄檐在转折后越缩越窄,直缩到仅仅一英寸宽。水手惯于在不稳固的高处立足,此时他心神镇定,但他知道试图往那个方向前进无疑是送死。他把后背紧贴在墙壁上,向窗口溜过去,窗户被满屋子的火焰照得透亮。他赶紧挨过窗口来到左边直至檐子的左头,发现这一侧的檐子也像那一侧似的缩没了。他觉得自己像个囚犯,被牢牢困住,几乎没有获救的希望。向右向左都动弹不得,背后是熊熊燃烧的旅馆墙壁,面前是与下方街道的六十英尺之高的落差。他向下扫了一眼,然后抬起头来。右方远处是那座钟楼,现在是十二点零九分。他怀疑那钟突然停了,因为他觉得从醒来发现自己有生命危险到现在都快过去一个小时了。

他思念马格鲁德,他不知道为什么前途充满希望和喜乐的人竟断送了性命,而生活没什么盼头的人竟获得一线生机。牛仔已葬身火海,这是确定无疑的。一瞬间,思绪带着他跳出这危急关头,他仿佛看见图赖讷号劈波斩浪驶过桑迪胡克※1，渐渐靠近斯塔腾岛※2，在那里停船下锚，那边离城太远，乘客看不见炫目的火光。然而，这场大火还是远观为妙，只听一声沉闷的轰响，旅馆一翼的屋顶塌了。万千火花冲天炸，街上的人群高声呼喊，发出警告。斯通俯视，看见下面那层楼的一个窗口有个女人，她吓得尖叫不停，最后她发狂地纵身一跃。他眼睁睁看她压断树枝坠落下去，听见她的身体撞在人行道上。人群发出一阵骇然的惊叫，然后是沉默。几秒钟后，斯通听见当当当的急响，是巷子里的救护车的铃声。他不由自主地数着铃响了多少下，直到声音渐渐消失在远方。为了捕捉这个声音，他竖着耳朵仔细听，竟听见一列火车隆隆地停靠进仅仅一条街之外的高架铁路站台，他甚至听见刹车片摩擦车轮发出的尖厉的吱吱声。然后他回过神来，奇怪自己怎么竟去注意这等琐事。他转过头，发现钟楼的那只独眼依然在朝他放光。他傻乎乎地眨眨眼，这才看出此时是十二点十三分。

※1　桑迪胡克（Sandy Hook）:美国新泽西州东部伸入大西洋的半岛。（译注）
※2　斯塔腾岛(Staten Island)：位于美国纽约州南端的纽约湾中，现属于纽约市下辖一区，与曼哈顿岛距离较远。（译注）

更多的消防车已经赶到下方的街道上，又来了一辆云梯车。几架小梯子已竖立在低层的窗户边，妇女儿童被安全地救下来。斯通观看消防员架设梯子，他们试图竖起一架有可能抵达三四层楼的高梯。然而行道树的枝叶太茂密，他们发现无法把这长长的梯子架设到位。于是一个人奉命上树，在他砍树枝的时候，火焰从最近的窗口喷薄而出。一股急流马上被导向那窗口，与此同时另一股水流溅落在树冠上，形成一个保护消防员的水罩，此人还在奋力砍枝子。他动作很快，但火势更快。几乎在同一时刻，火焰从低层的另外三四个窗口迸射出来。

斯通一直在关注下方人员的一举一动。起初没人看见他，但当那人砍掉一些树杈之后，两三个消防员瞥见了水手的身影。他们冲他大喊，然而大火在他背后和身下怒吼，使他听不清他们的话。一位长官突发命令，两个人扛着短云梯向前冲，成功地把梯子固定在二楼窗口，就在他所站檐子的正下方。居高临下，他能看见这些爬梯人的头顶，他们的身体则由于透视关系看不出来。人们无法上至二层以上，因为火焰呼呼地往外冒，仿佛窗口就是地狱之门。乌黑的浓烟升腾上来，把斯通裹在其中。

他看出来,指望他们马上就能把梯子架到他身边是没戏了,火焰不会给他们时间。他背后的墙变得越来越烫,高温已经炸碎房间的窗玻璃。火势正沿着他头上的屋顶蔓延,火苗时不时地蹿出屋檐向他窥探,仿佛在看还要行多远才能抓到他。下面冒上来的烟越来越浓,威胁着要呛死他。透过浓烟,他能看到独眼巨人似的钟楼瞪着那只眼幸灾乐祸地瞧着他。发光表盘上的指针已经慢慢爬过一段距离,此时将近十二点二十分。

斯通知道他的阵地守不住多久了。墙壁随时可能垮塌,把他埋葬在炽烧的废墟中。原地不动不是办法,逃又无路可逃。轰的一声震动了大楼,接着又是一声,他估计有两层楼板坍塌了。他再次溜到窄檐尽头,试图绕过转角窥看,隐约希望那里有可行的逃生之路。他发现后背平贴墙壁时不可能把头扭得足够远。转身则有坠落在下方人行道上的危险。他毫不畏惧地往下看,盘算如果失足跌落,生还的概率有多大。位于他正下方的那棵树比别的树更高,枝叶也更密,树杈或许能勉勉强强阻断他的跌落,但是生还的希望渺茫。浓烟从离他三英尺的窗口滚滚涌出。他不再犹豫,而是慢慢地、稳稳地转身。他心神镇定,安全完成姿态变换。此时他面朝墙壁——笔直耸立的墙壁没有给他手抓的地方——他能将头侧向探出，绕过转角张望。眼前的景象让他心头一颤，顿生希望。

他的房间超出主体墙大约一码，形成一个所谓的方形凸窗。他立足的那种大理石窄檐在旅馆正面的每一层都有，他认为可以从檐子上探身碰到大楼的主体墙。唯一可行的逃生之路就在这里。在凸窗与主体墙连接的拐角处有一条从楼顶导流雨水的管道，是镀锡铁皮管，水手怀着蓬勃的希望定睛打量它：它看起来挺脆弱，不牢固，也许已经腐烂。但它提供了一线生机，唯一的一线生机，因此它是值得拥抱的。斯通准备充分利用它。

迈出不可撤回的那一步之前，斯通最后扫了一眼周围。他瞥见那面钟，看出现在午夜已过二十二分钟。他向前探身，发现空当比他原想的更宽。他将将能用手指尖碰到铁皮管，它超出了他的抓握范围，可只有抓住它才能下到路面上。他没有犹豫。他左脚立在檐子尽头，右脚悬在空中。他小心把握分寸向前一扑，左手紧抓管子，右手立即跟上。管子突然受力，弯曲变形，但没有断裂。出于水手的习惯，他把双腿盘在管子上，减轻了压力。然后他开始慢慢地往下滑,越滑速度越快。

每一层上都有一条石檐子,就像他刚才在窗外立足的那一条,铁皮管穿檐而过。这时斯通不得不松开脚,只用手紧抓管壁,管子被他的身体坠得离开墙面。之后他在檐子下方再次扣紧双腿,松开一只手,再松开另一只。铁皮到处都是破口和尖刺,斯通的筋肉被深深割伤,深达骨头。可他在速降的紧张过程中并没有注意到伤势。

他下到一楼并试图重新扣紧双腿时,却发现双膝无着无落。原来从那里直至与排水沟相连,管线是在楼里走的。斯通双手扒着檐子吊在空中,不知道自己离人行道有多远。浓烟穿过他身下的地窖格栅腾腾地往上冒,不出一分钟他就会窒息。于是他松了手。

坠落高度有十英尺多,他落到一只被抛出窗口的箱子上,又从箱子摔到人行道上,一条腿骨折,一侧肩膀脱臼。他朦胧地意识到被人轻轻抬起,又经过一段短暂却痛苦的旅程。他觉得救护车铃尖厉的当当声仿佛在敲击他的肉体。

再次醒来时已是第二天早晨,他躺在床上,床在一间长屋子里,屋子两侧各有一排简易床,阳光斜照进来。

他静静地躺着,诧异着。

邻床的占用者正在展开一张报纸,斯通听他操着阿尔萨斯[1]口音对护士说:"今天又是个大热天;不知图赖讷号上恁些刚从巴黎回来的人可受得住不?"

(1892年)

---

[1] 阿尔萨斯(Alsacian):位于法国东北边境,曾被德国吞并。(译注)

中央
公园

这是九月的最后一个星期日,蔚蓝的天穹笼盖公园,秋高气爽,万里无云。午后烈日高悬。忽而一阵飘游的风毫无预兆地吹来,徘徊片刻,吹颤了露台下喷泉里水生植物的阔叶。林荫道上方的小丘上,男男女女正在娱乐场里吃吃喝喝,有些坐在又脏又暗、杂乱无章的建筑物里,有些坐在室外的小桌旁,小桌呈曲线排列,放置在花哨的遮阳篷下,篷子遮蔽了从餐厅门口曲折延伸出去的宽阔步道。短号闹喳喳的伴奏声从下方人群密集处的露天音乐台传来,吹的是《夏日最后的玫瑰》。连漫步林里也都是人,在黄褐色的树下寻觅幽僻角落的年轻夫妇常常被迫与外人分享他们的长椅。渐红的枫树下,单身汉懒洋洋地扎堆儿躺在草地上,或者默然独坐于叽喳说笑的众家庭之间。

人们来自五湖四海,都不慌不忙。绝大多数是和善的有钱人。这里见不到一个乞丐,这里没有触目的贫困。这里有的是吃得好、穿得好的一家之主,带着妻子,带着儿媳,带着孙子孙女。穿黑长裙、系白围裙的女佣推着婴儿车。姑娘们成群结队地痴笑、闲聊。小伙子们三三两两地倚在湖桥边上,吸着烟,交换着意见。这里有一种欣欣向荣的大气氛在阳光里欢快地自我炫耀,这座大都市的苦难、匮乏、绝望被统统留在了背后,抛在了脑后。

一个魁梧的德国人,双手各拉着一个小男孩,最小的三儿子在前面骑着父亲的拐杖。两三码之后走来两个瘦削的日本绅士,矮小枯黄地衬在剪裁得体的外套和长裤里。后面跟着一群黑白混血女孩,臂挽臂嬉笑着,身穿人所共识的文明装,同样显得不伦不类,与之形成鲜明反差的是六个慢慢走过、好奇地打量她们的意大利男女:男人穿着破旧的橄榄色棉绒裤子,耳朵上戴着金耳环,女人穿着色彩鲜艳的裙子,披着绣花围巾。步行道与马车道相交的地方站着一个长相平庸但胖乎乎挺喜兴的爱尔兰女人,三十岁的样子。她怀里抱着一个婴儿，一个不到三岁的小女孩紧紧抓住她的打补丁的花裙子。她左手提着盛有苹果、香蕉和葡萄的果篮在兜售。另外两个孩子，均在六岁以下，在她的裙子边玩耍，还有两个孩子，一男一女，都在她的视野之内——女孩大约十岁，自己拎一个盛满棕色薄圆饼的篮子。那男孩肯定不到十三岁，手上捧着一个木箱，里面塞满成卷的润喉糖，用红黄绿各色纸张包裹出售。时不时地，母亲或其中一个孩子卖出一件东西给去听音乐的路人。较小的孩子们嘻嘻哈哈地看一只灰松鼠轻盈地跃起，在小路后面的草地上弹跳，用水平的大尾巴平衡身体。

　　宽阔的车道像任何一条步道一样拥挤。骑自行车的人穿着白运动衫和黑长袜三五成群地费力骑行，向前俯身在车把上。嘴角叼着雪茄的政客们勒住不耐烦的小跑马。园内公共马车满载妇女儿童在露台前停靠片刻，便又继续绕行湖边。破旧的老式四轮双座马车载着从酒店来的外地人慢腾腾地行驶。时而一辆双轮双座马车闯入视野，一对年轻夫妇衬在前部的车厢里，车夫高踞其后。时而一辆双轮倒座马车颠簸而来，高座上，一个英国长相的年轻人在赶车，跟乘客背靠背。这里那里还有其他私人马车——轿式马车和敞篷马车居多，间或有一驾驷马车轰隆轰隆地碾过坚实的路面。

一辆时髦的维多利亚式折篷马车飞驰而过，整洁簇新，挽具亮晶晶，钢链叮叮当，一双强壮的铁灰色高头大马并驾齐驱，两个男人漠然端坐于驾驶座上。突然，当马车接近露台末端的步道时，车夫猛地勒马停车，拉得马儿后腿站立，还低声咒骂那胖乎乎的爱尔兰妇女，她及时扔下果篮，救她的一个孩子免于被马车碾轧。

"你们该当心点！"母亲大叫，这时她重新站上步道，女儿紧搂着她的腰。

"非常抱歉，真对不起，"马车里的女士向前探身说，"这是一个意外。"

"一个意外，是吗？"爱尔兰妇女回敬，"是一个意外，不过，要是你自己的孩子像那样给轧过去，你就不愿意了。"

车厢内无儿无女的夫妇对视了一小会儿，然后丈夫冷不丁地说："走吧，约翰！"

丈夫是个五十岁男人，身材瘦高，削肩膀。他敏锐地扫了一眼，一丝倦怠的笑容在唇边浮现又消失，未曾被稀疏的灰髭遮掩。他的妻子约莫三十岁，高个儿，黑发，有一双热情的眼睛和一副丰腴的身段。

当马车北转沿湖边飞驰的时候，她仍然身体前倾，紧抓车厢侧板。当她转回脸对丈夫说话时，她的声音表明激动的情绪尚未平复："约翰越来越不小心。这是他一星期里第三次差点撞到小孩！"

"他还没真撞上一个。等他撞到了，还有足够的时间打发他。"丈夫平静地回答，"那个小女孩虽然受了惊吓，但毫发无损。她似乎是个漂亮的小家伙，她得救了，养在廉租房里长上十年再堕落下去。所以她妈妈有理由心存感激。"

他的妻子愤愤地看着他。"我猜，"她说，"你的意思是，约翰没有撞到那孩子并把她轧死真是可惜了。"

"我并不完全是那意思，"他回答，"但也差不离。死并不是这世界上最糟糕的事，你知道。"

"你总是说到死，"年轻的妻子不耐烦地回敬，"你倒是没自杀。"

"我想过，"他回答，带着宽厚的微笑望着她，"可生活依然令我好奇——我的好奇心太强了，你知道。但我有可能这么做,如果我确定我能有幸回来看一看我走以后你会怎么过。"

她直视前方没有作答,嘴唇抿得紧紧的。

他继续说话的时候,语气里有一抹柔情,一种奇怪的玩世不恭的柔情,相当有他的特点。"别让哪个无赖为了我的钱娶你,这会叫我生气的,我承认。可是,我也不知道为什么要提出这样一种可能性,因为你会是一位非常迷人的寡妇。"

她定定地凝视前方,默不作声,但她已把双手交叉起来,手指动个不停。

"不过,"他继续说,"恐怕我还有十来年活头呢。我们家族血脉强健,你知道。我父亲活到八十,他五十生的我。而且,你总是把我照顾得这么好。"

他把手伸给她,她接过他的手,紧扣进自己的双手,泪水盈满她的双眼。

"但也许今天下午你让我在外面待得太久了,"他说,"天儿暖和,我知道,但我已经累了。"

"约翰,"她赶忙喊道,"现在可以掉头了,我们回家。"

"我不想让你浪费掉这个可爱的九月下午，"丈夫说，"带我回家，然后再来公园逛一个小时，我在家睡一小觉，如果睡得着的话。"

就在这时，车流出现空当，车夫趁机拨转马头向南。五分钟后，马车向西偏转，离湖而去，直奔滨河大道。

湖上船儿多，洋溢着欢乐。黑色贡多拉罩着白色船篷，插着绚丽的美国国旗，由站立的船夫熟练地驱动。轻巧的小舟被轻快地划进划出水湾和水道，那里有鸭子和天鹅在懒散地游弋。小伙子穿着衬衫吃力地划桨，手划船里坐满姑娘。公园船工划动带有条纹遮阳篷的宽敞游船，一招一式轻松自如，以规定线路绕行湖面。船桨在闪烁的阳光下一晃一晃，轻舟在远景中掠过，阳光给远处的船头镀金。枫树矗立在湖对岸，黄色的枫叶乘着无定的微风飘散，终于无精打采地落入水中。西边，一栋公寓楼高高耸立在公园边缘，仿佛缩短了二者之间的距离。东边，一座新的犹太教堂的金色圆顶冒出树冠。一切之上是平静无垠的蓝色天穹。

当那辆二夫并驾、一双高头大马齐驱的折篷马车返回公园，再次绕湖而行，接近露台的时候，只有那位女士独坐车中。一看见林荫道,她就向前探身,急切地寻找半小时前他们差点撞到的那个小姑娘。

在露台附近,她看见那个长相喜兴的爱尔兰妇女,她一手提果篮,一手抱婴儿,三个幼童在母亲脚边玩耍,年长的男孩和女孩都只离她几码远。

马车里的孤单女人吩咐车夫停下。

看见马车停靠在路边,爱尔兰女人走上前来兜售水果。这时她认出那位女士,犹豫着止步不前。

车厢里的美人笑了,说:"哪个是我们差点撞到的小女孩?"

"这个就是,"母亲指着一个小瘦孩儿回答,孩子正扒着果篮边,睁圆了眼睛盯着这位陌生女士。

"真是个小可人儿!"女士说,"让她受惊了,但愿她没有大碍吧?"

"骨头一根都没断,如果你说的是这意思。"母亲回答。

"她几岁了?"她又问。

"到圣诞节就三岁了。"对方回答。

车厢里的女士摸索口袋,掏出钱包,打开翻找。

"给，"她终于说，同时拿出一枚五美元的金币，"我希望你能在圣诞节一早给她这个，就算我送的礼物。好吗？"

"好呀，"母亲答应着接过钱，"乐意着呢。她马上就比姐姐妹妹都有钱啦。"

"你有几个孩子？"女士询问。

"六个。谢谢夫人关心，"对方回答，"还都健健康康的。"

"六个？"马车里的女人重复着，眼里闪现一丝渴望，"你有六个孩子？"

"是有六个，"母亲回答，"而且他们归里包堆是群好孩子，虽然我不该这么说。"

女士又把手伸进钱包。

"拿这个给其他孩子买点东西。"她说着把一张钞票放进爱尔兰女人手里。然后，她提高嗓门吩咐道："可以走了，约翰！"

随着马车隆隆地向西驶去，水果小贩屈膝行礼，孩子们都兴致勃勃地目送马车远去。

"那位女士一定非常有钱，"兜售润喉糖的长子说，

"就算她有两百万美元我也不奇怪!"

"她一定非常幸福,"长女补充道,"我猜她每天都能吃冰淇淋,还能什么时候想去就去海滨之家住上两个星期。"

"她总归有颗善良的心,虽然她很有钱。"母亲议论道,这时她展开钞票,看见角上印的罗马数字X。

此时,折篷马车正在朗朗晴空下的灿烂阳光里飞驰,而车厢里的女士却心中作苦。

"六个孩子!"她自言自语,"那爱尔兰女人有六个孩子!为什么有些女人这么有福气?"

(1893年)

晚宴
演讲

10

宴会的非实物部分即将开始。众宾客用餐完毕,侍者正往小杯里斟满黑咖啡,并递过来一盒盒雪茄和香烟。五张长桌排布在大厅里,桌边嗡嗡的谈话声越来越响。一张短桌支在大厅西端的舞台上,桌边却几乎无声,因为即将发言的人知道演讲时刻迫近了。乐师隐在绿色植物隔断后面,正在演奏流行新曲集锦。下面的长桌上,这儿一丛那儿一簇的食客时不时放声合唱一曲,发泄阵阵精力,逗乐了众佳丽,她们鱼贯而入并迅速充满宽大的楼座包厢。

晚宴的组织者觉得这是一次盛会,并力图将会场布置得美轮美奂,令人难忘。比例匀称的音乐厅的煞白之色因观叶植物聚散分布恰到好处而有所缓和;一盆盆棕榈树衬在雕有女像柱的纯白墙体前面；五彩缤纷的丝绸条幅从天花板垂下；天花板上、墙壁上、包厢上、舞台上，到处都有闪闪发光的电灯泡，把这座高敞的大厅照得亮堂堂。

靠近一张长桌的东头坐着一个年轻人——最多三十岁。他的位置刚好将整个场面尽收眼底，视线不受阻挡直达台上那张桌子，演讲者都在那儿专注地沉思。他守着对面楼座的入口，能看见女士成群结队地进来，渴盼着这种罕有的出席盛大宴会的乐趣。他能听见女人的叽叽喳喳越发尖厉，高过了下面男人的唠唠叨叨。他好奇地盯着那些包厢，好像不认识其中任何一位女士。当周围的食客在长桌另一头与这间或那间包厢的占用者互致问候的时候，他仍保持静默。显然即使在大厅底层，他熟识的人也寥寥无几，左邻右座基本上都在跟各自的邻座交谈。

他的孤独似乎不难承受，在他津津有味地观察这场盛会时就排遣掉了。他点燃自己的雪茄，很快就在协助制造那笼罩长桌的蓝色烟雾，烟气及时升腾，几乎达到与长长的楼座包厢平齐的高度。

然而他并不反感交谈，当他的右侧邻座回身拾起一支新的香烟时，他趁机搭讪："让女士们出席这种晚宴在纽约可不寻常,是吧?"

"是,"右邻带着轻微但明显的德国口音回答,"我想是不寻常。我在纽约已经身(生)活很窘(久)了——快十一年了——我还从没见过这种场面。"

右邻既已点燃香烟,就又向后靠在椅子上,转去跟另一侧的人续谈中断的话题。

这位明显是初来乍到的年轻人得以保持沉默,但是才过了一两分钟,他的左侧邻座就跟他攀谈上了,而吃晚餐时他并没跟这位邻座说过几句话。

"我想他们是该撤了,"邻座指着正将橘树盆景和糖制奖杯从台上短桌撤走的侍者说,"现在咱们能看见谁是谁了。"

"我估计那些都是贵客。"年轻人揣测。

"大多数要发言的人都在那上面,"邻座回答,"哟嚯,哟嚯!坐在那一头的是亚历山大·麦格雷戈,就是留大红胡子的那个。他是圣安得烈协会[※1]的主席,也是个一

※1 圣安得烈协会(St.Andrew's Society):纽约最古老的慈善机构,由纽约的一群致力于"扶危济困"的苏格兰移民成立于1756年,以苏格兰主保圣人圣安得烈命名,旨在帮助苏格兰同胞。(译注)

流的美国人,虽然他出生在爱丁堡。你知道,他就是所谓的'星条旗苏格兰人'。"

"坐在他旁边的那个脸刮得干干净净、长得白白净净的金发男人是谁?"年轻人问。

"哪个?"邻座应道,"那是——呃,我忘了他叫什么了——不过他是圣乔治协会[※1]的主席,想来是他。他是个英国人——确切地说,他曾经是。我估计他已经入美国籍了——不过话说回来,你永远摸不透英国人,不是吗?他们会在一个地方生活很多年,而他们骨子里始终是英国人。"

"那位大会主席是谁?"年轻人再度发问。

"你连他都不认识?"邻座责问,"嘿呀,他就是克劳宁希尔德·艾略特,大律师。他当过新英格兰协会[※2]的主席。他是个聪明人,有时候演讲好得呱呱叫,不过他相当没准儿。他可能讲得精彩,也可能失态说错话。听他发

※1 圣乔治协会(St. George's Society):由纽约的英格兰移民成立于1770年的慈善机构,旨在帮助英格兰同胞。(译注)

※2 新英格兰协会(New England Society):成立于1805年的慈善机构,宗旨是在纽约的新英格兰人中间促进"友谊、慈善、互助"。(译注)

言就像摸奖——你哪儿知道会得着什么。不过有他在就不会冷场,我跟你说,你就等着瞧他把别的演讲者都调动起来吧。我猜散场之前咱们能过把瘾,一下子看见这么多纽约的头面人物可不是常事,真是一场盛会啊!"

年轻人对这番话未做回应,心下正忙着暗自嘲讽呢。

"瞧那儿,那位是一有机会就要大吵大闹的,"喋喋不休的邻座继续道,"那个又高又瘦、一脸尊荣的人,留着黑色的山羊胡和小髭须,是费尔法克斯上校。他是南方协会的干事——全是叛军,你知道,不过现如今绝大多数都被改造了。他是地区检察官,现在是第二任,你应该听听他跟陪审团说的话。他能说动陪审团去定天使加百列[※1]偷银号筒的罪。去年我在大陪审团时他就——"

年轻人的邻座自己转了话头:"哟嗬,哟嗬!真是怪事,不是吗?坐在费尔法克斯上校右边的正是当过我们大陪审团团长的那人。侍者要不拿走那个糖做的自由女神像,我还瞧不见他呢。看见没有?那个秃头,下巴上有

※1 加百列(Gabriel):基督教中负责为神传递信息的天使。(译注)

道疤的,那是他在夏洛※1落的一处枪伤。此人是S.科尔法克斯·莫里森,当过俄亥俄州第200步兵团少校团长,不过他在纽约生活起码有十年了。那就是他们津津乐道的'俄亥俄理念':尽快来纽约定居。鄙人就出生于俄亥俄州。"

健谈者随即让自己的滔滔言语化作一阵大笑,年轻人礼貌地附和了几声。

喧闹的话音突然减小,只见坐在台上桌子正中的那位绅士站起身,敲着桌面让大家肃静。即使在满溢着女士的包厢里,谈笑声也止住了,因为被选出来主持晚宴的人正在回顾他们集会庆祝的大事,以此作为开场白。他用巧妙的措辞和诙谐的语言宣告他们被召聚一堂的缘由。在开场白的末尾,他宣布,当晚的第一番敬酒要敬"纽约,这座踞守商业大门、把持贸易干线的帝国城"。

全场爆发出一阵掌声和一阵往后推椅子的吱嘎声,因为所有宾客都举着酒杯站了起来。

随后,大会主席准备介绍即将应和这番重要祝酒的演

※1 夏洛(Shiloh):位于美国田纳西州,南北战争的一处战场。(译注)

讲者。

"我今天上午才看见,"主席又说,"内华达州一位参议员的某些言论,在那篇报道中,纽约被称为'风筝与乌鸦之城'。有些国会议员不散布乱七八糟的假消息就不会开口说话,只有还之以采矿营里直来直去的单刃长猎刀或者内华达州毫不含糊的大口短筒枪才是正道。在现代社会习俗允许我们使用的消过毒的词汇表里,找不到足以应对之词。然而好就好在,纽约就应该时不时地彰显自我——就应该为自己庆祝——就应该暂停繁重的劳动,哪怕只休息片刻,去欣赏自己的伟业。我们是幸运的,因为今晚的来宾中,就有一个能够恰如其分地阐述这一宏大主题的人,一个同我们大家一样深爱纽约的人,一个同我们大家一样深以纽约为骄傲的人——一个无须我在纽约人大会上介绍的人。多余的话令人生厌,在座的有谁不知道贺拉斯·昌西?"

主席话音刚落,一直坐在他右边的那位绅士就站起来,顿时大厅各处掌声雷动。男人拍手,还用水果刀刀柄敲击桌面。连包厢里的女士们也在挥动手帕。

主席职责已尽,随即落座,这时照例有预表欢欣的嗡嗡声响起并迅速止息,与此同时昌西先生准备发言。

坐在下方长桌远端的年轻人又听见左邻对他说:"现在你得睁大眼睛。要说这就是今晚的最佳演讲我也不觉得奇怪。"

年轻人打量新的演讲者,喜欢他那张透着老练和智慧的脸。昌西先生通身是一种雄强自知、泰然自若的气派。他鬓发斑白,霜髭卷曲,想来已年过半百。

"这样一个醇和的十月的夜晚,"演讲者开口,他的嗓音浑厚沉稳,他的吐字就像线雕画一般清晰——"这样一个醇和的十月的夜晚,在这个国家的其他城市或是在欧洲,我想都是找不到的,由此表明在纽约这个地方,我们拥有真正的气候,而世界上其他伟大的城市却大都只有多变的天气——在这样一个夜晚,在这座优雅的塔楼之下,你看它身姿挺拔直插碧空,冠以一轮明月,那月比笑盈盈俯望花园的以弗所人的狄安娜[※1]更美,比巴比伦城上高悬的任何一轮更明,这座帝国城,无须我为她辩护,无须我为她致歉。你若是寻求她的优势的证明,就请环顾四周看

※1　狄安娜(Diana):罗马神话中的月神。以弗所是古希腊人在小亚细亚建立的一个大城市,在今土耳其境内,原有月神庙。(译注)

看今晚在座的各位,并请记住:在美国没有别的地方能把这样一群人召聚到一起;在美国没有别的地方有如此富丽堂皇的宴会厅;在美国没有别的地方能云集如此多的佳丽来给这样一场盛宴增光添彩。但我觉得如果不花点工夫赘述一番,我就算是失职——我就会错失宝贵的良机——我要讲一讲这座城市历史上诸多事件中的几件,这些事件给了她骄傲的显赫地位,把她塑造成为之所是——拥有伟大人民的伟大壮丽的大都会。"

掌声再次爆发。演讲者稍作停顿,集中大厅里一切男女的注意力之后才继续。即使在切入主题之后,他的讲话依然字正腔圆,无懈可击,他滔滔不绝地摆事实、列数字、举例子,从来不打磕巴、不含糊。

"我不会耽搁诸位的时间来细数纽约众多的天然优势——高贵的大河流淌在一侧,大洋的长臂拥抱着另一侧,辽阔美丽的海湾足以为地球上所有国家的所有舰船提供庇护所。我今晚的目的不在于细细品味那些艺术之作,它们使我们的这座岛屿出类拔萃,一如那些自然之作使她繁荣昌盛。因此我将不去细说自由女神像、布鲁克林大桥、滨河大道、图书馆和博物馆、学校和教堂,我甚至不去细说中央公园，它实在是美国人迄今创造出的最佳艺术单品，仅作为一件艺术品，它是欧洲任何一座游乐场都无法媲美的。"

又是一阵热烈的掌声，但演讲者没等掌声平息就再度开讲。

"略过这些始终呈现在我们眼前的神与人的杰作，我将要唤起你们注意的是那些较为无形的事物——那些理应却并未铭刻于我们记忆之中的事物。安于物质繁荣，我们纽约人并不时常回顾这座城市历史上那些值得永远纪念的事件。不常有人指责我们为人谦逊——但我们是过分谦逊了，难道不是吗？——我们允许自己的孩子被教导说，革命的第一宗流血事件是波士顿惨案[1]，却忘了早在六周之前纽约就爆发了自由杆[2]之战。正是在这里，在纽约，印花税法会议[3]召开，这是美洲殖民地挣脱英国枷锁建立联邦的先导。

---

[1] 波士顿惨案(Boston Massacre)：1770年3月5日波士顿居民与英军士兵发生冲突，英军开枪导致五名平民死亡。（译注）

[2] 自由杆（Liberty Pole）：美国革命期间象征自由、解放、独立的标志。形式为一根高木杆，顶端悬挂旗帜或自由帽（红色无边软帽），通常由称为自由之子的公民竖立于城镇广场。在纽约市，英殖民统治者与自由之子们常因自由杆的毁立爆发冲突。（译注）

[3] 印花税法会议（Stamp Act Congress）：1765年10月7日至25日北美英属殖民地代表在纽约召开的会议，反抗英国议会通过的旨在向殖民地征税的《印花税法》。（译注）

在漫长而艰苦的革命战争时期,十三个殖民地中只有一个全额提供了人力、财力和物力——那个殖民地就是纽约!"

演讲者再一次被沸腾的喝彩声打断,他再一次不等声音平息就继续下去。

"当这个国家迎来历史上的关键期——也就是说,当所有人都觉得需要一部新宪法时,有两个纽约人对于那部宪法的制定功莫大焉,他们是亚历山大·汉密尔顿[1]和约翰·杰伊[2],而那篇雄文的刚劲文风则要归功于另一位纽约人——古弗尼尔·莫里斯[3]。正是在纽约,美国文学之基础因《纽约外史》[4]的出版而被奠定,这部美国最早印行的书一直流行至今——八十多年的沧桑仍无损其幽默。多亏这部不朽之书的作者,多亏华盛顿·欧文,才有了第一部超越美国疆界获得公认的美国原创作品。正如华

---

[1] 亚历山大·汉密尔顿(Alexander Hamilton,1757?—1804):美国开国元勋,宪法起草人和签署人,第一任财政部部长。美国政党制度创建者。(译注)

[2] 约翰·杰伊(John Jay,1745—1829):美国开国元勋,曾与亚历山大·汉密尔顿等人联合撰文推动新宪法实施。1789—1795年任美国首席大法官。(译注)

[3] 古弗尼尔·莫里斯(Gouverneur Morris,1752—1816):美国开国元勋,宪法起草人和签署人。因撰写宪法序言而有宪法的"执笔者"之称。(译注)

[4] 《纽约外史》(Knickerbocker's History):美国文学之父华盛顿·欧文(Washington Irving,1783—1859)的第一部重要作品,出版于1809年。(译注)

盛顿·欧文的《见闻札记》是第一部在英国获得成功的美国著作，另一位纽约市民费尼莫尔·库珀[※1]的《间谍》则是第一部在英语世界之外赢得赞誉的美国著作。正是在这里，在纽约，我们的美国文学得到最早的哺育，也是在这里，在纽约，我们的美国作家人数最多，享誉最盛，收益最丰。"

演讲者再次停顿，但紧接着又说：

"文学如此，艺术亦然。在纽约这里，人们创立了国家设计学会，以及后来的美国艺术家协会[※2]；感谢两位纽约的画家，感谢罗伯特·富尔顿[※3]和塞缪尔·F.B.摩尔斯[※4]，使我们用上汽船和电报。在纽约这里，人们创立了儿童援助协会——世上更无哪座城市拥有比它更高尚的慈善机构——它是同类的首创和最成功者。也是在纽约这

※1 费尼莫尔·库珀(James Fenimore Cooper,1789—1851)：美国小说家，代表作有系列长篇小说《皮护腿故事集》。（译注）

※2 美国艺术家协会(Society of American Artists):成立于1877年，由一群认为国家设计学会（National Academy of Design，1825—   ）过于保守无法满足其需求的艺术家组建。（译注）

※3 罗伯特·富尔顿(Robert Fulton,1765—1815):美国工程师、发明家，当过画家。制造了第一艘以蒸汽机为动力的轮船。（译注）

※4 塞缪尔·F.B.摩尔斯（Samuel F. B. Morse，1791—1872）：美国画家，摩尔斯电码发明者。（译注）

里,彼得·库珀[※1]创立了第一个旨在面向一切有志青年的机构——联邦地区几乎每座城市都有其效仿者,然而哪座城市也不曾有哪位公民受尊敬、受爱戴的程度甚于彼得·库珀在纽约这里。彼得·库珀其人的择居之地断乎不是'风筝与乌鸦之城',彼得·库珀其人备受珍重和崇敬之地断乎不是'风筝与乌鸦之城'。"

至此,演讲又被经久不息的掌声打断了。男人纷纷起立喝彩,在头顶上挥舞餐巾。

全场再次安静下来时,演讲者继续:

"经过多年的和平与繁荣,美国人民突然发现自己正面对武装叛乱,战争迫近,在所难免。纽约一如既往地准备着。第一支抵达国家首都——保卫其免受叛军袭击的军团是纽约城市民兵的一个团。自此之后这座城市也不乏这样的好汉:他们藐视死亡的网罗,蔑视地狱的苦痛,他们奔赴战场何其勇敢、何其欢欣、何其高兴——用他们其中一个的话来说——高兴'一路上打了那么多漂亮仗'。我

※1 彼得·库珀(Peter Cooper,1791—1883):美国企业家、发明家、慈善家。1859年在纽约曼哈顿创立库珀联盟学院(Cooper Union for the Advancement of Science and Art)。(译注)

纽约往事
Old New York

听说——我承认一直无法核实这些数据——但我听说,在那充满疑虑的漫长的四年间,从我们这座城市应征参加美国陆军和海军的人数,超过了叛乱爆发当年的适龄男性居民数目。纽约城不满足于单单供给战斗人员,还全力保障伤员得到及时照料,使其痛苦尽可能地减轻——因为正是在这里组织成立了美国卫生委员会。"

又一次欢呼,再一次喝彩。足足等了一分钟,演讲者才得以继续。

"你们的掌声告诉我,我无须多说了,"他表示,"一个成功的城市是命运的宠儿,就像别的宠儿一样,也许时不时地挨一顿痛揍反倒更好。可是纽约迄今做过什么不当之事,令她活该遭受毒打呢?在云谲波诡的政坛,将你的对手暗指为披着羊皮的狼或披着狮皮的驴会被视为机智,但在我看来,更为机智的是压根儿不玩这一套。枪声越响,后坐力越大。当一个纽约人听到他深爱的城市被唤作'风筝与乌鸦之城'时,他的第一反应是大笑;第二反应是打听说这话的是谁;第三反应就是再次大笑,笑得更响,因为他发现这一言论的作者来自内华达,这个州就连圣诞老人也不敢在平安夜里挨家走访,怕遇上劫道的!"

这一次,纵情的笑声混着热烈的掌声爆发出来,演讲者同时落座。

"讲得非常好。"显然初来乍到的年轻人对他的左侧邻座说。

"讲得好吧?"对方热切地附和,"我也这样认为。这是今晚的最佳演讲,一定是!他们之中没有一个能比得过他。"

"过去五年我一直在日本,我好像都记不得这城里谁是谁了,"年轻人说,"刚才演讲的那位先生叫什么名字来着?"

"贺拉斯·昌西,"对方回答,"我以为人人都认识他呢。他父亲是来自西弗吉尼亚的美国参议员,他母亲是当年的肯塔基名媛。他自己当过加州律师界领袖,几年前才搬来这里。他一到纽约就立马走红,现在是这儿最受欢迎的演讲者之一,有些人称他为'咱们的贺拉斯'。你真的从没听说过他?"

"呃,"年轻人辩解,"你千万别指望我谁都认识。你看,我是出生在纽约的。"

(1894年)

纽约往事
Old New York

感恩节
晚餐

11

感恩节的黎明天气清冷,正是举行球赛的理想日子。早餐后不久,偏僻的街巷就让一拨拨小男孩搅得天翻地覆,他们之中有些怪模怪样地扮成女孩,有些穿着现凑的服装、戴着瞪眼的面具扮成印第安人或黑人。他们大吹鱼角,讨要铜钱。晚些时候,一群群奇幻人物或骑在马背上或坐在马车里巡游,还有散漫的团体——其中一些人身着三周前以选举而告终的竞选运动的统一服装——队形不整地行进在高架铁路下的大道上,打头的是寥寥几排开道者,还有区区几人的小乐队断断续续地在鳞次栉比的酒馆前奏乐,同行的伙伴也乐得在门口驻足。

太阳放射光芒,把街道一侧照得暖洋洋,人们正走出教堂。风儿轻柔地吹过大街，吹动了绽放在许多纽扣眼里的黄菊花的花瓣。年轻人三五成群地走过，姑娘在颈前系着蓝色花结或围着橙黑两色的围巾，小伙子系着校徽饰扣或露着彰显校色[※1]的手帕。赶时髦的男士用品经销商已经布置好橱窗，不偏不倚地照顾到未来的顾客——一扇窗是一水儿蓝的法兰绒衣服和围巾、衬衣和袜子，另一扇则尽是橙黑两色。悬挂着一组或另一组颜色的四轮大马车陆续经过，车上满载的年轻人爆发出震耳欲聋的欢呼声，同时挥舞蓝底白字或黄底黑字的锦旗。阳光明媚，清风微拂，风儿吹得树木的秃枝颤巍巍。四轮大马车、私人马车、公共马车、形形色色的货车在麦迪逊广场上聚集，在大道上川流不息，风儿也吹皱了从各种车上伸出的旗帜。

夜幕降临，潮水退去，四轮马车陆续返回，年轻人由于不断大呼顿挫有力的加油口号而声音嘶哑。其中一些人因自己球队的胜利而狂喜，仍有兴致扯着嗓子叫嚷。另一些则因己方失利而悲伤无语。大多数去看比赛的人既不属

※1 校色是学校确定的代表本校的颜色，常用于校徽、校旗、校队制服等。文中涉及服饰颜色多指校色。（译注）

于蓝校，也不属于橙黑之校，但他们都为刚才目睹的那场对决兴奋不已——那是力量与技巧的对决、智谋与勇气的对决。夕阳终于沉下去，午后清爽怡人的微风现在添了一丝凉飕飕的湿气。但纵情的年轻人并不在意，他们欢呼，他们歌唱，他们互相叫喊，仿佛此时正值春天，仿佛他们独自在海边。

罗伯特·怀特像其他人一样感染了那份狂热，当他沿着大道走向学院俱乐部的时候，他意识到一种多年未曾感受过的兴奋。他这一周独自住在城里，因为妻子带着孩子按早先的约定去乡下串门了，几天来他一直在学院俱乐部里打发晚间时光。一来二去他就跟别人合租了一辆马车，十几年来第一次去看球赛。他为自己学院的胜利而高兴，也为同学们的久别重逢而高兴，自从百年国庆的那个夏天他们在酷热中参加完毕业典礼之后，他就没见过这些同学。其中一位现在是新西部某州的年轻州长，另一位则可能成为新总统的内阁成员。

外出看比赛的路上，怀特坐在一位同学身边，此人现在回母校当了教授，他俩畅叙四年的同窗生涯，细数各位同学。他们回忆那些原本大有前途却辜负了众望的小伙子；那些曾经踏实、勤奋，依旧踏实、勤奋的家伙；那个寡言、害羞，不怎么懂拉丁文，更不懂希腊文，却爱好科学的人，正在崭露头角，成为全国首屈一指的小说家；班上最好的棒球运动员，现在是芝加哥一所主流教会的牧师；还有其他在各自领域里混得不错的人。他们聊到班上的害群之马——有的死了，有的生不如死，有的下落不明。

"约翰尼·卡罗尔怎么样了？"教授问。

"打毕业那天起我再没见过他。毕业前就有龌龊的丑闻传开了，你知道，我怀疑约翰尼是否拿到了学位。"怀特回答。

"我知道他没拿，"教授应道，"他一直不敢申请。"

"不管出了什么麻烦，反正他们设法让事情消停了，"怀特继续，"我一直不知道真相到底如何。"

"我当时也不知道，"教授回答，"后来有人跟我说过。不过现在没必要深究了。那女孩早死了，约翰尼也死了，听说是这样。"

"可怜的约翰尼·卡罗尔，"怀特说，"我还记得最后一晚——毕业那天晚上，他看起来那么帅。不过他一直很帅,而且一直好打扮。他不太聪明,哪方面都不出色,是吧?可我们都喜欢他。"

"我记得他想要参加新生划船队,"教授停顿了一下,说道,"但是他禁不住奢侈生活的诱惑。他不肯训练。"

"训练正是他最需要的,"怀特补充道,"道德和精神还有身体上的训练。可惜,他总是有太多的钱,反而对他不好。他父亲那时在华尔街,赚钱易如反掌。"

"我们毕业后还没到年底,老卡罗尔就自杀了,是吧?"教授问,"在浴缸里把自己脑袋打开了花,是他干的吧?"

"而且留下的钱还不够付丧葬费的,"怀特说,"约翰尼总是倒霉:起初是钱多得过分,而最需要钱的时候却一文不名。"

"他的大不幸,"教授说,"就在于他的父亲是个'跟班的'。"

"是啊,"怀特赞同,"真是害人啊。不知道约翰尼如果还活着,现在身在何方?或许在西部淘第一桶金,要么在远洋轮船上烧锅炉,也可能他是百老汇纠察队的一员，靠搀扶女士过马路为生。"

"但愿他有那样的美差，"教授回答，"可我不相信卡罗尔会在部队里干得长，就算他捞到那差使。你还记得他唱那首《恶棍的儿子》唱得多好听吗？"

罗伯特·怀特下了马车往麦迪逊广场走的时候，回想的正是教授的这个问题。走在他前面的是三个摇摇晃晃的年轻人，其中两个还是毛头小子。他们臂挽着臂，指望三人联手走得稳当，可是很难做到，除非举止更加稳重。他们正在唱约翰尼·卡罗尔上学时的那首保留曲目。风越刮越劲，突出于人行道各处的木制广告牌在风力的摆布下摇晃得厉害。成群结队的热血青少年在饭店灯火通明的门廊前来来往往。

怀特退到一旁给分外闹腾的一群让道，这一退就撞到一个人，他正贴着一家餐馆亮晃晃的窗户站立。那人瘦而憔悴，脸刮得精光，面色发青，衣衫褴褛。他的姿势像是贴紧玻璃以希求映出来的暖意。

"对不起。"怀特大声说。

那人僵硬地转过身。"没关——"他才开口，就借着流泻在人行道上的明亮光线看见了怀特的脸。他住了声，犹豫片刻，然后转身离去。

片刻工夫足以让怀特认出他来。"约翰尼·卡罗尔！"他喊道。

那人继续走。

怀特大跨两步赶上他，伸手搭上他的肩头。"约翰尼！"他又叫。

男人扭过脸犹犹豫豫地回答："呃，你想干什么？"

"真的是你吗？约翰尼·卡罗尔？"怀特问，同时伸出一只手。

"哦，是，"对方说，"我是约翰尼·卡罗尔——你是鲍勃[1]·怀特。"

怀特的手仍然伸着。长时间停顿后，他的同学伸手相握。怀特感到卡罗尔手指冰凉，大吃一惊。"哎哟，伙计，"他大叫，"你冻坏了。"

"嗯，"对方坦言，"有什么奇怪的？又不是第一次了。"然后，在匆匆一瞥怀特的脸之后，他转过脸说："而且我饿了，如果你想知道的话。"

---

[1] 鲍勃(Bob)是罗伯特(Robert)的昵称。（译注）

"我也饿了,"怀特诚恳地说,"我正要一个人去吃感恩节晚餐。你愿意跟我一起吗,约翰尼?"

"你当真?"对方问。

"我们干吗不一起吃呢?"怀特回应,快活地迈开步子,伸手挽住同学的手臂。"我们的球队今天打赢了,你知道——十八比零,我们要庆祝胜利。"

"你要带我去哪儿?"约翰尼不安地问。

"当然是学院俱乐部啦,"怀特答,"我们要——"

"我绝对不去,"约翰尼说着突然站住,"我现在没脸见他们。我——噢,我不能去!"

"不去就不去,"怀特答应,"那咱们去哪儿?去德尔莫尼科[1]你说怎么样?"

约翰尼又问:"你当真?不开玩笑?"

"当然当真,约翰尼。"他回答。

"我十多年没去德尔莫尼科了,"对方说,"我真想再去那里吃一回。可你不能带我去。瞧我这样!"

怀特打量他:那件薄外套扣得很紧,穿得很旧,但不

---

[1] 德尔莫尼科(Delmonico's):纽约著名高档餐馆。(译注)

破烂，比帽子和靴子的状况要好。

这两个人面对面站在街角的时候，预尝到了冬天的滋味，寒风侵袭他们，侵入骨髓。

怀特再次挽住同学的手臂。"说实话，你的样子是不如从前，约翰尼，"他说，"不过我今晚也没特意打扮。"

"那就去德尔莫尼科喽？"约翰尼问。

"就去德尔莫尼科。"怀特答。

"那就带我去餐吧，"对方说，"在男人面前估计我能受得住，可这副形象是进不得餐厅见女人的。"

"也好，"怀特答应，"就去餐吧尝尝。"

他们进入餐吧时，里面挤满了年轻人。已有一团蓝色烟雾笼罩在嘈杂的人群上方。小伙子们在紧挨着的桌子旁喝香槟，兴高采烈地隔着桌子彼此呼喊。

在百老汇一侧的角落里，怀特争取到一张小桌子。往桌边走的时候，他朝十来个熟人点头致意，其中一些人斜睨着他的同伴，待他走过后便交头接耳。

显然约翰尼既没看见斜睨的眼光也没听见窃窃私语。他紧跟怀特恍若在梦里，怀特刚才注意到，他俩一进这热烘烘的屋子,卡罗尔就深吸一口气,仿佛在热身。

"我在这儿就不用穿外套了。"他边说边在怀特对面的椅子上落座,两人中间隔着大理石面的小桌。

服务员麻利地铺好桌布,约翰尼用指头轻抚桌布,感受它的细柔,像猫儿似的欣喜于它的洁净。

"那么,咱们来点什么?"怀特接过侍者递给他的窄边菜单,问,"你想吃什么?"

"我?"客人应道,"噢,什么都行——随你——就来烤牛肉吧。"

"看来自从离校以后,你的口味变了,"怀特说,"我是问你,你想吃什么。"

"我想吃什么?"约翰尼重复,"你当真?不开玩笑?"

听见那句上学时常说的老话又从老同学的嘴里蹦出来,怀特笑了。

"当然当真,"他说,"不开玩笑。这是菜单。爱点什么就点什么。别忘了今天是感恩节,而且我饿了,我想好好吃一顿。"

"那太好了。"约翰尼说着接过菜单。他已经暖和过来，现在他似乎因这罕有的排场而舒展了一些。

他细细地看着菜单。

"半壳蓝蚝必不可少,"他发话了,还嘱咐侍者,"一定要放在深的那一半里。绿龟汤——十五年前这儿的绿龟汤好喝极了。鳎鱼片浇莫尔奈白汁——鳎鱼就是比目鱼,我估计,可要说莫尔奈白汁,恐怕连希伯来手稿都能入口了。再来一份帆背潜鸭——两份帆背潜鸭,记住,要真正的帆背潜鸭,不要什么红头鸭绿头鸭——当然要配玉米片,还有芹菜蛋黄酱。再来一小块切达干酪和一杯咖啡。你意下如何,怀特?"

"正合我意,"怀特回答,"那喝什么酒呢?"

"还喝酒?"约翰尼问。

怀特笑着点点头。

"好吧,客随主便,"客人继续,"我不如索性点齐了,要是你非讲排场不可。"他把菜单翻过来,浏览背面的酒单,"74年的滴金甜白配牡蛎,他们告诉我有一款银装特酿84年的干香槟,比喝过的任何一种都好。给我们来一瓶搭配鸭子。尽快上来。"

他把菜单递给侍者,然后才第一次放胆环顾四周。

蓝蚝上得很快，等约翰尼吃下它们和半块面包，又喝下两杯滴金甜白之后，怀特对他说："跟我讲讲你自己的事。这些年来你都在干什么？"

约翰尼的脸色稍微一沉。"我差不多什么都干过，"他回答，"驾过第五大道的公共马车，也给第三大道的当铺记过账。我还在科尼岛[※1]上的一家汤菜馆里当过服务员。刚才给咱们点单的那个人，我去年夏天招待过——我招待他不止一次。我也发过法罗牌[※2]。"

侍者给他们上汤。

等他离开后，怀特问："难道你的老朋友们还不能帮你摆脱困境吗？——给你创造条件，让你东山再起。"

"别费劲了，没用的，"约翰尼回答，"你们现在扶不起我了。太晚了。我估计从一开始就太晚了。"

"你干吗不离开这地方？"怀特问，"到西部去，然后——"

"说这个有什么用呢？"约翰尼打断他，"离开纽约

※1 科尼岛(Coney Island)：位于纽约布鲁克林南端。（译注）

※2 法罗牌(faro)：一种纸牌赌博游戏。（译注）

我活不下去。要是看不见那边的大高楼我会死的。"

"照这样下去你就快死在这儿了。"怀特回答。

"说的也是,"约翰尼承认,"可是无能为力。"他一口一口吃得又稳又扎实,并不是狼吞虎咽的。

待侍者上完鱼,怀特又问:"我们能为你做什么?"

"做不了,"约翰尼回答,"什么都做不了。当然,你可以给我五块钱,如果你乐意,十块也行。可是千万别给我你的地址,否则我再倒霉的时候,第一个就找你,求你再给十块。"

一群大学生,二十来个人,四个一排臂挽臂,大踏步走在百老汇大道上,放声齐唱一首校园歌曲。

"你以前爱唱这首歌,约翰尼。"怀特说。

"我以前爱做很多事。"他回答,这时侍者开启香槟。

"我从没听谁像你那样把《恶棍的儿子》唱得那么有韵味。"怀特继续说。

"十二年前我在一家黑人巡演团里当第二男高音,可是我们被困在了哈特福德,我只好走回家。从那时起我就尝试在包厘街的廉价展览馆里做歌舞表演,不止一次。可是没有用。"

当他们吃完帆背潜鸭，喝干香槟之后，约翰尼靠在椅子上笑了，说："嗯，这就值了。"

这时咖啡来了，怀特说："你忘点利口酒了，约翰尼。"

"你瞧这就是久不习用的结果，"他回答，"我想来杯橘子柑香。"

"那我就来点儿绿薄荷，"怀特吩咐侍者，"再来几支雪茄——几支亨利·克莱。"

"对极了，"约翰尼说，"我父亲只抽亨利·克莱，我估计这就是我喜欢抽雪茄的缘故。"

雪茄点燃后，怀特直视同伴的脸。"你确定？"他问，"我们什么忙都帮不上？"

"非常确定。"对方回答。

"一点儿都帮不上？"

"你请我吃了一顿好的，"约翰尼说，"这就够了。比我的大多数老朋友都慷慨。此外再帮不上什么。"

怀特不作声了。

约翰尼长长地呷一口咖啡，又吸了三四口雪茄。"真是上等好雪茄,"他说,"我最长一次将近两年没抽一口亨利·克莱,后来我捡了一支别人抽剩的,是幕间休息时在戴利剧院外边捡的。"

他带着恣意的快感又吸了一口,然后探过身子凑近怀特,推心置腹地说:"你知道吗,鲍勃?在这个世界上我喜欢的一切几乎都是不道德的,或昂贵的,或难消化的。"

"对,"怀特认同,"我估计那就是你运气坏的缘故。"

"我一生中交过很多运,"对方回答,"好的坏的——大都比我应得的要好——比如这顿晚餐。即使没有明天的消化不良,我也要记住它。可是往坏处想有什么用呢?我才不为明天操心,只要尽情享受今天。今天还剩几个小时——咱们现在去哪儿?"

(1892年)

12

生活的困境

下午晚些时候,约翰·苏达姆拐上二十三街,他的目光向西越过街的尽头,跨过河,并没有看见通常远远可见的彩色亮光。那个平安夜,没有红色远景来烘托,因为乌云密布,天幕低垂,风中有阴冷的寒气,是降雪的预兆。天刚擦黑时,他绕过麦迪逊广场,看见电灯突然发出闪烁的光芒,点亮了第五大道南北,点亮了广场各处。

年轻人穿过百老汇大道,敏捷地躲过一辆庞大的快运货车,又轻盈地跃出轨道,让路给一辆叮当驶来的有轨马车。穿越第五大道时,他见缝插针地穿行于高高堆着纸包裹的客货马车之间。位于二十三街西段的饭店的白墙脏兮分地衬在铅灰色的天空下,天光迅速转暗,暮霭沉沉。风渐渐地完全住了,空气依然阴冷潮湿。苏达姆从残疾报童手里买了一份晚报,报童坐在轮椅上,裹得暖暖的御寒,好像对卖报的收入心满意足。

往前走几步,年轻人路过一个年老的法国水手,他站在马路牙子上,用仅有的一只手转动玻璃箱的摇柄,箱中可见一艘船在有规律的波浪间起伏不定,同时一列火车在横跨海湾的一座桥上穿行不止。几乎就在水手脚下,一个老妇人蜷成一个脏团,伏在一架小小的手摇风琴上,慢慢地从里面摇出一支含混而忧伤的曲子。在她身边稍远一点的地方,两个男孩正在兜售用青枝绿叶编成的环形、星形、串形的绿色装饰物。黄光从一间布匹店的大窗户里流泻出来,靠窗的地方,一个瘦高的男人身前有一块放在支架上的木板,他就在这张便携桌子上展示一个玩具小丑的滑稽动作,那小丑从一截陡峭的楼梯上笨拙地翻滚下来。路人胳膊底下夹着包裹,行色匆匆,很少有人驻足去看船在波浪间起伏,去听气喘的风琴奏出含混的曲调,去买一点绿色饰物或买一个翻跟头的小丑。而这露天巴扎——也可直白地称之为户外集市——却一直沿整条街延伸，人行道的两边，各路江湖骗子正在努力积聚微薄的圣诞收成。

在约翰·苏达姆走到第六大道拐角处之前，雪终于下了起来。第一阵雪花迟疑着降下，被一阵短促的风吹得乱转，那风刮起一两分钟，然后渐息，完全停住。过了一会儿，雪下得更密更快，纷纷飘落，轻柔无声，却在街角的一串串电灯下弥漫，在火车头的强光下发红。火车在悬着的高架铁路上飞驰而过，车身被团团旋转的蒸汽围绕。雪在未售出的圣诞树的主枝上堆积，那些树东倒西歪地沿街立在第六大道往南几户的一间花店前，当苏达姆转过街角的时候，它们看起来就像裹着尸布的香柏树的幽灵。

沿这条大道行走，他必须穿过同样稠密的人群，那些迟来的圣诞采购者匆匆进出于体量过大的商店，利用最后的机会为明天买礼物。但随着他的前进，人群稀松了一些，也许是被暴风雪赶回了家。然而，尽管买主渐少，小贩却坚守依然。苏达姆注意到一个老头——驼背、皱缩、留着长长的灰胡子，他有个浅盘用肩带吊在身前，窄窄的木板上是几个圣诞老人的石膏像，他们高举着一棵枝枝杈杈的圣诞树，上面撒满了亮闪闪的水晶片。在高架铁路车站的楼梯篷下面，苏达姆看见一个小盲女裹在一小方披肩里，默默地在卖半打铅笔。路中央的上方，盖着雪的火车隆隆地南来北往，缕缕白汽从车头冒出，长长地拖着。

当苏达姆接近十四街时，他发现人群再度密集。街角上，载客马车、运货马车和有轨马车乱了套。通向高架铁路车站的楼梯上挤满了携带大包小包的人，其中的大多数上下楼梯十分吃力，人们善意地互相推搡着。大大小小的孩子顺着宽阔的平板玻璃窗在一间大商店的拐角处排成长溜，好奇地盯着一队服饰华丽的玩具动物拉车、抬轿子，在画着棕榈树和花哨帐篷的布景前不停地转圈。雪下得正急，可孩子们仍在羡慕地看着、甘心地等着，虽然他们的帽子变白了，虽然柔软的雪花在他们的斗篷和外套上融化了。

簇拥在玻璃窗前的人丛几乎把苏达姆逼到了人行道边上，不过这是最后一群他需要从中挤过去的人。再往南就没有密实的群体了，虽然大道上依旧熙熙攘攘。他得以加快脚步。于是他疾速前行：路过肉店，那里有屠宰后的羊牛尸体成排吊在挂着绿叶饰串的绳子上；路过杂货店，那里有成垛的罐头食品码放在货架上；路过面包店，那里有面包蛋糕、馅饼麻花摆放在盘子和篮子里。他扫了一眼糖果店的黄色橱窗，看见五颜六色的甜食诱人地铺开。他瞥见好几家熟食店展示出来的银衣香肠、厚实馅饼和柳编酒瓶都足以调动老饕麻木的胃口。他看到了物阜民丰的迹象，但没有人比约翰·苏达姆更清楚，此时恰恰是短缺的季节。

夜幕降临的时候，他尚未走到法院高大的屋顶和高耸的塔楼跟前，尚未走到市场，在煤气灯的一束束火苗下，那里的菜筐大张其口，火鸡悬挂成行。他穿过大道，拐进一条小街——与纽约的大多数街巷不同，小街并不与大道垂直相交。最后他停在一座小屋跟前，那是一座二层老楼，因久用而破旧，却在衰败中显出尊严。这座小宅有荷兰式的屋顶，开着两扇老虎窗[※1]。宅子落成的那个年代，新阿姆斯特丹的荷兰传统较之今日更为强盛。

年轻人登上高高的门廊，上面的雪已接近半寸厚。他

※1 老虎窗（dormer-w—ndow）：一种凸出于斜面屋顶上的窗户。（译注）

按了两次门铃，间隔把握有度。屋里传出女孩飞快的脚步声，门旋即被打开，苏达姆便消失在这座古老的小房子里。

随着大门的关闭，小伙子把姑娘搂在怀里，亲吻。

"噢，约翰，"她说，"平安夜你过来可太好了。你怎么想法子离开的？"

"我只有两个小时，"他回答，"我得弄点东西吃，所以我想也许你们——"

"当然可以，"女孩打断他，"妈妈会很高兴的。她做了一张拿手的老式鸡肉馅饼，我们俩肯定吃不了。六点钟就开饭。"

"这下我知道我的晚餐在哪儿解决了，"她的恋人一边作答，一边跟着她走进小客厅，"可我一吃完就得赶回去。我跟他们说，办事处应该一直开到午夜，而且我会值班。要是求助的人在平安夜得不到帮助，那多惨呀！你说是吧？"

"而且这寒冬腊月的，一定有很多人需要帮助，"姑娘说，"今天下午我替妈妈跑腿，一直走到百老汇，我路过了六个乞丐——"

"噢，乞丐——"他开口说。

"是，我知道，"她又打断他，"我什么也没给他们，虽说不给好像太残忍了。我知道你对不加区分的施舍有看法，所以我才硬了心没给。我也为此而心里作苦。我知道假如我拿点什么给了他们中的一两个，我本来会更高兴的。"

"我想你确实使自己丧失了自我满足的道德光环，"苏达姆认定，"但是那种道德光环太廉价，不可贵。如果我们真想帮助邻舍，我们就必须践行自我奉献，而不是以他的自尊为代价来换取便宜的自我满足。"

"如果不送出点什么，我会觉得自己没在过圣诞节似的。"她反对。

"正是，"他回敬，"你还没有从狄更斯的致命影响下解脱出来，虽然你比十分之九的女人都理智得多。你盲从那种信念，认为你应该为你自己的益处去施舍，而不想想接受施舍对于乞丐是不是最有益。狄更斯的圣诞故事正在滋生第三代叫花子，我怀疑再有半个世纪我们也未必能说服广大群众相信他的社会学是谬论。要用科学来解决问题，歇斯底里的感情用事行不通。"

"你不会认为我今天看见的所有乞丐都是骗子吧,嗯?"她问。

"六个里头有一个是真困难的可能性不到十分之一,"他回答,"很可能六个里头有五个从事乞讨,部分是出于懒惰,部分是因为他们能讨来的钱比他们能老老实实挣来的钱更多。"

"可是有一个老头,少说也得有四十了,"姑娘力争,"他肯定是饿得要死。你看,我刚拐出百老汇,就瞧见他蹲到阴沟边上捡起一块面包,狼吞虎咽地吃起来。我自然就摸摸口袋找钱包,但一位先生也看见了,他走近那个男的,跟他说了几句,还给了他一张五美元的票子。总算有一个真实的贫困案例了,是不是?"

苏达姆悲哀地笑了。"那个饿得要死的男人大约四十岁,是吧?又高又瘦,留着一把稀疏的尖胡子,右脸颊上有道印子,对吗?"

姑娘惊奇地看着他。"嘿,你怎么知道的?"她大叫。

"那是疤脸查理。"他回答。

"他也是个骗子吗?"她问。

"上星期，我有天下午跟了他两个小时，"他解释，"我看见他捡起那块面包，假装吃了至少二十次。我抓住他的时候，他口袋里不止十美元。"

"唉，"姑娘宣布，"我再也不会相信任何人了。"

"可我不明白疤脸查理今天怎么会上街的，"苏达姆继续道，"我们送他进班房才关了一个月，因为法官对他从轻发落。如果他这么快就又上街了，我估计他一定有某种势力。那些家伙影响力之大往往超乎你的想象。"

"他完全把我蒙住了，"姑娘承认，"如果你所称的疤脸查理能装得这么好，他为什么不去上台表演，老老实实地讨生活？"

"去年春天我住进大学睦邻之家，开始自己琢磨这些事的时候，首先令我惊讶的就是这个。我发现乞丐里头有人热爱自己的营生，有人以自己的技能为骄傲。你拿他们怎么办呢？如果你由着他们勤奋从业，你又如何将他们从那些真有困难的人里区分出来呢？"

"实在是太令我困惑了，"姑娘坦言，"自从听你说了这些，我觉得做慈善还没有过去一半简单呢。"

"对，"苏达姆说，"是不简单。事实上，作为20世纪必须解决的问题，它是够复杂难解的。我很快就得出一个结论，那就是，区分哪些人需要帮助哪些人不需要的方法就是，后者是主动求助的而前者不是。纽约是富有而慷慨的，弄到足够的钱来救济城市范围内的每一个穷苦人从来都不难——毫无困难。真正的困难在于把钱给到真正需要它的人手里，并防止不该得到它的人染指。你看，那些主动寻求帮助的人不配得到它——五十次里也没有一次是真困难，而那些配得的人却不去求助。这些人里有男有女——女性居多——他们在下决心面对同胞的怜悯之前就会饿死。我每天都听说默默承受的、纯属意外发现的苦情。"

"一周来我一直在怀疑，眼下这所房子里未必就没有那种苦情。"姑娘说。

"这所房子里？"年轻人重复。

"我每天都好想跟你说说这个情况，"她继续，"可我对你太微不足道了，而且你来的时候，咱们有那么多事情要聊，你知道。"

"我知道，"苏达姆应道。他挨着她坐在沙发上，他的手臂搂着她的腰。他把她搂紧了些，又吻了她。"现在跟我说说你的苦情。"他说。

"嗯，"女孩开始讲，"妈妈和我两个人住这房子太大了，所以我们就把顶层的一间屋租给了两个老妇人。感恩节之前她们就搬进去了。她们都是外国人——古巴人，我猜。那位母亲想必有七十了，看得出她一向十分端庄。那位女儿肯定快五十了，你绝对没见过比她更孝顺的女儿。她对母亲照顾得无微不至。她们没带一件值得一提的行李——没有箱子，只有一个小包——我们一眼就看出她们非常、非常穷。她们预付了两周的房租，之后又付了两周。两星期前，那女儿对我妈妈说，如果她允许她们晚几天交房租，她们会很感激，因为她们一直在等的一封信还没有来。我估计情况属实，因为邮差从没吹过哨，但女儿常常跑下楼来看有没有给她们的东西。可是一直没有，我认为她们没有足够的钱买东西吃，肯定没有。女儿以前每天早晨出门，然后带小小的一包东西回来。你看，她们屋里有个煤气炉，她们自己做饭。但是她已经两天没出门了，而且自从前天她走到楼梯口问有没有给她妈妈的信之后，我们就没见过两人中的任何一个。我们能听见她们在楼上轻轻地走动,可是一直没看见她们。现在我们真不知怎么办才好。你来了我太高兴了,因为我跟妈妈说,我要问问你的看法。"

"你认为她们没有钱?"苏达姆问。

"恐怕都花光了,"她回答,"而且就我们所知,她们什么朋友都没有。"

"你说她们是古巴人?"

"我猜是。她们姓德洛里奥——德洛里奥夫人,我听见那女儿向邮差打听信的时候这么称呼她母亲。"

"要不是现在太晚了,"小伙子看看表说,"我就去西班牙领事馆跑一趟。可现在快六点了,领事馆肯定关门了。如果有理由认为她们确实在挨饿,何不委婉地去打探一下?"

"恐怕不行,"她回答,"我们昨天上午确实试过。我们发现那女儿没出去买东西做饭,就担心她们可能在挨饿,于是我们讨论再三,绞尽脑汁想办法帮助她们。最后妈妈有了一个主意,她做了一种西班牙炖菜——就是人家说的什锦菜,你知道。她是从菜谱上学的,然后她端着菜上楼敲门。她们问是谁,也没开门,只打开一条缝。妈妈告诉那女儿，她在试做一种西班牙菜，不知做得地道不地道，所以她就上来请她们帮个忙，尝一尝，告诉她味道是不是纯正。你看这就是妈妈的主意。她以为那样一来就能让她们吃东西，又保全了她们的自尊。可是行不通。那女儿说她很抱歉，现在品尝不了，她不行，她母亲也不行。她们现在没胃口，所以她们无法评判什锦菜的味道。她说，她们刚才还在做猪排和牛排。"

"猪排和牛排？"苏达姆问。

"她是那么说的，"姑娘继续道，"当然那只是拒绝的借口罢了。她是用那种方式告诉妈妈，她们什么都不需要。所以妈妈只好放弃，又把炖菜端下楼。不过，妈妈并不觉得她们特别惨，因为她们昨天做过吃的。她闻到了鱼味——昨天是星期五，你知道。"

"我知道，"小伙子应道，"可我还是——"

就在这时，邮递员的尖厉哨音传来，然后是门铃的一阵急响。

女孩跳起来，向门口走去。她开门的时候，飘进屋里的是远处雪橇的微弱悦耳的铃声，还有已经被雪压低了的街头的喧嚣声。

她回到客厅,手里拿着一个长长的蓝色信封。

"终于来信了。"她说。

"什么信?"苏达姆问。

"老妇人一直在等的信。"她回答,把信递给他。

他把信凑近客厅里的那盏孤灯,大声念出收信人的姓名:"'德洛里奥侯爵夫人',是挂号信。"

"对,"姑娘回答,"邮递员正等着签收条呢。他说他猜是钱或圣诞礼物之类的,因为上面有这么多封印。我想让你了解一下,但我现在就得送上楼去。"

她轻快地跑上楼,约翰·苏达姆听见她敲那两位老妇所住房间的门。隔了一会儿,她再次叩门,显然无人应答。然后他听见她轻轻地推门。

两秒钟后,她惊声尖叫起来:"妈妈!妈妈!噢,约翰!"

苏达姆飞奔上楼,发现她就在老妇人的房门外面。她浑身颤抖,一把抓住他的手。

"噢,约翰,"她说,"发生了可怕的事!比我想象的还要糟糕!她们真的饿死了!"

然后她默默地把他领进房间,她的母亲几乎同时赶到。

等了五分钟后,楼下门前的邮递员不耐烦了。他又急急地按门铃、吹哨子。他踢掉靴子上的雪,挥动胳膊来保暖,这时门终于开了,约翰·苏达姆出现在门口,手里拿着长长的蓝色信封。

"对不起,你只能把这封信再带走,"苏达姆对邮递员说,"现在这里没人签收。那位德洛里奥侯爵夫人死了!"

百年前的曼哈顿

"曼哈顿情缘"是"曼哈顿花絮"的姊妹篇
十二个小故事记录了纽约的城市月历

曼哈顿
情缘

Outlines in Local Color

与马林斯派克小姐
的会面

一月初的一天,天气很冷,到下午四点时,灰蒙蒙的天空笼罩了整座城,好似一幅圆形画幕的背景。一圈圈蒸汽升腾在蓝灰色的天际,像用粉笔在石板上画画。河对岸,西方遥远的天边,有一点粉红的光斑——那是二十四个小时未曾露面的太阳存在的唯一迹象。

马林斯派克小姐转过小街的街口,驻足片刻,俯瞰那长长的滨河路,还有在冰层下面静静流淌的、宽阔的哈得孙河。这个曾经不知疲倦的旅人早已年过古稀;她定睛观看,汲取这壮观景色的壮丽之美,在她去过的城市当中,没有任何一座能超越它。她很庆幸自己是生于斯、长于斯的纽约人,也很庆幸自己有此殊荣,住在这样一个景致触目皆是的地方。然而在她含情脉脉地打量这条庄严的河流时,风儿又起,吹乱了她灰白的鬈发,吹起了裹在她身上的外套。

从马林斯派克小姐所站的位置往前走两户,一顶条纹遮篷曲折延伸,跨过人行道,登上参差的石阶,从门廊顶上挤进门口。一个身材丰腴、浅色头发夹杂少量金色发丝的年轻靓妹走在马林斯派克小姐前面,穿过这曲曲折折的帆布通道。当房门为迎接她俩而开时,这一老一少一起走了进去。

屋里灯火通明,仿佛已经入夜;窗帘拉上了,缀着流苏的奢华至极的丝绸灯罩下,灯全都点亮着。空气中弥漫着浓郁的花香,花儿高高地堆在壁炉台和桌子上,浓密的菝葜花饰从每一盏灯具、每一面镜子上垂下。棕榈枝立在角落里,躺在壁炉里;大厅的一端,棕榈枝堆积成一道屏风,透过屏风,匈牙利乐队的鲜艳制服依稀可见。

前厅里有一张大桌,桌上放着十多捧缠着丝带的美丽花束。大桌前是由串串菝葜枝搭成的一座花架,架下站着女主人和她的女儿,那天下午,她正引导女儿初入社交界。女主人是一位端庄和蔼的妇人，黑色的粗辫子里几乎看不到灰白的发丝。像母亲一样，女儿也很和蔼，很端庄，而且比她请来的六七个漂亮姑娘还要好看，她们是来帮她接待母亲的朋友和熟人的。

先于马林斯派克小姐进入房子的那位姑娘恰巧再次先一步进入前厅。女主人左手拿着一束兰花，高兴地欢迎这位姑娘，但似乎隐约带着一点屈尊低就的意思。

"是彼得斯小姐，对吧？"女主人问，有些吃力地压低嗓音，仿佛低声说话是很晚才形成的习惯，"这么糟糕的天气你还能来，真是太好了。米尔德丽德，你认识彼得斯小姐吗？"

女儿走上前，微笑着与彼得斯小姐握手，让母亲腾出身来迎接马林斯派克小姐。这次，女主人的态度里丝毫没有屈尊的意思，反而透着微微的满足感。

"哦，马林斯派克小姐，"女主人热情地说，"真令人高兴。这么糟糕的天气你还能来，真是太好了。"

"我爬上你家这儿的坡顶时，风刮得是不小。"马林斯派克小姐回答，"我的身体也不像前些年那么硬朗了。我想很少有人在七十五岁还能像十七岁时那样活蹦乱跳。"

"哪里的话,"女主人说,"你一点也不比咱们初次见面时老。"

"那也就是不久以前的事,"老姑娘答道,"咱俩相识也不过五年、十年吧?现在五年、十年对于我来说简直可以忽略不计。我感觉自己并不比半个世纪前老多少;至于我的相貌——呃,还是少说为妙。我从来都不是什么美人,这你知道。"

"你怎么能这么说?"女主人回应,无意中发现门口已聚集了一群新的访客,"米尔德丽德,你认识马林斯派克小姐吗?"

"哦,认识,的确认识。"女孩热情地说,与活泼的老姑娘握了握手。

带着一缕金色发丝的浅发姑娘依然站在米尔德丽德身边。女主人注意到这点,又看到那群新来的客人进门后朝她走来,便再次匆忙发话。

"马林斯派克小姐,你认识彼得斯小姐吗?"女主人问,"无论如何,彼得斯小姐都应该认识你。"

说完她扭头去接待新来的客人,再次压低声音对大家说,这么糟糕的天气大家还能来真是太好了。

女儿留下来同马林斯派克小姐和彼得斯小姐交谈,但是不到一分钟,母亲就喊她:"米尔德丽德,你认识希契科克夫人吗?"

由于新来的人群往里挤,蓝色明眸的老姑娘和胖乎乎的小姑娘略微向后退了退。

"马林斯派克小姐,我常听我爷爷说起你。"小姑娘开口了。

"你爷爷!"年长的女士回应道,"那你爸爸一定是彼得斯主教的儿子啦?"

年轻的彼得斯小姐点点头。

"那么你爷爷就是我弟弟的一位好友,"马林斯派克小姐继续说,"他们一起上的学。我还记得我第一次见主教的时候——想必是六十年前的事了——那天可是他第一次穿裤子啊!他还骄傲得不得了呢!"

马林斯派克小姐笑着回忆这桩有趣的往事,彼得斯小姐也跟着笑起来。

然后,老姑娘问:"你父亲战后在南方结的婚,对吧?你母亲不是亚特兰大人吗?"

"母亲去世前,父亲一直住在那儿,我也出生在那儿,"女孩说,"算到这个圣诞节,我来北方才两年。"

"我估计你爷爷的朋友们还在世的应该不多。现如今,人都死得怪早的。"老姑娘议论,"你父亲今天下午来了吗?"

"噢,他可没来。"彼得斯小姐回答,"他身体不好,只能住在南加州。我自己一个人在纽约。"

"可怜哪,孩子。"女人拉起小姑娘的手说,"我自己一个人生活很久了,我知道其中的酸甜苦辣。但是你必须像我这样做——跟自己交朋友,培养跟自己打交道的爱好。"

年轻姑娘轻轻一笑,回答:"我可不像你,有这么一位迷人的伴侣。"

马林斯派克小姐笑着回应:"不,你有的,孩子。虽说我现在并不是丑老太婆,可我当年是个长相很一般的姑娘;我知道,觉得自己其貌不扬对一个人的性格形成没有好处。但我打算善用这一点,我也的确做到了。我想我大概会有很多时间跟自己打交道,所以就跟这个不得已的相识交了朋友。现在,我成了自己的好伙伴。我很少感到无聊,因为我发现自己是个很有意思的伴侣,我们还有许多共同的兴趣爱好。如果你愿意，你也可以培养与自己的友谊。但是你不一定要像我这样，因为你是个漂亮姑娘，你瞧瞧，你浅黄头发中的那一缕金丝真的很迷人呢。我问你，你一个人在纽约做些什么呢？"

"我写作。"彼得斯小姐答道。

"写作？"马林斯派克小姐回问。

"我说过，我爸身体不太好，"小姑娘解释，"我得自己养活自己。所以我就写作。"

"可我不记得在杂志上看到过署名为彼得斯的文章啊？有吗？"老姑娘问。

"哎哟，那些杂志！"彼得斯小姐回答，"杂志！我还不够格给杂志写文章呢。就算他们接受了你的文章，也得等很长时间才会发表。不过我偶尔给周报写点东西。等我发表一篇你可能喜欢的文章，我就第一时间给你寄去，行吗？"

"我将立即欣然拜读。"马林斯派克小姐热情洋溢地宣布。

"我还没署过自己的真名，"彼得斯小姐继续说，"我用的是笔名。也许你已经读过了我写的文章，但不知道那是我的作品。"

"孩子，这很有可能，"马林斯派克小姐说，"今后我将多多留心。能把你的想法落实于白纸黑字让大家看，让这个世界变得更美好，一定是非常快乐的事。"

年轻的彼得斯小姐又笑了，嘴角露出一个迷人的小酒窝。

"我想我写不出什么能让世界更美好的文字，"她说，"即便写出来，我觉得编辑也不会采用。我想，现在的编辑追求的不是这些——你说呢？他们只盯着会让报纸畅销的东西。"

"尽是些可悲的东西。"老姑娘断言，"在我小的时候，报纸的内容就够暴力了，编辑们水火不容，像扒手一样互相谩骂，有时他们互相论战，有时受到别人的鞭挞。但那时的报纸还不像今天这样无聊、廉价、浅俗。好像现在的编辑异常轻视读者，认为他们有的看就算不错了。噢，我上周收到报社的一封信——还是一封铅印的——信中说他们'希望在《社会要闻》上登载全面的、正确的消息，如果马林斯派克小姐能提供她今冬打算筹办的消遣活动的相关信息，编辑将感激她的好意，如有需要，编辑将很乐意安排一次全面的报道'。有这么厚颜无耻的吗？要我描述我自己的晚宴，再开列一份我的宾客名单！哪有女士愿意做这种事！"

"有些女士就会这么做。"彼得斯小姐直言不讳。

"那她们就不是你我所说的女士，孩子。"马林斯派克小姐回应。

南方姑娘的脸唰地红了，她不好意思地咬着嘴唇。一会儿，她又鼓起勇气问："马林斯派克小姐，我想你没有读过《每日播报》吧？"

"我试着读过两周，"老姑娘回答，"别人告诉我这份报的消息最全什么的。但我最终还是放弃了。《每日播报》从没刊登过我认识的人的死讯。我朋友的死讯都刊登在《纽约公报》上。"

"《公报》在家庭间的传播量更大。"年轻姑娘承认。

"另外，"马林斯派克小姐继续说，"我无法忍受《每日播报》的粗俗。我现在是老女人了，我见过很多世面，但是《每日播报》对我来说还是吃不消。它似乎符合非洲原始部落里那些半裸居民的口味。"

"啊，"对方提出异议，"你真觉得它有那么差劲吗？"

"我确实这么认为,"老姑娘态度很坚定,"而且比那更差劲,因为可怜的黑人只是没开化,而《每日播报》是故意伤风败俗,也许这是它最可憎的地方。"

"我明白你的意思了。"彼得斯小姐说,脸颊再次泛红。

"比如说莱特富特离婚事件,"马林斯派克小姐继续讲,"《每日播报》的报道方式简直难以言表。我愿意认同莱特富特夫人不算一个好人;我接受她离婚的次数可能比结婚的次数还多的说法……"

"那就够可以的了!"小姑娘趁老姑娘停顿时插了一句。

"但是那样说就太过分了,说她像埃及艳后一样,有小猫般的举止和母猫般的品行——不过分吗?"

彼得斯小姐没有吭声。她的眼睛盯着脚下的地毯,脸变得更红了。

"当然,你可能没看过我说的那篇文章。"老姑娘继续说。

"不,"小姑娘回答,"我看过。"

"真遗憾,"马林斯派克小姐说,"也许是我老古板——都这个岁数了，一定是老古板了——但是我认为像你这样的好姑娘不应该读这种东西。"

彼得斯小姐又没吭声。

"我碰巧记得那段话，"马林斯派克小姐继续说，"因为文章的署名是'波莉·珀金斯'。很可能根本就是一个男人写的，但也没准儿是个女的。如果是女的，我读的时候就为她感到羞耻。一个女人怎么能那样写另一个女人？"

"很可能作者是迫于生计。"彼得斯小姐辩解。

"这个理由不充分，这个借口太差劲了。"老姑娘坚定地说，"当然，如果我特别穷，我也不知道我会做什么——谁知道呢？但我认为我就是靠凉水和干面包度日，也不会以那种方式挣黄油面包的——你会吗？"

彼得斯小姐没有回答这个直率的问题。她沉默了一会儿。然后，她抬起头，掷地有声地说："这确实是一种卑鄙的谋生方式。"

马林斯派克小姐还没来得及继续交谈，就被刚进门的两位女士招呼过去了。彼得斯小姐往后退了退，独自在角落里站了几分钟，这时，她面前的人越来越多。她直愣愣地盯着前方，却对周围的人视而不见。随后，她清醒过来，走进餐厅，喝了一杯茶，吃了一小片黄油面包，面包是卷起来的，还系着小丝带。大概过了十五分钟，她意识到自己来到了女主人面前。

她对女主人说，她今天玩得很高兴，以前从没见过这么合得来的人，特别高兴的是见到了她爷爷的老朋友马林斯派克小姐。"多么可爱的老姑娘，完全没有脱水老处女的味道。她也很有自己的思想。她给我讲了一些她对现代新闻采编工作的看法。"

"她很健谈，"女主人说，"你本来可以采访她的。"

"噢，和她畅谈了很久，"彼得斯小姐回应道，"但是我可能永远也写不好她。还有，我正在考虑放弃报社的工作。"

这时三位女士向女主人走来，女主人伸出手迎上去，说："这么糟糕的天气你们还能来，真是太好了。"彼得斯小姐趁机脱了身。

大概过了半小时，马林斯派克小姐喝完茶，吃完黄油面包卷，返回前厅，正巧听见一位害羞的小伙子向女主人告别，祝主人的女儿"青春永驻"。

马林斯派克小姐上前道别时，碰巧宾客往来有一阵短暂的停滞，她恰好有机会祝贺这家女儿初次亮相的茶会成功举办。

"我必须告诉你，马林斯派克小姐，"女主人说，"你彻底把那个彼得斯小姐迷住了。"

"她是个可爱的小家伙，"老姑娘说，"举止优雅，估计是血统的缘故吧；她告诉我她是主教的孙女，你知道。她跟这儿的其他女孩不一样，那些女孩的行为举止是从书本上学来的。她们是现学现用，而她是与生俱来的。而且她有教养的终极标志——长者讲话时，她注意听——现如今这是十分难能可贵的。"

"是啊，"女主人回答，"波林·彼得斯举止宜人，虽然她在一家报社工作。"

"在报社？"马林斯派克小姐重复道，"她告诉我她以写作为生，但她没说是在报社啊。"

"她离开时说了一些想要放弃的话，"女主人说，"但我认为她不会，她现在干得顺风顺水。她的某些文章曾轰动一时。你知道她就是《每日播报》的'波莉·珀金斯'吗？"

"不知道，"马林斯派克小姐说，"我还真不知道。"

纽约往事
Old New York

告别信

早上飘起的零星小雪快到中午时却变成了温和的阵雨,随着夜幕的降临又变成了久久不散的雾。一月最后一周的暴风雪使得街道两侧筑起了两道雪墙,每当太阳再次出来的时候,积雪就快速融化,雪水流进宽阔的排水沟,在夜间席卷城市的冷风吹拂下又变得铁硬。此时,闷热的一天已经过去,夜幕将至,一摊令人生厌的雪泥化开了,在十字路口四周流淌开来。女店员们回家时择路而行,在高架铁路车站的支柱下小心翼翼地从一角拐到另一角。头顶上方的火车一辆紧随一辆,接踵而至;火车在刺耳的刹车声中急停下来时,一团团蒸汽也随之盘旋落下。高架铁轨上的雪水滴落到下方的缆车车厢上,缆车轰隆隆地行驶，靠近十字路口时，车铃便叮当作响。空气潮湿，薄雾弥漫；路口的四个拐角上都是酒吧，酒吧窗户里的黄色灯泡周围都笼着一圈光晕。阴沉沉的一天就要结束，东河里的渡船那嘶哑而悲伤的喇叭声也越来越频繁。

一个意大利小贩已经把手推车推到通往上方车站的台阶下面，开始叫卖车上摆着的香蕉、苹果和坚果。摊位的一端摆放着一个烤花生的圆筒，小贩一丝不苟地摇动烤箱的手柄，就像在演奏手摇风琴。将近六点一刻的时候，他打开火箱，往里放了一两根柴火，顺便就着火苗暖和一下冻僵的手指。这乍现的红光透过毛毛细雨，吸引了一个正在过马路的中年男人的目光。他立足未稳，一瞬间的分心足以使他踏错步子。他脚下一滑，仰面躺到地上，右肩胛骨正好撞在一块结实的雪团上，雪团被冷风吹得很硬，但毕竟比石头铺的人行道要软一些。

这次碰撞让他受到了严重的惊吓，他在地上躺了差不多一分钟，大口大口地喘着气，根本站不起来。在他努力想站起身并再次正常呼吸的时候，他听见一个女店员大喊："哦，莉斯，你看见他摔倒了吗？摔得可真惨。"然后，他听见女孩的同伴回应道："我说，马姆，你去问问他伤得厉不厉害。"随后,两个男人走下人行道来扶他站起身,还有个男孩捡起他的帽子递给他。

"起来就好,"其中一个人说,"没有碰坏哪根骨头吧?"

跌倒的那个人慢慢缓过气来。"没有,"他呼哧带喘地说,"骨头没断。"说着,他小心翼翼地活动一下四肢,好确认这一点。

"这一跤摔得够呛,"另一个人说,"不过一会儿就能缓过来了。进帕特·麦卡恩的店里喝上一杯吧,会让你恢复活力的。"

"说得对,"被扶起来的那人说,"说得对,扶我进帕特·麦卡恩的店吧——那儿的人认识我——我能歇一下——过一会儿就没事了。"他把长话拆短了说,即便如此,说起话来还是很费劲。

他滑倒的地方离酒馆门口很近,两个男人一人搀一只胳膊,把他搀进了酒馆,径直向吧台走去。

"晚上好,马隆先生,"酒保招呼道,"老板一直在找你呢。"看到刚进门的这个人面如土灰,他又说:"你气色不太好。想来点什么吗?"

这个叫马隆的人穿着普通；衣服虽整洁但已磨得发亮；外套很薄，由于刚才跌进雪泥里，背部已弄得很脏。破旧外套的扣洞里是共和国大军[※1]的青铜扣子。

马隆抓住吧台前的栏杆使自己站稳。"给我来点——威士忌吧，汤姆，"他说，依然气喘吁吁，"再问一问这两个好人——他们想来点什么。"

这两位先生和他一样要了威士忌。然后，他们再次安慰他，说他一会儿就没事了；说完，他们把他留在吧台前，分头离开了。

这时，酒吧里碰巧没有别的客人，酒保汤姆得以把全部注意力放在马隆先生身上。

"你在老板的店门口跌倒，而他碰巧不在，没能扶你起来，听了这事他会伤心的，"汤姆说，"但你最好待到他回来再走。你要缓过劲儿来也不太容易呢——我自己也摔过跤，我知道——虽然我不是在冰上摔的。"

"帕特·麦卡恩想见我，是吗？"马隆问。他想深

※1 共和国大军（Grand Army）：美国内战后北方联邦退伍军人组织。1866年成立，1956年最后一名成员去世。

吸一口气，却发现办不到，因为他撞伤的背部肌肉不听使唤。"哦，好吧，我就坐在这儿等吧。"

"去那边角落，你的老地方坐着吧。"汤姆回应。

"我要抽上一锅子烟，"马隆边说边挪动步子，"只要刚才那一跤没摔坏我的烟斗就行。没坏，还好着呢。"说着，他从外衣胸前的暗袋里掏出一个欧石楠木的烟斗。

马隆拖着脚慢吞吞地朝酒吧角落里的一张桌子走去时，临街的门被推开，酒吧老板走了进来——他个子很高，戴着高顶礼帽，穿着毛边大衣。麦卡恩径直向吧台走去。

"汤姆，"麦卡恩问，"我那玻璃杯里现在还有几张记工签？"

汤姆看了看放在身后靠墙的架子顶上的一只平底玻璃杯。"还剩五张。"他回答。

"巴里·麦科马克在我们关门前会来，他会管你要记工签，你给他三张，"酒吧老板说，"告诉他就剩这几张了。如果杰里·奥康纳又来找我保释他那个犯事的弟弟，你必须把他支走。我不想保释他，你知道，但我又不想跟他直说我不愿意。"

"那我该跟他说什么呢？"酒保问，"我是不是说你去华盛顿见参议员了比较好?"

"随你怎么说,"麦卡恩回答,"但是别让他难堪。"

"我会尽力的,"汤姆应承,"你出门之前说过要找丹尼·马隆。他现在就在角落里坐着。他在门外的冰上狠狠地摔了一跤,摔得够呛——不过骨头一根没断。"

"我要告诉他的消息不会让他更好受,"麦卡恩答道,"但我会尽快说完的。"说着他穿过酒吧,走向远处的角落,来到马隆落座的小桌前。

麦卡恩向这边走来时,马隆抬起头,认出了酒吧老板,就试着站起身来。可这突然的举动被他背上拉伤的肌肉迅速制止,他随即跌坐在椅子上,脸疼得直抽搐,又喘不上气了。

"哦,丹,老伙计,"麦卡恩说,"你摔得可真够惨的。我为你难过。千万别站起来!坐那儿歇一会儿,打起精神。"

身材高大的老板僵硬地站在摔了一跤腰也挺不直的马隆身旁,好像一座铁塔,这时马隆抬起头看着店主的脸,希望上面写着好消息。

"好的,帕特,"他又缓过气来,开口说道,"我是摔了一跤——但不要紧——再过个把小时——我就没事了。

我还强壮得很哪——你给我找什么活儿我都能干——"

他眼巴巴地盯着对方的眼睛，急切地等着一句充满希望的话。

酒吧老板垂下目光，清了清嗓子。他的外衣扣子已经解开，衬衣前襟上的那块大宝石露了出来。

不等店主作答，马隆老汉又忧心忡忡地开口了。

"你见到他了吗？"他问。

"是的，"店主回答，"我见到他了。"

"他会给你办吗？"老汉接着问。

"他要是能办的话会为我办的，可是他不能。"麦卡恩回答。

"他不能？"马隆问，"为什么不能？"

"他说，因为那个岗位不由他指派，"酒吧老板解释，"他跟我说，如果可以的话，他很愿意把这个位置给我的朋友——但那是政府文职部门。他必须照章办事，他说，主要是因为上次他打算破例，结果他们大发雷霆。"

"但我是个老兵，"马隆恳求，"我服了三年役。文职部门也得算上这个呀，不是吗？"

"此时此刻你也许就在名单上，但是根本没用，"店主回应道,"名单上的老兵现在多得是!"

"老兵协会会推荐我的,只要我开口——这总该有用吧?"

"什么都没用,他是这样说的,"麦卡恩解释道,"不是一支烟、一口酒就能帮上忙,否则我自己就能给你找着工作了,对不对?"

"那么,我是谁都指望不上了?"老汉又问。

"我跟你说,我已经尽力了,而且我相信在这一片儿没有人能比我做得更好了,"酒吧老板回答,"他说他倒是愿意把这个职位给你,可是他不能这么做。他必须录用文职人员。"

"那你就没有别的办法了?"马隆绝望地问。

"能办我就办了,"麦卡恩回答,"可我真想不到还能有什么其他办法。人家就是不肯帮忙,就是这样。一切都完了,没有别的办法。当然,我要是听到什么信儿,我会告诉你——要是能行,我会为你争取的。不过现在看来,今冬找工作着实不易啊,这你很清楚。"

马隆老汉没作声。他耷拉着脑袋,茫然地盯着酒吧另一头的沙箱。

面谈终于结束了,酒吧老板松了一口气。

"好吧,"他说着转过身去,"我得走了。我得去见个新人,他刚签了合同,在哈莱姆[1]那边顶缺。"

"别觉得我不知感恩,帕特。"马隆又抬起头,说道,"你知道我很感谢你,我也知道你已经为我尽力了。"

"我确实尽力了。"麦卡恩承认,握住对方伸出的手,"我希望下次能做得更好,但愿吧。"

说着他轻轻握了握马隆的手,离开了酒吧,走的时候对酒保喊道:"如果有人找我,跟他说我一小时后就回来。好好照顾丹尼·马隆。他受的打击可不小。"

老板刚走,三位顾客就进来了,酒上来后,他们站着一口气喝光,随即离去。他们打开外门时,阴冷潮湿的夜风吹了进来。

酒保走到马隆坐的角落,马隆手里拿着没有点燃的空烟斗,正瞪着眼睛发愣。

"马隆先生,"酒保说,"现在感觉好点了吗?缓过气来了吗?"

"好,好。"马隆应道,回过神来,"现在感觉好多

---

[1] 哈莱姆(Harlem):曼哈顿岛东北部的黑人居住区。

了。"他又试着往起站,然后又腾地跌坐在椅子上,被肌肉的剧痛所困。"我好点了——但是我想——我最好——再歇一会儿。"

"就是嘛,"汤姆高兴地回应,"在这儿歇着。我来给你装烟斗。我想,没什么比抽口烟更让人舒坦的了。我估计,来口陈年麦芽酒应该伤不着你吧?"

五分钟后,丹尼·马隆嘴上叼着点燃的烟斗,面前的桌上摆上了一杯麦芽酒。他慢慢地喝着酒,一次只抿一小口;烟也是有一口没一口地抽着,烟斗都快灭了。他独自坐在那儿,瘫软在椅子上,最后的希望也破灭了。

半小时后,酒吧里又没有别的客人了,看见酒保得空儿,马隆就向他要来一个墨水瓶和一支钢笔,又要了一张纸和一个信封。汤姆把桌子清理干净,把这些东西都摆在他面前,然后他又要了一杯麦芽酒,并再次装上烟斗。

抿了一两口酒,抽了四五口烟之后,马隆忍痛坐正,开始写信。

首先,他在信封上写明收信人:奥尔巴尼[1],州议

---

[1] 奥尔巴尼(Albany):纽约州首府。

会，特伦斯·奥唐奈敬启；然后他把信封推到一边去晾干，开始写信。他的字迹比平时更不工整，他的字一贯歪歪扭扭，难以辨认，何况今天手还有点抖。

"好友特里：我在帕特·麦卡恩的酒吧里给你写这封信，这也将是你从我这儿收到的最后一封信。我在这儿的街角摔了一跤，肩膀着地，伤得很重，气都喘不过来了，现在的我就像一只闭合的风箱。我还没有缓过劲来。我再也不会有力气了。我才五十岁，但我在联邦政府的军队里服役了三年。你带着腿伤在沼泽地里摸爬滚打、日夜拼命——你迟早得为寻求这种欢乐付出代价。我现在就在为我的乐子付出代价。今晚我感到十分衰老，老了就没用了。如果我再年轻点儿，我不相信玛丽会甩掉我跟了杰克。特里，你还年轻，又娶了一个好媳妇，上帝保佑她，你们会兴旺发达的，因为你为人正直、够朋友。但你永远不会知道被你爱的女人甩掉是什么滋味。这很伤人心，就算她嫁的是你亲弟弟也一样很伤人心。你知道，杰克只是我同父异母的弟弟，但还是一样伤人心。玛丽嫁给了他，他伤害了我，还一直不肯放过我。玛丽也站在他那边。我想这是自然——他是孩子的父亲嘛——但那也很伤人。这个冬天他一直对我恶语中伤。我都知道，但是我绝不会说出去。现在我发现他又在纵容孩子们和我作对。他们一直很友好，玛丽的两个孩子都是。随我名字的那个是一个好小子，特里，如果你哪天能帮他一把，那你就看在我的分上，帮帮他吧。我离开这儿后，就去当铺把手表当了，然后买把手枪。不过我会把当票和这封信一起放在信封里，有一天你发达了，我希望你把表赎出来给小丹尼。我一直想让他拥有这只表。

"我之所以现在求你，是因为这是我写给你的最后一封信，我以后再也见不到你了。我正在抽我的最后一锅烟，最后的一杯酒也已经喝了一半了。我会在干掉剩下半杯的时候想着你，祝你健康，祝玛吉健康，也祝你们即将诞生的宝贝儿子。

"我要退场了。我累了，而且一小时前摔了那一跤之后，我体会到了从未感到过的衰老。这一跤不只让我喘不上气来，它着实把我摔惨了。我以为这儿的帕特·麦卡恩能帮我找份工作，但是他因为对文职部门有顾虑也帮不上忙。我是到了永久退场的时候了。我打算把我的表当了，买把枪。然后我就上杰克家去。玛丽不会不给我一口吃的。我要的不多，这也是我最后一次向她伸手了。孩子们要出去聚会——主日学校组织的聚会。我将最后见他们一次，向他们说再见。晚饭后，等孩子们都走了，我就掏出手枪，把子弹射向它最该去的地方。也许杰克会悔之晚矣，也许玛丽也会。我不知道。当初他们要是对我好点，我如今就不会需要买枪了。

"别了，特里，上帝保佑你们全家。我还想见见孩子们，现在是去玛丽家的时候了。

你的老朋友 丹·马隆"

写完信之后，他抽了一两口烟，把酒喝完。他拿起刚写好的信，仔细看了一遍，看是否把该说的话都说了。他感到很满意，折起信纸塞进信封。他又抽了四五口，把烟抽完。他拿起烟斗在桌子上磕了两下，磕掉烟灰，然后把它规规矩矩地放进外衣胸前的暗袋里。

然后他小心地慢慢站起来，免得动作太大又抻着哪块受伤的肌肉。他拖着脚来到吧台前，付了酒钱，问酒保有没有邮票。汤姆正好有一张，就给了他，他把邮票贴在信封一角。

"嘿，马隆先生，"酒保问，"今晚在达泽勒女爵府邸有假面舞会，你不想弄张票吗？这将是他们迄今为止搞得最高调的盛会。"

"我再也不打算参加舞会了，"马隆回答，"我现在太老了。"

他把薄外套的纽扣在胸前紧紧扣好，然后把手伸向汤姆，让酒保大吃一惊。

"再见，"马隆说，"再见。或许我再也见不到你了，汤姆。"

"再见，马隆先生，"汤姆回应，"可是你明早就会好起来的，我觉得。"

"是的，"马隆重复道，"我明早就会好起来的。是的，我今晚会确保这一点的。"

他打开酒馆外门，一股湿气蹿进他的肺部，噎得他喘不过气来，但是他不敢咳嗽，生怕惊扰拉伤的背部肌肉。

从酒吧往上走两户是一家当铺，门头上挂着三颗金色的球，宽阔的橱窗里摆放着待售的未赎回的抵押物。马隆一头扎进当铺，庆幸摆脱了阴湿的空气，哪怕片刻也好。

大概五分钟后，他出来了，手里拿着寄给尊敬的特伦斯·奥唐奈的信。他在当铺门槛上站了一下，借着橱窗里汽灯的光，把当票夹入信中，然后封上信封。薄外套右手边的大口袋里装着一件他进当铺时尚未放在那儿的、形状不规则的东西，就是他用手表抵押款买的那把左轮手枪。

他又顺着大道往回走去，因为那儿的灯柱上有一个信箱，就在麦卡恩酒馆所在的那个街角。当铺与酒馆之间的铺子是卖殡葬品的。马隆慢慢走过的时候，看见橱窗里有一副小棺材，上面铺着白缎子。

"得给我用一副比那个大的。"他说，"今天是星期五——星期天他们就该办葬礼了。"

他在街角把信投入灯柱上的邮箱，就在这时从他身后远远地传来一声怪叫，是河里的拖船在不耐烦地鸣笛。他在等缆车的时候，一个瘸腿报童一拐一拐地走上来，带着哀求的眼神向他兜售晚报。马隆摸了摸口袋，只摸出两个硬币，一枚五分的，一枚两毛五的。他把两毛五的给了报童。然后，他艰难地登上缆车的后部平台，把五分硬币递给不耐烦的售票员。缆车再次叮叮当当地前行，渐行渐远，车上彩灯的光晕很快就消失在了远处的黑暗里。

（1895年）

底层社会

一瞥

晚宴的规模的确不大,就餐者只有八个,时间是三月的一天晚上,地点是麦迪逊大道、默里山半坡上一幢宽敞又气派的宅邸。宽大的餐厅在这幢房子的后部,附带一间宽敞的、一直延伸到后院里的配膳室。厨房也很大,位于餐厅的正下方。配膳室下面的屋子和配膳室一般大,作为仆人的起居室。在这间家佣客厅的一角,有一架送菜升降机与上面的配膳室相连,另一角则是一段螺旋楼梯,好让管家在紧急情况下可以快速到达厨房。仆人起居室的窗户前摆放着一张桌子,桌子上有一盏破旧的学生台灯,桌子周围摆放着三四把与之配套的椅子。

厨房里哨子声轻轻响起,瑞典厨子不紧不慢地走到通话管前，也吹哨回应，听上面的人有什么吩咐，只听管家说："大家都到齐了，我已经把牡蛎摆到桌子上了，现在我去通知夫人开饭。你把汤准备好——听到了吗？"

厨子不屑做正面回答。然而，在她离开通话管回到炉灶边时，她说："好像我什么都不懂似的！我再也不会去黑人当管家的地方工作了。"这次的话音很高，隔壁起居室的仆人们都听得到。

在配膳室下面的起居室里，一个精瘦的机灵小子咧嘴笑着说："他们老是拌嘴，就他们俩，是吧？如果我是卡托，我才不让荷兰厨子跟我顶嘴呢，就算我是个黑人也不行，你说呢？"

"这个不懂规矩的臭小子是谁？他怎么在这儿？"年轻的英国男仆问，此人脸上刮得干干净净，仪表整洁。

"他叫蒂姆。"爱尔兰洗衣女工说。

"我叫蒂姆。"男孩愤愤地说，"蒂姆就是我，虽说你是侍候爵爷的，但我也不比你差！而且你也用不着在我面前摆架子，再过一两年，我肯定比你牛！明白吗？"

"帕森斯先生，你不要介意那个死娃子。"爱尔兰姑娘从中打劝，"这里压根儿没人使唤他。他顶多是在上午跑跑腿什么的，忙忙活活显得自己有点用。所以他们才让他今晚留在这儿。"

"我跟他一样有权待这儿，"男孩声明，"而且他也不是来看你的，玛吉——你又不是他对象。让他神魂颠倒的是那个法国妞埃莉斯。"

"我管他看上谁呢！神魂颠倒，真是的！祝你这个小浑蛋倒大霉！"面容姣好的洗衣工挺直身子说，"不就是男人吗？我要是上心，身边的男人一大把。"

幸好厨师在这个节骨眼儿上把蒂姆叫走，给他派了个差事。屋里只剩爱尔兰姑娘和英格兰小伙。

男仆此前一直站着，手里拿着帽子和拐杖，外衣搭在胳膊上。这时他把东西都放到桌子上，坐到清秀的爱尔兰姑娘旁边。

"不用说，埃莉斯小姐是法国姑娘，"男仆说，"可我一向受不了外国口音。现在，我很乐意听你说话，玛吉小姐。"

"哎呀，你省省吧，帕森斯先生。"爱尔兰姑娘娇滴滴地回应。

"千真万确，"男仆辩解道，"我喜欢和你说话。你眼睛总是睁得大大的,什么都瞒不过你,总能告诉我发生了些什么事儿。"

"可不是吗?"洗衣工回答,"我知道什么样的蛋能孵出小鸡来——一猜一个准。"

"那你告诉我今晚谁来吃饭?"男仆问。

她还未来得及回应男仆的问话,微弱的哨声又响了,厨子就直接把盛放绿龟汤的精致银汤盆端进了配膳室,放在升降机上送了上去,然后立刻返回厨房。

"今天吃饭的人不多,"爱尔兰姑娘解释说,"只有八个人。其中有我们这儿的三个,对吧?范艾伦先生和夫人,还有埃塞尔小姐。再就是你家爵爷——我敢说你主人正在追求的是埃塞尔小姐吧?如果能追到,就是他的福分了。小姐简直就是一位甜美的天使。"

"那也是她的福分呀!"英国人回敬,"你想想!她将成为史丹尼赫斯特女爵,是不是?况且我家爵爷人也不错!"

"当然并不是哪个真心接近埃塞尔小姐的人,都值得埃塞尔小姐喜欢!"玛吉说,用眼角余光看着帕森斯先生。

"在美国这儿,没有哪个姑娘嫁了我家爵爷会不感到光荣。"男仆反唇相讥,"现在好多姑娘上赶着追求他呢。他可以随意挑选。"

"埃塞尔小姐绝不会撵着追求他或别的任何男人,"洗衣工坚称,"哪个小子想娶她,就必须主动向她求爱。"

"我有理由相信这桩婚事都安排妥了,"帕森斯断言,"我希望——"他顿了顿,吞吞吐吐地继续说,"但愿她父亲是位大款吧,至少能给她一大笔吧,我估计。你知道,我们可不能让自己白白耗在一个没有一大笔的姑娘身上。"

"一大笔是多少?"玛吉问。

"一大笔,"年轻的英国人解释,"就是十万英镑——合五十万美元,对吧?"

"范艾伦先生能给埃塞尔小姐整整一百万,"玛吉说,"要是他顺意,能给得更多。不单这个,他们还告诉过我,他在市中心有一幢很大的建筑——具体在哪里我不知道——租户们一年得交给他十万美元租金,而且都定期交着呢,年关时也没人因为欠钱被赶走。"

哨子又尖叫起来,厨子急忙把盛有海鲈鱼片的盘子放在送菜机上。

过了几分钟,埃塞尔·范艾伦小姐的法国女仆埃莉斯小姐进入仆人起居室,帕森斯先生热情地跟她打了声招呼。看样子,这位法国女人在范艾伦夫人的房间里耽搁了一阵,帮客人脱外衣去了。

"那个老姑娘,马林斯派克小姐——什么鬼名字!"埃莉斯说,"她真是个贵妇人,但是那个普莱费尔女士——噢!我可真受不了她!她真是——该怎么说呢——做作?傲慢?"

"她就是既傲慢又做作,"爱尔兰洗衣工坚称,"涂脂抹粉特别厉害,涂得连她妈都认不出来。要说傲慢,她的行为举止太差劲了,没有一个女孩侍候她一个月后还会留在她身边;她们挣到几个钱就离开了。真是这样,我哥哥是她家的车夫,他在那儿干了七年了。"

"你哥哥是怎么待下去的,"法国女仆问,"看在她这么傲慢的分上?"

"噢,我哥为人可靠,他们相处得非常融洽,"玛吉回答,"他懂得分寸,普莱费尔女士也懂得分寸。她对他是无话不说,他对她也是无话不说。这是份好差事,他可舍不得放手。我哥丹尼，他管得住自己的舌头。有的月份里，算上他的工资、他的伙食费、他赚的外快，这位子值一百多块呢。"

"这也就是一个男人在其位应该享有的酬劳吧。"男仆议论。

"哈，可丹尼是个仆人！"洗衣工刻薄地回应，"他对普莱费尔女士的情况知道得太多，丢不了工作。这是毫无疑问的！只要他愿意在那儿干，就能一直待下去。她会对他无话不说。"

"这个普莱费尔女士，她是寡妇还是离异了？"法国女仆问。

"她既是寡妇又离异了。"洗衣女工笑着说，"普莱费尔先生，他在离婚判决一周后就染病死了，一天没耽搁。"

"我听说你们的范艾伦先生和普莱费尔女士之间有什么事。"帕森斯问。

"你认为他俩之间有事？"

哨子又响了，厨子端着羊脊骨从他们身前经过，男仆的问题暂时未予回应。

"他们究竟请了哪些人吃饭?"洗衣女工问,"我们这边有三个,加上你家爵爷、马林斯派克小姐、普莱费尔太太——也才六个人啊。我想总共应该有八个人。一定还有两个人。"

"我听爵爷说他预计会见到塔克西多主教大人[※1]。"英国人说。

"夫人说法官今晚要来。"法国女仆说。

"吉莱斯皮法官吗?"男仆来了兴趣。

"是的,"法国女仆答道,"正是吉莱斯皮法官。他怎么让你一蹦三尺高?"

"噢,没有,没有的事儿。"帕森斯说着靠到椅子背上,心中一阵窃喜。

"有话快说!"爱尔兰洗衣工大喊,"不要一晚上就是龇牙咧嘴跟杀猪似的,有屁快放!——我看你话都到嘴边了。"

"是啊——是啊,"法国女仆催促道,"有什么可笑的?"

※1 塔克西多(Tuxedo):纽约市郊的一个镇。

"真有,"男仆开口了,"我不知道我该不该在这儿讲,在这所号子——我是说房子里。但是,我听说法官吉莱斯皮是范艾伦夫人顶要好的朋友。注意,我可没说这关系有什么不正当的。我只是把四处听来的东西告诉你们。要知道,在纽约,我不是只光顾这一所房子,绝对不是。我的其他朋友得知我来这儿,嗯哼,他们自然会告诉我一些新闻,知道吧——关于这儿的一些新闻,知道吧?"

爱尔兰洗衣女工和法国女仆面面相觑,然后哈哈大笑。

"他们不会是获得了第一手消息吧?"洗衣女工问。

很显然,法国女仆也打算发表点评论,但是看到厨子端着盛有炖甲鱼的小银锅又来到送菜机旁,她就改变了主意。

男仆两次试图打开话匣子,想刺探这家男女主人的丑事,但均告失败,不免有些伤脑筋。

"不知道夫人是怎么给他们安排座位的。"玛吉说。

"当然是爵爷领她进的餐厅,"英国人对大家说,"伯爵优先于法官和主教。"

"我倒愿意瞅瞅你家爵爷。"爱尔兰女人说,同时站起身来,"我要悄悄爬上那边的楼梯,兴许我能通过门缝瞧见,神不知鬼不觉。你家爵爷是个年轻人吗?"

"爵爷还年轻着呢。"男仆回答。

"我知道这话什么意思。"洗衣女工回答,"要是说他还年轻着呢,我敢保证他脑袋顶上没有一根毛。想来我们的埃塞尔小姐要跟这么个没毛的丑八怪交往。罢了,罢了,萝卜白菜各有所爱!兴许过几天我还嫁个荷兰人呢。"

她一边说一边登上房间一角的螺旋楼梯。

"你家老爷,他是一个什么样的人?"法国女仆问。

"他绝对不是个坏人,"英国人回答,"你家小姐跟谁都不如跟他,你知道——我是说,嫁给他。我不该这么说,但他年轻时的确有点花心,你知道,但这个现在对她来说无所谓,不是吗?就算他很久以前曾放荡不羁,现在也准备结个婚安顿下来了。"

"那你家老爷,他已经——défraîchi——怎么说来着——废了?"法国女仆继续说,"而小姐是个率真的天使。她无须忏悔就能直接见耶稣。"

"是天使也好,不是也罢,"帕森斯先生说,"三个王国里再没有比我家爵爷更好的对象了。他是个伯爵,明白吗?他还有城堡呢!你家小姐要是见了他的城堡,保准想嫁给他!"

"小姐见过他的城堡。"对方回答。

"噢,要命!"男仆说。

"真的见过,"法国女仆解释,"去年,在伦敦,你家老爷被介绍给小姐后就开始向她发动攻势。半个月后,我们去了利明顿,小姐和我,我们一起去看了你家老爷的城堡。"

"那是一流的城堡,对不对?"男仆问,"有时候,我们二三十个人聚在仆人活动室里,玩啊,乐啊,各种消遣。如果爵爷和你家小姐的这桩婚事能成,你会随她一起来,还是留在她母亲这儿?"

"我这辈子都不会离开小姐。"法国女仆答道。

"那么不管你何时去,我都希望能有幸把你引荐给城堡里最优秀的社交圈。"帕森斯先生恳切地说。

爱尔兰洗衣工此时迈步走下螺旋楼梯。厨子也进入房间朝送菜机走去,手里端着一个银色大盘子,盘子上十来个闪闪发光的锥形小果冻摇摇晃晃。

"什么东西颤悠成那样?"爱尔兰女工好奇地问。

"Pâté de foie gras en aspic。"厨子草草回答，送上菜品，然后一声不吭地返回厨房。

"帕蒂的照片？"洗衣女工重复道，"你们瞧她脸皮多厚，居然睁着眼睛说瞎话。"

英国人看了看法国女仆，笑了，然后自以为高人一等地解释道：

"说的是法语——肥鹅肝酱饼，不是帕蒂的照片，是一种美味佳肴，用鹅肝做的。"

"那荷兰厨子怎么不这么说？"洗衣女工愤怒地问，"我和她一样有权利知道鹅的事。我怀疑她就是穷光蛋出身，他们家屋头连根鹅毛都没有。"

"你瞧见爵爷了吗？"男仆问。

"瞧见啦。"爱尔兰姑娘回答，"我刚才说他什么来着？他的头皮都露出来了！我估摸着，从他年轻时起，他头上的收成就时好时差——他的眼睛看上去也怪怪的。埃塞尔小姐结婚那天可真惨啊，嫁给这么个秃头老矬子，就因为他是个爵爷！"

"嘿，我说，玛吉小姐，你可不能这么糟蹋爵爷大人，"帕森斯坚称，"真的，你不能这么无礼。"

"我看,倒是普莱费尔女士和他挺般配的。"玛吉说,"她可真是个厚颜无耻的家伙,她身上穿多少衣服也不比不穿体面。还有,她看范艾伦先生的样子,看主教的样子,她讲话的样子——我可真受不了她。你们知道我听见她说了些啥?"

"我们怎能知道你听见她说了什么?"男仆不耐烦地反问。

"是啊,我这不正要跟你说吗,"爱尔兰姑娘回敬,"她一直跟主教说话,说啊,说啊。'法官比你好,主教,'她说,'至少他让更多的人幸福,'她说。'何以如此?'主教问。'这样说吧,'她说,'你主持一场婚礼,你让两个人幸福了,'她说,'而法官判一对离婚,他让四个人幸福了。'这就是她说的。埃塞尔小姐和那位白发老妇都没吭声,而其余的人都笑了。"

玛吉小姐刚才在楼上配膳室逗留时听见餐桌边对话的只言片语还有哪些,别的仆人就不得而知了,因为这时蒂姆懒洋洋地走进了起居室。

"我说,玛吉。"蒂姆发话了,"你没听见门铃响吗?是你的相好——我看见他了。他就在大门口呢。"

"你是说那个送信的吗?"玛吉问,经过镜子前时,她整了整头发。

"继续啊,"蒂姆不耐烦地说,"你跟我们说什么来着?你想要多少个相好?说!"

玛吉把蒂姆赶出去后,瑞典厨子又一次走到送菜机旁,把四只热气腾腾的帆背潜鸭送上去。

法国女仆和英国男仆继续攀谈,主要是聊他们侍候过的各家成员的个人怪癖。帕森斯就喜欢找前主人的毛病,但他总是维护史丹尼赫斯特爵爷,好像觉得事关荣誉。法国女仆对范艾伦夫人评价不高,对科特赖特·范艾伦先生也评价不高,但是对他们的女儿埃塞尔·范艾伦小姐的溢美之词总是说不完。

"我告诉那个爱尔兰疯丫头,婚事都安排好了,"帕森斯说,"我真心希望能成,因为爵爷急需用钱——不瞒你说,小姐,他已经六个月没付我工钱了,我倒不是自降身份讨要工钱。但婚事真的定下来了吗?——这是我最关心的。"

"我想是定了。"法国女仆回答,"你看,小姐在这儿并不开心。先生和夫人一直冷战,他俩已经两年没说过话了。"

"范艾伦夫妇俩谁也不理谁?"帕森斯兴趣十足地问,"可他们现在在饭桌上肯定是交谈的。"

"噢,在饭桌上是的,"法国女仆解释,"当着外人,是的,他们会交谈。但是在家里,一个字都不说。这让小姐很伤心,能不伤心吗?为了离开这个家,小姐谁都愿意嫁也就没什么好奇怪的了。"

"噢,嘿!"男仆惊呼,"我明白了,我明白了!但是如果她是在这种环境下长大的,你知道,我认为她跟爵爷未必合得来。"

"你家老爷要是不给她幸福——"法国女仆咄咄逼人,"可他必须,他必须给她幸福,因为她结婚以后除了丈夫,就再没别的依靠了。"

"你说这话究竟什么意思?"帕森斯问,有点起疑。

"我的意思是,"法国女仆回答,"先生和夫人的婚姻只能维持到小姐结婚,然后他们就会离婚。他们没有对我明说,没说——但我能够看出来。"

"对,"男仆同意,"发现这种情况也不是很困难。"

"我还知道更多的情况,"法国女仆又说,"我又不是瞎子，对吧？我晓得二加二等于四，对吧？我跟你说了，小姐结婚后，先生和夫人就要离婚，这是其一。其二，夫人将嫁给吉莱斯皮法官，先生则会娶普莱费尔女士——明白了吧！"

"唉，那又将是一个荒诞的开始，不是吗？"这是帕森斯先生唯一的评论。

就在这个时候，他们看见膀大腰圆的黑人管家卡托正要从墙角的楼梯上往下走。

老黑仆的那颗白头刚一露出来，他就停住脚步，靠在亮铮铮的铁栏杆上和英国人说起话来。

"帕森斯先生，"他严肃地说，"你家爵爷今天可是发现了一样好东西，哈！他尝了我做的芹菜沙拉后，对范艾伦夫人说他从没吃过这么好吃的沙拉，哈，我也相信他没吃过，没吃过哟！"

说完他又慢腾腾地退回去了，这时，厨子端着内斯尔罗德布丁向送菜机走去。

（1896年）

华尔街
求爱记

前一天晚上瓢泼大雨下了整整一夜,经过一场暖雨的洗刷,即便到了第二天下午三点,空气仍然非常清新。幸运的是,太阳在教堂钟声响起之前出来了,做礼拜的人们在钟声的召唤下跪拜在大理石圣坛前,圣坛上高高地堆放着淡雅的白花。那天是复活节,正好是四月一日,更是春天里第一个暖洋洋的礼拜日。少男少女们打扮一新,簇拥在教堂门口——小伙子们穿着轻薄的外衣,姑娘们戴着崭新的盛装女帽。

一辆缆车在纵横交错的高架铁路下方平稳前行,缆车的角落里坐着一位小伙子,正带着几分妒意饶有兴致地观察周围的人,手里捻着一撮倔强的小黑胡子。菲尔森·谢尔比还没有融入纽约这个大都市，这一点他心知肚明，对此他心中暗暗表示不满。城里人总在乡下人面前得意扬扬，他一直伺机对这些城里人发泄愤怒。可是大都市已在很大程度上征服了他，他的帽子、他的鞋、他的衣服都是城里产的。

这位年轻的西南部居民离开生他养他的村庄来到纽约已经六个月了，他自认为已对纽约很熟悉了，尤其是从他寄居的哈莱姆区到他工作的华尔街这一块。他也深信自己已熟知纽约的风土人情，尽管纽约人的风俗习惯变化很快，令人难以把握。

在五十三街，许多人家的客厅窗户上盛开着白色的花朵，缆车正好经过这里。缆车哐啷哐啷地转弯，开始沿着第七大道行驶，恰从一辆卖花车的尾部擦过，车厢里的棕榈枝堆得老高。菲尔森·谢尔比意识到，复活节期间互赠盆栽花卉现在成了纽约人的一种习惯。

他虽早已获悉星期天下午拜访他人的这种习惯已经不时兴，而他却依旧走在去华尔街的路上，去约一位姑娘出来散步。在他心目中，似乎全纽约只有这一位姑娘具有西南姑娘的那种不矫揉造作的纯真美。他暗问自己，何必在意星期天下午去会女孩子是否时兴呢？不管怎么说，纽约人有什么权利认为自己做事的方式是唯一正确而恰当的呢？

他给自己提出这些问题，又一笑解之，因为他不但具有幽默感，还喜欢进行自我分析，他早已察觉到自己对生活在纽约有点自满情绪。置身于一个国家的总指挥部多么令人兴奋啊，在早期的家信中他曾对自己的家人表达过这种欣喜之情，信纸是从德国人居住区买的宽幅纸，上面装点着用红黄蓝三原色勾勒的纽约风景轮廓图。他不仅用这种纸给家人、朋友写信，甚至还给儿时的相识写信，他对这些人的关心微乎其微，只是觉得他们应该知道他将在大城市里定居。他不禁怀疑，如果现在回到他出生的村庄，他是否会在乡亲们面前神气十足，就像纽约人对待刚进城没几周时的他一样。

缆车沿着第七大道滑行，晃晃悠悠地拐进百老汇大道，时而平稳加速前进，时而急起急停。衣着鲜艳的家庭团上上下下，到麦迪逊广场时，缆车上已经空空荡荡。菲尔森·谢尔比兴致勃勃地观察坐在对面的两个女孩的举止，她俩身穿漂亮的长外衣，互相不太熟悉。他发觉其中一个——碰巧是较漂亮的那个——在另一位的陪伴下显得有点不自在,却又乐意被别人看到有对方相伴。令他遗憾的是,她们俩都在恩典堂下了车,长长的车厢里只剩下五六个人继续前往市中心。

他认定两女中姿色平平的那一位是被称为"四百名流"的奇特阶层的一员。由于常看星期日报,他对于这个阶层所知颇多。如果这一定位准确,如果要根据这个例子判断,那么"四百"阶层的女孩并不是长相很好看的一群人,尽管她们打扮得很入时。他还发觉,这个女孩的举止多少有点讨厌,虽然他也说不准讨厌在哪儿。

令他欣喜的是,他在纽约唯一熟悉的那个女孩拥有发自天生纯良之心的那种从容大方的举止。她和刚刚下车的那两个女孩一样受过良好的教育,或许是更好的教育,因为她再过两三个月就要从师范学院毕业了,然而她不做作、不招摇。正如他心中描述的那样:"她从不端架子。"他可以和她轻松地交谈,就像和他小时候一起上学的女孩们说话一样。可是每当他细想她其实和他儿时的伙伴们是如此不同,他就困惑为什么竟和她相处得如此融洽,同时他的思绪就会回到跟她初次见面的情景。

缆车现在飞快地穿过百老汇大道，没有任何车辆的阻挡。阿斯特广场南面的人行道和这条大道一样空无一人。空荡荡的大道两旁，高层建筑的窗户上，窗帘已经垂下，绚丽的招牌徒劳地闪烁不停。有一英里多长的路，他感觉好像在一座废弃城市的街道上穿行。除缆车之外，唯一的生命迹象是一个少见的骑车人沿着缆索槽从南渡口方向骑过来。这位来自西南部的年轻人不禁思索，如果他第一次来纽约是在一个宁静的星期天，也许这座大都市未必会令他这么不知所措。想当初，突然扎进这巨大城市的旋涡之中曾令他深感震撼。

菲尔森·谢尔比起先在离他出生地不远的一个小镇里当电报员，有一次他超越职责范围帮了一个碰巧在那里耽搁了两星期的纽约人。出于礼节性的回报，这位纽约人帮他找了一份工作，在华尔街一位朋友的办公室里当私人话务员。年轻人在家乡没有丝毫牵绊，急不可耐地接受了这份工作。尽管如此，在纽约的头三个月里，他不止一次感到极度想家。实际上，直到他认识了埃德娜·莱斯勒之后，他才安于大都市的生活，这里虽然人口众多，他身在其中却很孤独。尽管他同别人建立友谊的进展很慢，但他还是认识了几个人。

正是这样一位泛泛之交,有一天把他引到了证券交易所附近一幢旧办公楼的楼顶上。这里住着一位门房,门房得到准许把分给他住的屋子拿出一间来做大家的午餐室。门房的妻子做的饭很香,菲尔森·谢尔比经常去那儿吃饭。一个星期六,碰巧吃饭的人比往常多,身材瘦削、脸色红润的爱尔兰姑娘一时忙不过来。在菲尔森·谢尔比点好菜很长一段时间之后,一位身着整洁的棕色裙子的年轻女士才来为他服务。他善于观察,看到这姑娘的两颊各有一团红晕,像是火焰在燃烧,还注意到她双唇紧闭,看样子她似乎不甘心当服务员,同时又好像是出于自愿。他不喜欢盯着人看,但她在屋子里的时候,他却难以将目光从她身上移开。她并不是特别漂亮,因为她身材太单薄,头发又是红铜色的,人们常说红头发很难看。但她身上还是有什么东西吸引着他,也许是她的不卑不亢,也许是她的沉着自信,也许是潜藏在她眼睛里和嘴角边的幽默神情。

那天中午,他尽可能拖长吃饭时间,终于有所收获。第一次带他来吃饭的那个人走了进来,坐在了他身旁。这时,穿棕裙子的年轻女士过来为他点菜,刚进来的那人和她亲切地握了握手,称她为"埃德娜小姐"。

"她以前和我妹妹一起上学,"刚来之人向年轻的西南人介绍,"现在正在上师范学院,我以前从未在餐室里见过她。不过她现在放假,估计她觉得应该帮妈妈的忙。做饭的是她妈妈,你知道——烹饪技术一流——真正的家常味道。"

菲尔森·谢尔比依然拖着不走,埃德娜·莱斯勒端来黄油面包后,又返回厨房,他的朋友还在滔滔不绝。

"瞧她这一头火红的头发,"他接着评说,"如果再有几个像她这样的,人家还以为这是一支火炬游行队呢,是不是?但这跟她的气质挺搭,是吧?事实上,她是唯一我见了不会讨厌的红发姑娘。"

似乎他很期待菲尔森对此做出反应,为此年轻的西南人犹豫了一下,清了清嗓子,承认她的头发是红色的。

"就是,红得多正啊。"那人又说,"估计她的理发师得戴防火手套吧,嗯?但她是个好姑娘,埃德娜是个出淤泥而不染的好姑娘。我妹妹过去一直很喜欢她,我也很喜欢她,尽管她不完全是我们这个圈子里的人。我把你介绍给她,你愿意吗?"

这时，缆车突然停了下来，让过桥去布鲁克林的人下车，但是菲尔森·谢尔比完全没有意识到停车了。他沉浸在那个冬日的回忆之中，当时他害羞又尴尬地站起身，听见埃德娜·莱斯勒说很高兴认识他。他还记得接下来的那个星期六，他又回到屋顶下面那间又矮又小的餐室，希望能再见到她，而当他们在楼梯上相遇时，她对待他的态度十分坦然，毫不矫揉造作。

他记得华盛顿诞辰日那天，她毫不犹豫地接受了他的邀请去中央公园共进午餐。那天是假期的第一天，正好两人都有空，他也记得，他们在那儿度过了非常愉快的时光。正是华盛顿诞辰日那天，他发现在一些人眼里，红头发不是一种缺陷，而是一种美。他们乘坐的去市中心的公交车很挤，他俩被挤散了，而他听见一个穿着讲究的男子对同伴说："瞧那位姑娘，你见过那样美的秀发吗？就像擦亮的铜丝——要是太阳照在上面，简直就是金丝。"

在那之前，菲尔森·谢尔比鉴于她的好人品，一直甘愿忽略她那一头咄咄逼人的红发，但在那之后，他迅速接受了公交车上那位体面男士的观点，把她的红发看作是荣耀之冠。她仍像第一次见面时那样吸引着他，但是他现在知道，除他之外，别的男士也会被她吸引。他不知道她是否像了解他一样，了解别的什么男人。他俩似乎从一开始就互有好感，他们现在是真正的好朋友。但他没有理由认为她不会再有别的朋友。

此刻，回忆的潮水渐渐平息下来，他得以跟随他乘坐的缆车继续前行。就在这时，他看见了三一教堂那棕色的塔尖，听到钟声响了三下。他向售票员示意，缆车便停在教堂门前，正好在华尔街的街口。

他沿着拐弯的大街向下望去，大街经过雨水的冲刷，在四月的阳光照射下显得格外干净。他问自己为什么要去见埃德娜·莱斯勒——特别是当他想到别的男人也有可能像他一样对埃德娜·莱斯勒献殷勤时，为什么他的心跳竟慢了下来？他并没有爱上她，是不是？他必须承认，是她的存在使他觉得纽约尚可忍受；他也承认，她比他遇见过的任何一个女孩都更招他喜欢。但是如果他在为她吃醋的话，这难道不能证明他爱她吗？

他一边思考这些问题，一边从百老汇走向那幢老楼，莱斯勒就住在那幢楼的顶层。当埃德娜·莱斯勒戴着崭新的复活节帽下楼来迎接他时，问题的答案不言自明。他明白，如果他失去了进入她生活圈的权利，他将痛苦不堪；他进而明白，自从第一天见她起，他就深深地爱上了她，尽管他此前从未察觉到。他同时也明白，那天下午是向她求爱的最佳时机。在他们握手的时候他就下定决心，争取在送她回娘家之前让她答应嫁给自己。

决心已下，他就以平常话来打掩护。

"我迟了吗？"他问。

"迟了五分钟。"她回答，"我不知道你要在愚人节拿我开涮。"

"哦，埃德娜小姐，"他大喊，"你知道我不会那样做的！"

"我想你也不会真那样做，"她笑着回应，"我敢保证，如果你那样做，我一定会以其人之道还治其人之身。"

他们这样轻松地聊着聊着就来到了百老汇街的拐角。

"咱们去炮台公园怎么样？"他建议，心中盘算在那儿可以找机会向她告白。

"好，"她同意，"要享受带咸味的微风，那可是一流的地方。今天真暖和，跟入了春似的，对不对？"

在证券交易所门前，以及再往南两三个街区，除了一小队检查电缆管道井的工人之外，百老汇街简直空无一人。十来层高的大楼耸立在街道两侧，窗口、门口没有任何生命迹象。高楼那么寂静，仿佛无人居住，好像属于平原上的一座废城。地下酒吧的大门紧闭，由黑啤广告把守。生意人快餐店的弹簧门玻璃上贴着前一天的价格单，这里在工作日接待过不少来往的行人，现在却大门紧锁。许多自命不凡的大饭店也是如此。

但是随着菲尔森·谢尔比与埃德娜·莱斯勒继续向市中心走去，百老汇大道的面貌也慢慢改变。办公楼少了，零售店多了；街上出现了几家仓储批发市场，甚至有廉价的平房；生命迹象在逐渐增多。公路上、人行道上到处都是孩子。男孩们在骑三轮车，年轻妈妈们推着婴儿车，车里是熟睡的宝宝。女孩们穿着旱冰鞋滑来滑去，其中一个瘦高女孩牵着一条顽皮的黑狮子狗，狗儿拽着女孩在人行道上飞奔。

这些情况他们有的看在眼里，有的根本没注意到，他俩完全沉浸在自己的谈话中。就这样，年轻的西南人和纽约女孩穿过白厅街，来到炮台公园。他们一直走到水边，远远望去，只见波浪涌向高举火炬的自由女神像。一艘满载移民的意大利汽船正从隔离检疫区驶来。由于前一天晚上下过雨，今天下午的空气很清新，而远处的天边还有点雾。巨大的谷仓无所畏惧地屹立在泽西海滨。

男男女女坐在草坪周围沿海堤摆放的椅子上。许多妇女怀里抱着或手里牵着孩子。男人大多在看花里胡哨的《星期日报》，还有一些在抽烟。温和的海风吹来，预示着天气将要转暖。草地呈棕灰色，只在边缘有少许绿色装点，而光秃秃的树枝还没有发芽。尽管如此，大家依然知道冬天已经过去了，春天随时会突然来临。

菲尔森·谢尔比环顾四周，看到很多情侣肩并肩坐在长凳上，或悠闲地漫步在弯弯曲曲的人行道上，他知道，他不是唯一一个春心萌动的青年。他轻轻一扫就发现，别的女孩都比不上埃德娜漂亮，比不上埃德娜时尚。时间一分一秒地过去，他表白的愿望越来越强，他是多么爱她呀，但是一次一次话到嘴边，又咽下去。有那么一两次，她对他说话，而他却没有吭声，然后又急忙为他的失礼而道歉。他也不太清楚自己在说些什么，恐怕她一定会以为他傻。他还忐忑不安，似乎他不可能在炮台公园这样的大庭广众之下向她求婚。

"我们去三一教堂怎么样?"他建议,"那里的墓地安静极了。"

"这里不够安静吗?"她问,说着他俩离开了古堡花园。

"我得承认,这里并不太吵闹,"他回答,"但是我烦透了那些高架火车,呼哧呼哧地在脑后响个不停,你不觉得烦吗?"

她怪怪地斜睨了他一眼,然后轻声笑了。

"哦,好吧,"她回答,"如果你认为三一教堂的庭院是个好地方,那我也不介意。"

说完她的脸唰地红了,她把头扭到一边。

于是他俩穿过高架铁路下的空地,由于忙着过铁路,年轻人没有发觉她脸红。

在他俩围绕椭圆形的博灵格林公园走的时候,女孩朝一个守护小公园的灰衣警察点头致意。

"那人是谁?"小伙子问,醋意顿生,尽管警察看起来不下五十岁了。

"他是奥罗克先生,"她解释道,"是罗斯·奥罗克的父亲。罗斯两年前刚从师范学院毕业,然后当了演员。

她现在发展得很好，去年她演过伊丽莎白女王——她看起来多像女王！我敢肯定她比老女王漂亮得多。"

"但那位老女王，"他回应，"可不是雀警的女儿呀——你们是这样称呼他们的，对吗？"

"我不这样称呼他们，"她回答，"我觉得说俚语很粗俗。"

"但是男孩都管公园警察叫作雀警，对吧？"他坚称。

"野小子那样说，"她回答，"但是我知道奥罗克先生不喜欢这个称呼。"

"可以理解，"他说，"如果我有伊丽莎白这样的女儿，估计我自己就想做国王了。"

"哦，"姑娘继续解释，"罗斯确实想要她父亲放弃这个职位，她说她挣的钱足够养活他，让他不用工作了。尽管她强烈要求，可她父亲就是不愿意放弃。罗斯是个很和善的姑娘，一点也不傲慢自大。去年她还来我们学校为我们表演过诗朗诵。你应该来听听她朗诵的《曾经的铃声今晚不会响起》，跟你说，她朗诵得太棒了。"

"我不信她朗诵得比你好。"他断言。

"哦，你不信吗？"她充满真诚地回应道，"那只是因为你没有听过她朗诵。而且,她对我也很好,她还称赞过我的朗诵呢。"

"你朗诵了哪首?"他问。

"哦,我总是选一些激昂的爱国诗篇。我先朗诵了《谢里丹的骑兵队》,然后姑娘们要我再来一首,我就又朗诵了一首《老宪法号军舰》——但是我最喜欢《谢里丹的骑兵队》。罗斯·奥罗克说,在她听过的所有朗诵者当中,就数我对《谢里丹的骑兵队》理解最深。不过话说回来,她总是这样夸赞人。"

"我估计她是知道自己太走运了,因为你没有登上舞台。"爱她的人坚定地说,"你要是登台,她的日子就不好过了。我没见过她,但我肯定她不像你这样好看!"

"谢谢你的夸奖,"女孩回答,"如果我们不是在百老汇这里,而是在三一教堂前,那我就向你行屈膝礼了。但要是你见过她的话,你就不会这样说了,因为她真美得像画一样。"

"你的意思是她像上了油彩那样鲜亮吗?"他问。

"你真刻薄,"她反讥,"但罗斯即便在舞台上也完全不需要上油彩,她有一副姣好的面容。"

"在纽约,拥有姣好面容的姑娘不止她一个。"他声明,红晕又迅速浮上她的脸蛋,继而迅速消退。

他俩来到了三一教堂门口,看到一小群男女涌进教堂参加下午的礼拜。

"你不应该对罗斯怀有偏见,"女孩说,说着他俩转身离开百老汇,开始在墓碑之间漫步,"她是我的好朋友,罗斯说如果我要走上舞台,她就帮我签约。"

"你难道没这个打算吗?"他热切地插了一句。

"我非常愿意,"她平静地回答,"但我是个大大的懦夫,我永远都不敢登上大剧院的舞台,站在众人面前,感觉所有人都在看着我。"

"我很高兴你没这个打算。"他声明。

"登台演出是多么令人高兴的事!"她语气坚定,"但是我一直没有勇气,我知道我不会这么勇敢,所以就打消了这个念头。我要完成我的学业,拿到文凭,然后去当老师——如果我能被录用的话。但是如果你没有任何关系,就很难得到这份工作。可我父亲对政治不感兴趣,我们区的理事他一个也不认得,我不知道怎么才能进入学校工作。要是奥罗克先生愿意,他倒是可以帮忙——"

"那个雀警?"年轻的西南人插话,"怎么,他和公立学校有什么关系?"

"跟你说吧,奥罗克先生在这个警区很有影响力,"她回答,"他和好几个理事的关系都不一般。如果他支持我,我保证能得到这个职位!也许我最好去找找罗斯,问问她能不能请她父亲帮帮忙。"

他俩现在几乎走到了位于教堂北边的那块墓地中央,来到了美国囚犯纪念碑后面,这些囚犯死于英国占领纽约期间。下午的礼拜就要开始了,他俩站在这个位置可以听到教堂风琴那庄严的曲调。

菲尔森·谢尔比觉得是时候开口表白了。

他咽了一下口水,开口了。

"埃德娜小姐,"他迟疑地说,"你为什么想要当老师?"

"为了谋生啊,那还用说!"她回答,虽然脸又有点泛红,但是很镇静。

"但是你不需要教那么多的学生来挣生活费,是不是?"他问,慢慢地鼓起勇气。

"你什么意思?"她反问,迫使自己看着他的眼睛。

"我是说,"他回答,"我觉得你完全可以只教一个学生来谋生……"

"只教一个学生?"她反问。

"是的,只教一个学生,"他断言,"但是你可以终身教他,你可以教给他一切真善美——而他会为你努力工作,尽力让你幸福。"

她脸上的红晕退了,但是她什么也没有说。风琴的低沉乐声渐弱渐息,在这对年轻人身后的高架铁路上,一列火车咝咝地驶来,旋涡状的蒸汽缭绕在列车上方。

"我配不上你,埃德娜,我心里明白得很。但是,如果你愿意尝试,就一定能让我变得更好、更好。"他竭力表白,"我全身心地爱你——这是我一直以来想说的话。你愿意嫁给我吗?"

她抬起头,看着他的眼睛,简单地回答:

"愿意。"

一个小时后,随着夜幕的降临,他俩沿着华尔街向那幢旧办公楼走去,在她和父母居住的顶层,他俩仍在交谈,谈他们共同的未来,谈他们各自的过去。

他们来到门口,站在通往门房住处的五级台阶下面,两人还有很多话要向对方倾诉。

对于菲尔森·谢尔比来说，最让他惊讶的是他现在竟然已经订下婚约，而就在当天上午他还没有意识到自己爱着她。作为一个年轻的小伙子，而且是深深坠入爱河的小伙子，他无法保守这个秘密，他必须告诉她。

"你知道吗，埃德娜？"他开口道，"我肯定已经爱上你很久了，自己却没有发觉，这不是很离奇吗？今天早上我才发现了这一点！"

她站在上方离他一臂之遥的台阶上，突然欢快地笑起来，红色的鬈发在她的浓眉周围颤动着。

"你笑什么？"他问。

"哦，没什么，"她回答，然后又笑了起来，"反正没什么大不了的。只不过因为男人的知觉总比女人慢半拍罢了。"

"什么意思？"他又问。

"呃，"她回答，又笑了起来，还往上退了两三级台阶，"我的意思是，你说你今天上午才发现爱上了我——"

"怎么样？"

"呃，"她继续说，做出要逃的样子，"我两个多月前就已经发现了。"

春潮涌动

5

那是五月的第一个星期六,他从姐姐的小房子里出来,下了楼梯,来到史岱文森广场,只见广场上的草刚露出头来,嫩绿嫩绿的。稀疏的灌木丛中,娇嫩的鲜花刚刚开放,树木吐出嫩芽,他的内心也被涌动的春潮所感染了。湛蓝的天空万里无云,格外晴朗,高不可测。阳光亮晃晃地照射下来,影子在街上拖得老长老长。微风阵阵吹拂。他听见小贩含含糊糊的吆喝声。那小贩托着一个货盘,里面装着十来盒草莓,走在一辆堆满货箱的马车旁边。在横穿第三大道时,他注意到一把撑开的白伞遮住了街口那个意大利人擦鞋摊的高脚椅。还有一个屠夫小子,胳膊上挂着篮子,正在地下室门口闲逛,跟一个长相不错的爱尔兰厨子打情骂俏。一辆乡间来的货车，满载栽培植物，沿着大街慢慢前行，卖主大声兜售着便宜的货物。

联合广场上是另一番春景——脏兮兮的四轮马车顶盖半开，大批艳丽的花儿被移栽到花坛，水生植物点缀着宽阔的喷泉池，鸽子懒洋洋地咕咕叫，发出求爱的信息，麻雀也在精力充沛地打情骂俏，少男少女们漫步在弯弯曲曲的小道上，相视而笑。哈里·格兰特在阴冷的西北度过了一个漫长的寒冬后刚刚回到家乡，此时在他看来，人与自然好像都在为元气的恢复和生机的萌发而欣喜。春天来了，这座强健的城市也被注入了新的活力，城市的脉搏好像跳得更轻快了。哈里·格兰特感到由衷的喜悦，他又回到他所喜爱的景象中，离他出生的房子仅一箭之遥，离他心爱的姑娘也不到一把手枪的射程，他终于要去向她求婚了。

他将近一年没有见过她了，但是他知道她会像从前那样真诚地迎接他的到来。他所知道的是，威妮弗蕾德是他的一位好朋友，但他所不知道的是，在她心目中他们的友情是否也发展到了爱情的地步。他俩自打记事起就认识了。他清楚地记得他第一次告诉她长大了要娶她为妻的情景——也是这样的一个春日，那年，他七岁，她五岁，他们一起在葛莱美西公园玩耍，照料他俩的保姆在围栏边慢慢地跟在他们身后。现在他二十三，她二十一了，在这十六年里，他没有一天不期待着他们能喜结连理。当然，在他长成大男孩并被送到寄宿学校的那段时间里，他一直羞于谈论这种事。但是当他进大学的时候，他却翘首遥望四年后，一心向往求婚的日子。

后来他父亲去世了，家庭事务陷入了一片莫名其妙的混乱之中。他的叔叔提出可以供哈里读完哥伦比亚学院，但是哈里本人急于自立，走自己的路，获取一定地位以求威妮弗蕾德与他共享。他很快在一家大型干货行的办公室谋到一份差事。他在那里获得了极大的成功，一位客户甚至提出了优厚待遇，请他去西北部一座快速崛起的城市发展。哈里·格兰特在那里苦干了两年——和他一起在这两年里终日辛劳的人们都很欣赏他充满朝气的活力。现在他作为西北最重要的资本家在东部的代理人回到了纽约，这位资本家上了年纪，很喜欢哈里，并看出哈里的谈吐和品行是能成大事的。对于一个如此年轻的人来说，这项任务非常艰巨，但也是一份荣耀，而且薪水就算在纽约也十分可观。他终于能再次以一个纽约人的视角看待生活。他终于准备好，要请她一起分享他的人生了。

此时此刻他并不着急，因为五点之后他才能确定她在家，他望了一眼广场对面珠宝店上方的窗户，看见阿特拉斯[※1]背着的那块透明表盘显示此时还不到四点。这个美丽的五月午后，他在十四街街口刚过到百老汇大道对面，就立刻卷入了由市中心涌上来的春潮当中。花店的橱窗因复活节百合而美丽动人，因丁香花枝而芳香四溢。糖果店的橱窗里摆满花哨的复活节彩蛋和精致的巧克力兔，显得很喜庆。年轻姑娘们咯咯笑着挤进商店，站在拥挤不堪的冷饮柜台旁边。年长一些的男人们则在街角流连，盯着年轻姑娘看。

至多再过一两个小时，哈里·格兰特就要向威妮弗蕾德求婚了，这个他心里最没底的问题近在眼前，让他没法不去猜想对方的答案。威妮弗蕾德喜欢他——这是肯定的。但她是否爱他，哪怕只爱一点点，他却不敢贸然揣测。她意志坚定且思想独立，这他清楚，可他还是忍不住担心她奶奶会对她产生超乎他期望的影响。当然，那个永

※1　阿特拉斯（Atlas）：希腊神话中的大力神。

不满足、野心蓬勃的老太太很有可能早已向她年轻的孙女灌输了她的不满。

哈里的境遇与他们两小无猜的时候相比，已经发生了很大的变化，威妮弗蕾德的境遇也不同了。她的父亲也去世了，随后去世的爷爷给奶奶留下了一笔巨大的财富，威妮弗蕾德就搬去与奶奶温斯顿–史密斯太太一起住了。（在名字中间加上连字符是她奶奶自己的主意，她还坚持要儿子和孙女也采用这种形式。）温斯顿–史密斯太太不喜欢他，这一点哈里·格兰特心里再清楚不过，至少，他知道她并不赞成他向温斯顿–史密斯小姐求婚。她认为她的孙女应该嫁得非常体面。有人听她说过，要是在英国，威妮弗蕾德嫁给一个有爵位的人一定不难。上一季她曾带着孙女去伦敦，她俩受到了宫廷接见，后来还去乡间宅第四处拜访，很晚才回到雷诺克斯，在那里结束了此次夏季之旅。

这些情况都是哈里·格兰特从报纸上获悉的，至于威妮弗蕾德对这次旅程做何感想他就不得而知了，因为自从她动身去英国的前一天他俩会面之后，他就再也没见过她。而且那次会面是当着她的奶奶和另外两三个不速之客的面进行的。事实上，自从三年前的那天晚上，温斯顿–

史密斯太太请他共进晚餐，结果却把他单独带到书房，说她看得出他被威妮弗蕾德所吸引，这不足为奇，但是他必须断了这个念头，别想赢得她的芳心——这次谈话之后，哈里·格兰特一直没有机会和他的心上人倾诉衷肠。当时，温斯顿-史密斯太太约莫六十岁，她是一位高贵的夫人，风度翩翩，但只要她愿意，她就会完全坦率、直接地表达她的意思。在当时的情况下，她认为敞开天窗说亮话较为妥当。她对他说，威妮弗蕾德已经习惯了奢华的生活，过不上好日子是肯定不行的；另外，如果威妮弗蕾德在结婚一事上违背了她的意愿，她将把所有的钱都捐给新建的大教堂，不给这个女孩留一分钱。她问哈里，如果明知一旦追求成功就会让他自称心爱的女孩陷入悲惨境地，而他还要执意求爱，这是不是太自私了。她还提醒他，他收入不丰，前途渺茫。要是到时候，威妮弗蕾德身无分文，作为他的妻子，她又怎么才能得到那些让她习以为常、已经成了必需品的奢侈品呢？她自然拒不承认威妮弗蕾德对他有哪怕一丁点兴趣。事实上，她希望，也相信女孩对他毫无爱慕之情，同时，她也寄希望于格兰特先生足够理智，不会如此自私自利。毕竟威妮弗蕾德只是一个孩子，还没见过多少世面。

哈里·格兰特没有对温斯顿-史密斯太太做出任何承诺，但他的确感受到了她某些言论的威力。他无权让他深爱的女人为了他放弃一切，这是明摆着的事，他也不想靠她奶奶可能给她的钱生活，这也是明白无误的。他要娶她为妻的决心比以往更加坚定，但他也清楚地意识到，自己必须先自立才行。为了能够给她一个配得上她的家，这些年来他一直努力工作。他终于事业有成，能够向她求婚而无须请求她放弃大部分给她的生活带来安逸的东西。即便她奶奶动了气，不给她留一分钱，以他现在的薪水，他也完全可以让她过得舒服。年轻的小伙子没有妄自尊大，他没有假装不在乎她奶奶是否真的会发狠。他非常明白，如果温斯顿-史密斯太太接受现实，成全他们，给她的孙女一笔适当的财产，他们的生活将会变得舒适许多。

当这些念头从他的脑海中掠过时，他忍不住为自己的愚蠢想法笑了起来：他怎么能如此草率地认为威妮弗蕾德的同意是理所当然的呢？温斯顿-史密斯夫人说了什么、做了什么都不重要，至关重要的是威妮弗蕾德如何回答他提出的问题。他必须承认，在分别了一年以后去拜访一位年轻女子，并在没有任何征兆的情况下突然向她求婚，这是非常规的做法。然而这正是他打算去做的事情。他发觉自己正在谋划，该如何把她从她奶奶和其他不速之客的身边带走。他要想方设法把她引入书房或哄进温室。也许很快就会有人来打断他们的谈话，那他也不在乎。他知道自己必须说什么，也准备好了要长话短说。五分钟就够了——他必须在五分钟之内表达清楚。如果一个人历经多年的等待只为提出一个简单的问题，那么，说出必须说的话应该花不了多长时间，而且他知道，威妮弗蕾德不会让他干等着不回答。答案是同意还是不同意，她自己心里有数，她要么心甘情愿地接受他，要么毫不犹豫地拒绝他。

他原本一直随着涌向市中心的人潮往前走，但他突然担忧起来，毕竟没有什么理由认为威妮弗蕾德就会爱他，于是他迫不及待地迈开大步向前走去，枉自焦急，想尽早得到答案。他抬头看了一眼差不多位于他头顶正上方的蒂芙尼珠宝店外的钟，看到现在还不到四点零五，于是他放慢了脚步。他还得等上至少半小时才有希望在家里找到她。

这时，他出乎意料地遇到了天赐良机。挨着珠宝店停在十五街上的那些马车之中，最靠前的是一辆漂亮的双座轿式马车，一位年轻女子正独自一人坐在里面。当哈里·格兰特快走到街角的时候，他的目光落在了这辆马车上，与此同时，那位年轻女子抬起了头。他认出她就是威妮弗蕾德。他俩目光相遇之时，她的脸唰地红了，红晕很快又退了。他飞快地赶到车厢门前，她则微笑着伸出了手，愉快地笑出了声。

"威妮弗蕾德！"他大喊。

"哈里！"她回应。

"真没想到能在这儿见到你！"他惊叹。

"你就是因为这个才到这儿来的吗？"她回应。

哈里·格兰特没有回答。他目不转睛地盯着她。再次见到她，他高兴得说不出话。

"怎么？"她觉得他应该看够了，就问了一句。

"哦，"他回答，"我是情不自禁呀。你比以前更漂亮了。"

红晕再次掠过她的面颊，这次颜色淡一些，消失得也快一些。

"这句恭维也太直白了，你不觉得吗？"她反问，同时收回一直被格兰特紧握着的手，"你的气色也很好。看来西部的生活对你有好处。要是你更喜欢那儿,而不是我们这座喧闹的老纽约城,我也不会奇怪。"

"我倒是更喜欢纽约,"他热切地表态,"纽约的一个星期顶得上整个大西部的一年。而且我已经受够那边的一切了。我回来了,不走了……"

"真的吗?"她回应。他犹豫了一下,千言万语不知从何说起。

"我是今天早上回来的,"他解释道,"本打算下午就来看你。我有——我有许多话想对你说。"

她看了他一会儿,然后移开了目光,说:"如果你有很多话要对我说,那就得快点说了。星期二上午我们就要坐船离开,今天下午我们将前往塔克西多过星期天。"

"你们星期二坐船走?"他大失所望地喊道,"就在我专门回来看你的时候!"

"你没有给奶奶拍电报说你要回来,否则她可能会改变行程的。"年轻女子笑嘻嘻地反驳。

"还有,如果你今晚要去塔克西多,"他没有听出她话里的讽刺意味,继续说,"那你今天下午是不会在家的了?"

"不会,"她回答,"我们回家换好衣服就去赶火车。奶奶还有两三件事要办——她正在珠宝店里置办她想要随身带的银饰什么的。"

"但是我今天一定要见你。"他恳求。

"你现在不是见到我了吗？"她说，脸上的绯红来得快，去得也快。

"但是我有些话要对你说！"他急了。

"不能等到星期一下午再说吗？"她又轻轻笑了一声，问道，轻率的表象之下却蕴含着深情。

"不能，"他毫不含糊，"一小时也不能多等，因为我已经等了许多年了。我是特意来说事的——而且必须在今天说！"

"如果你有话想对奶奶说……"她开口说，好像在争取时间。

"不是，"他回答，脑袋几乎要钻进敞开的车窗里了，"我是想跟你说——不是跟你奶奶说。"

"那么，"她说，态度有一丝微妙的改变，"如果你要说一些不想让奶奶听见的话，那现在就不要说了，因为她就快过来了。"

哈里·格兰特迅速瞟了一眼身后，认出了仪态高贵的温斯顿-史密斯夫人,她正站在那家大珠宝店的门内与一位售货员交谈。

"威妮弗蕾德,"他再次拉住她的手,恳切地说,"我能在哪里再见上你一面?一分钟就行——只要一分钟就够了!"

威妮弗蕾德看着他,又低头看着自己的手指。她犹豫了一下,最后答道:

"我听奶奶说她准备在回家前先去一趟花店——就是百老汇上靠近戴利家的花店,你知道的。她要在那里订许多花,到时我会坐在车里等她。"

"那我坐缆车去那儿等你。"他说。

"别让奶奶看见你,"她大喊,"我是说……那个……"

然后她向后靠到垫子上,因为温斯顿-史密斯夫人就要从商店里出来了。

哈里·格兰特及时地看见了老太太。他从马车边闪开,从后面绕了过去,走到了街对面,没有给威妮弗蕾德的奶奶认出他的机会。

他在街对面等着,直到温斯顿-史密斯夫人上了马车，挨着孙女坐好，直到马车掉转头向第五大道驶去。

然后，他穿过那片开阔地，几乎走到了公园边上，跳上了从转弯处疾驰而来的第一趟车。车厢平台上十分拥挤，但是他根本无暇顾及那些紧挨着他的人。

他的心思在别处，他的心中充满希望，正与春天的喜人气氛相应。百老汇大道上摩肩接踵的少男少女，他视而不见；他的眼里只有威妮弗蕾德。他看到的是她的脸、她的眼和她愉快的笑容。他又要见到她了，马上就要见到了，到时候他就可以告诉她他有多爱她，还可以请求她试着爱上他。就算这仅有的机会是在大街上又何妨？求婚本身才是最重要的，求婚地点则无关紧要。或许这种非常规的方式还能给求婚增添一些趣味呢。她和他约定地点时的坦率就蕴含着非常规的意味。他的心在满怀希望地跳动，部分是因为这种坦率，部分是因为当他们第一次对视时，他觉得自己在她的眼中看到了欢迎的神色。

缆车一路飞驰，几乎在每一个路口都会停车让人上下，这些人与哈里·格兰特擦肩而过，他却视而不见，只顾反复玩味着与心爱的姑娘进行的简短对话的每一个词。人行道上站满了穿着艳丽的女人，她们正向商店的橱窗张望，里面陈设着鲜艳的太阳伞、整洁的游艇服，还有色彩明快的夏季用品。

缆车经过第五大道时，他看见了温斯顿-史密斯夫人的马车，就隔着一条街。他看见车夫身子笔直地坐在车上，突发奇想，不知这位车夫对于他俩在敞开的车窗边的谈话以及他的突然出现有什么想法。他微微一笑——轻轻地笑出了声——他何必去介意车夫或其他任何人怎么想呢？她怎么想才最重要，别的一切都不重要。他又心急起来，想要马上见她，告诉她他爱她，并且得到她的答复。缆车疾驰如飞，他却感觉慢得像在爬。第五大道上的那个马车夫正轻快地赶着车，但哈里·格兰特却忍不住想要埋怨他动作迟缓。

终于，缆车经过了威妮弗蕾德所说的那家花店门口。花店的橱窗里摆满了杜鹃花，有几分日式艺术趣味。哈里·格兰特在下一个路口下了车，慢慢地往回走，在一家商店的橱窗前闲站了一会儿，而里面陈设的春款领饰根本没有进入他的眼帘。两分钟后，他看到温斯顿-史密斯夫人的马车从二十九街驶了过来。车子拐入百老汇大道，停在了花店宽阔的橱窗前。温斯顿-史密斯夫人下了车，指示车夫在街角等候。

马车尚未停入小街，温斯顿-史密斯夫人就消失在了花店里。

车夫刚勒住马的缰绳，哈里·格兰特就一个箭步冲到了敞开的窗户前。

"威妮弗蕾德……"他开口说。

"哦！"她大喊，"你已经到了？"红晕又浮上脸颊。

"威妮弗蕾德，"他重复道，一边把头伸进马车里，"我也许只有一分钟时间来说出我的心里话，我也知道这里不是说这话的合适地方，但我别无选择，因为我可能没有别的机会了。我已经等了太久，我必须现在就说出口。"

他顿了一下。她什么也没说，只是搓了搓手套的背面，好像要搓掉一粒微尘。

"威妮，"他继续说，"我想说的话简单得很。我爱你。想必你也知道吧？"

"知道，"她回答，抬起头看着他，"这我知道。"

"那我往下说就容易一些了。你了解我，你了解我的全部，你了解我的所有缺点，至少是大部分缺点，你知道我爱你。你觉得你有可能反过来给我一点爱吗？我将竭尽全力对得起这份爱。自从十七岁起我就一直努力挣钱，好挣到足够多的钱来向你求婚。我现在的境况很好,我一点都不羞于请你一起分享。你愿意吗?你愿意嫁给我吗,威妮?"

她还没来得及回答,哈里·格兰特就听到温斯顿-史密斯夫人在他身后对车夫说:"回家!"

他退到一旁,正好跟她打了个照面。

"是格兰特先生,对吗?"她头一扬,傲慢地说,"我进店的时候有你来取悦威妮弗蕾德,你真是太好了。我本来可以请你和我们一起喝杯茶的,但是我们要去塔克西多了。另外,我们星期二要坐船离开。威妮弗蕾德大概已经告诉你了。"

她站在那儿,等着他为她打开车厢门。这是举手之劳,于是他开了门。但是他找不到词句来应对她的那些客套话。他看了看威妮弗蕾德,看到她脸颊上的绯红越变越深,她的眼睛闪闪发亮。

"奶奶,"她说,这时温斯顿-史密斯夫人终于在她身边坐好了,"奶奶,"她又叫,声音很大,足以让站在窗外的年轻人听见,"哈里让我嫁给他——你过来的时候,我正要跟他说我愿意呢!"

(1895年)

6

麦克道尔·苏特洛的不眠夜

那天下午,一位年轻人站在邮局窗口前,第三次提出同样的问题,再次得到了同样的回答:

"有麦克道尔·苏特洛的信吗?"

"没有。"

这一回他实在不想放弃,因为天色已经不早了,他实在不情愿得到否定的答案。

"肯定没有?"他急切地问。

"非常肯定。"窗口里传出这样的回答。

"今晚还会有来自加利福尼亚的信件吗?"他抱着最后一线希望询问。

"不会有了。"办事员回答。

年轻人在窗口站了一会儿，一脸茫然地盯着窗户里边，没看着任何人，也没看着任何东西。而后，他慢慢转过身欲离去。

办事员似乎从取信人的表情上看出了什么，动了恻隐之心。

"嘿，小伙子！"他有些唐突地喊。

麦克道尔·苏特洛迅速转过身来，心中重新燃起一线希望。

"如果你是在等寄钱的信，那很可能是挂号信，"那位办事员建议，"去那个角落问问吧。"

"谢谢您！"年轻人感激地回应，他满怀希望地走到角落里的那个窗口，脸上再次露出笑容。

但是根本没有麦克道尔·苏特洛的挂号信，次日凌晨之前也不会有新的信件到来。就在年轻英俊的加利福尼亚人离开邮局的一刹那，他觉得自己甚至没有资格去盼望他所询问的信件会到来。

他走出邮局来到第五大道上，尽管六月的暖风从华盛顿广场徐徐吹来，但他的心却是冰凉冰凉的。他哆嗦了一下，不知道下一步该干什么。在纽约他一个人也不认识，口袋里一分钱也没有。

年轻的他曾盼着继承一大笔财富,于是就不学无术。他由着自己潇洒地虚度时光,从没打算自食其力。这可能就是他两个星期未能找到工作的原因,自从他突然落到手头仅剩十元钱的境地,两个星期悄然而过。

他没有朋友,更没有任何来钱的方式。他那没装几件衣服的箱子还在寄宿公寓,十天前就留在那儿了,由房东掌管,只有付清所欠寄宿费后才能拿走。他仅有的珠宝也被一件一件地当出去了。

现在大约是晚上七点,自从十二小时前喝了点咖啡、吃了点早餐以来,他还没有进食,早饭让他花掉了付完过夜费后余下的最后一角钱。他走了一整天,又累又饿,不知道今天还能否找到安身之处,能否再填饱肚子。他听说过饿死在纽约街头的男男女女的惨状,现在他不禁要问自己,这就是他的命运吗?

他的腿也不听使唤了,他沿着第五大道来到十四街的街口,然后转身向百老汇大道走去。这六月里漫长的一天就要结束了,身后的夕阳慢慢西沉。大街上挤满了汽车、板车,街上的人行色匆匆,急着往家赶,根本没有留意与他们擦肩而过的这位无家可归的年轻人。

走上百老汇大道后,他感觉这里的人流和喧闹声好像翻了一倍,从他身边经过的男男女女好像被无形的大浪抛来抛去。他周围尽是城市的喧嚣,声如东北暴风掀起的巨浪拍岸般震耳欲聋,袭击着他疲惫的耳朵。他把自己比作筋疲力尽的泅水人,将被大浪猛击致死,迟早会被抛到沙滩上,化作一具赤条条的青肿尸体。

这种景象在他脑海中栩栩如生,他不由自主地挺直了身子,长出了一口气。他年轻又英俊,优雅的棕色胡须在没福的薄唇上方卷曲着。他站在那儿,身体笔直,好像时刻准备着为生命而战斗。几名女子从他身边匆匆而过,愉悦地让他这副身段盈满自己的眼眸。

一辆辆缆车在他面前飞快地转弯,在缆车的那一边,联合广场绿油油的美景映入了他的眼帘。虽然夜色昏暗,但鲜嫩的树叶还是很吸引他。他过马路时小心翼翼,特别留心过往的车辆,想到自己如此惜命,却不知如何把这条命维持下去,他不禁微微一笑。

麦克道尔·苏特洛终于站在了广场中央的绿地上,突然,电灯照亮了人行道,他的黑影蓦地匍匐在脚下。他

纽约往事
Old New York

抬头仰望,惊呆了,只见无边无际的天穹笼在其上——晴朗,无云,高不可测。一弯新月隐隐约约,像镰刀一样挂在遥远的天边。一幢高楼直插云天,大楼高处明亮的窗户就像嵌入深蓝色天空深处的方板。那一刻的美景使他暂时忘却了目前的窘境,活着多好啊!喷泉的溅水声令他双耳陶醉。微风轻拂水面,水中植物宽大的叶子懒洋洋地摇曳着。

麦克道尔·苏特洛如释重负地舒了一口气,一屁股坐在公园的长椅上。坐下后他才意识到自己有多累。他的脚很疼,肚子饿得咕咕直叫。然而,他内心坚强。"如果我非得在美丽的星空下过夜,"他自言自语,"我的命运再好不过了。今晚繁星点点,景色真美,就像在威尼斯的那个夜晚,我和汤姆·皮克斯利带着两个莫顿美女乘坐贡多拉出游,害得她们的姑妈找不到我们。我记得我们在弗洛莱恩咖啡馆[1]好好吃了一顿,那里的米兰烩饭量很大——太大了,结果我们没都吃完。真希望我能再有这样的机会。现在就算来上两大份,我也能吃得精光。"

※1 弗洛莱恩咖啡馆(Florian's):威尼斯的传奇咖啡馆,历史悠久。

在第四大道那边，乔治·华盛顿的骑马像背后，有一家匈牙利餐馆，麦克道尔·苏特洛坐在草地边的长凳上，透过窗户就能看到一个老头和一个少妇正在桌边用餐。他的眼神跟随着他们的一举一动，心里数着他们吃下去的每一口饭。最后，他实在看不下去了，就换到靠近百老汇大道的一张长凳上坐着。这个位置正好又面对另一家饭店，宽大的窗子里陈列着各种各样的食物，十分诱人。男人们走出来，在饭店门口徘徊一阵，抽根烟。

麦克道尔·苏特洛看在眼里，烟瘾又犯了。烟虽不能充饥，但多少算个慰藉。他站起来摸遍所有的口袋，妄想手指头能摸到一截漏网的烟头。上衣的一个口袋底有什么东西，他掏出来一看才发现是根愚弄了他的火柴。他一屁股坐到凳子上，把目光从饭店方向移开，因为他不忍眼巴巴地盯着堆放在玻璃窗后面的蛋糕和馅饼，瞧着男人们酒足饭饱后嘴唇上烟雾缭绕。

在百老汇大道拐角的旅馆楼下有一间酒吧，时不时有三三两两的男人推门而入，五到十分钟后又从里面出来。更远处是一家剧场，宽阔的门前正聚着一群人。还有一家剧场正对广场，绚丽的招牌与密布的电灯显得十分喜气。

麦克道尔·苏特洛看着男男女女走上楼梯,到这家娱乐场所的售票处买票入场,消失在门背后。他实在搞不懂为什么这些人会有闲钱观看表演,而自己却连吃饭住店的钱也没有。

也许是由于徒劳奔波了一天而感到疲惫,也许是杂耍剧场前的旋转灯具有催眠作用,孤独寂寞的年轻人很快就睡着了。他既不知道自己睡了多久,也不清楚自己是怎么醒的。他只隐隐约约记得有人碰了他,他的三个衣服口袋都被翻了个底朝天。发现这事后,他放声大笑。这种时候有人要抢劫他,在他看来比任何事情都更加可笑。

他应该睡了至少两三个小时,因为广场的景象发生了改变。此时夜已深,不再是傍晚了。他向四周张望,只见百老汇大道上的剧场门被推开了,观众从里面涌了出来。不一会儿,一群群戏迷从他身旁经过,仍然嘻嘻哈哈地回味着刚才欣赏的滑稽表演。又过了一刻钟,另一家剧场——广场边上的杂耍剧场——也散场了,入口上方闪烁的灯也一齐灭了。

接近午夜时,两个人坐在了原本只有麦克道尔·苏特洛一个人坐着的长凳上。他们两个都又高又瘦,胡须刮得干干净净，衣服破旧，然而却带有一种难以形容的神情，似乎他们已经习惯了勇敢地去面对世人的目光。

"不好，"较年长的那位接过话茬儿说，"她才不好。身材扁平像熨斗，声音难听像雾笛，不是吗？再说了，事先也没有计划，对不对？一个扫把星，她就是这样一个人，不管什么演出她都能搞砸。唉，上次巡回演出，她就想给我捣乱。我当场数落她一通，那个明星力挺她的时候，我差点就通知他们，我两周后就不干了，我真做得到，但那时我还有角色可演，我再也不想回这儿过穷日子了。可我要真罢演了，他们一个月内肯定关门，跟你说！他们不明白是谁在为那老掉牙的表演吸金，可我知道啊！你应该参加过一城一演的巡回演出，听说过我演谢默斯·奥布赖恩。想当年每晚来捧场的人哟——那叫一个多！把她给累烦了！"

"你看过我演雷欧提斯[※1]吗？"年轻的那位问，"1972年，我在旧金山第一次演雷欧提斯，那时拉里·巴雷特也在旧金山演戏。哈，我与他同台演出的时候，他演

※1　雷欧提斯（Laertes）：莎士比亚的戏剧《哈姆雷特》中的角色。

的哈姆雷特就没得到掌声。我现在得到了一些评论家的称赞，说我是尚健在的雷欧提斯的最佳扮演者。"

"我有一次和拉里·巴雷特同台，我演伊阿古[※1]。"先开口的那个说，"我演得太逼真了，他们差点把我嘘下舞台。"

"抽支烟吧？"另一个人掏出一盒烟，问。

"来者不拒。"年长的回应，"我有火柴。"

"那正好，我没带火柴。"有烟的人说。

"哎呀，我到底还是没有带。"年长的演员在口袋里摸了一番，不得不坦言。

"我给你们提供火柴，"麦克道尔·苏特洛趁机插话，"我只有一根火柴，给你们用好了。"

"谢谢，"对方回答，"我哪能不请你抽支烟呢？"

"来者不拒。"年轻人回答，不自觉地重复了刚才听到的话，赶忙伸出手。

第一口烟对他来说如同酒肉，他只顾嘴上享受这份奢侈，差点忘了接应那两人对他说的话。可他马上发现自己

※1　伊阿古（Iago）：莎士比亚的戏剧《奥赛罗》中的反派角色。

与那两个演员相谈甚欢。尽管他们去过加利福尼亚不止一次,可并不认识他的什么朋友,但只是再次听到他所熟悉的地标名称就令他高兴。他俩对他摆出一副高人一等的样子,傲慢劲溢于言表,但就算他察觉到了,也毫不厌恶。有人陪伴令他愉快,就算只是在午夜的联合广场上与偶遇的陌生人交谈,也大大降低了他孤身一人的凄凉。

谈话持续了大约一刻钟,那两个人站起身来准备离去。麦克道尔·苏特洛也站起来,仿佛这里是他的家,而他们是他的客人。

"走,喝一杯去。"年长的说。

年轻人又用那句话回答:"来者不拒。"

他更想吃东西而不是喝酒,但他不好意思告诉两个陌生人他饿了。

他们经过拉斐特的塑像并穿过缆车轨道的时候,他心想,不知他们要去的酒馆是不是供应免费简餐的那一种。

三个人一进酒吧间,他的眼睛就像饿狼似的四处扫描,然后盯上了柜台的尾端,那里放着大大的盘子,里面摆着奶酪、饼干、三明治。他差点失控,他很想冲过去,抓起食物大快朵颐。然而廉耻心还是促使他和那两个演员一起留在门口,尽管他的目光一直紧盯离他只有几步远的大盘子。

酒保把酒瓶放在他们面前,他们自己倒出酒水,然后对视一眼,说:"走一个!"

年长的演员一口气喝了半杯。放下酒杯的时候,他看到麦克道尔·苏特洛紧盯着免费简餐。

"这主意不错,"他说着沿吧台前移,"马无夜草不肥。我要吃块三明治,今晚感觉有点饿。朗诵完《炮兵连的骄傲》之后我返场了三次,确实需要吃点东西补充体力。吃块三明治?"

"来者不拒。"饥肠辘辘的麦克道尔·苏特洛回答,手指抓在面包上。可第一口就差点噎坏了他。

五分钟后,麦克道尔·苏特洛和那两个萍水相逢的人分了手,又回到广场上。吃下去的寥寥几口食物在他肚子里作怪,酒喝得虽也不多,却足以使他头晕目眩。虽然没有步态踉跄,但他还是清醒地意识到自己需要格外努力才不至于东倒西歪。

他此前一直坐的长椅现在被四个穿晚礼服的小青年占据了,他们猛吸烟斗,似乎是想培养自己对这种新式消遣的爱好。于是他转身去了广场中央，站在那儿看了一会儿水中的花草，听了一会儿喷泉的喷溅声。

喷泉周围的座位全被各色男女占用了，他们中的大部分人似乎都已经做好了在这儿过夜的准备，看样子他们常在这儿睡觉。麦克道尔·苏特洛寻思，不知自己是否也很快会习惯在没有屋顶遮挡的露天过夜。

一个壮实的德国人睡得死沉，呼噜打得震天响。这时，一个身穿灰色制服的警察用警棍猛击这个睡客的脚底板，把他打醒了。

"公园不是卧房，"警察说，"我也不会让你们这些家伙在这儿睡觉！明白吗？"

年轻人在小公园的外围转了三圈，终于在百老汇大道和十七街交汇处的一角找到一张有空位的长椅。灯火通明的缆车飞快地在百老汇大道上来回行驶，车上锣声不断，不过车次已经越来越少，横穿市区的马车一小时也仅有两三趟路过此地。城市漫长的一天终于接近尾声，只有黎明前的两三个小时里，一切才会安静，奋斗的人们才会暂歇。

他疲惫不堪地躺坐在长椅上，这时坐在他身旁的人醒了过来,是一位上了年纪的女人,头发已经灰白。

"对不起——我弄醒你了吗?"年轻人说。

"你确实弄醒我了,"她回答,"但是我原谅你。反正我这把年纪也只能打个盹儿罢了。我已经很久没在被窝里伸直了腿儿,睡个囫囵觉了。要是有机会,我也很想睡个够。可我已经习惯了熬夜。"她毫无怨意地笑了笑,"现在几点了?"她问。

麦克道尔·苏特洛不由自主地抬手摸了摸马甲口袋,又很快放下手来。他的脸羞得通红,回答说,"我不知道……我……"

"到点儿了,是吗?"她反问,笑了笑表示理解,"我也没带表,我把它和衣服一起丢在叔叔家了。不过,蒂芙尼先生是个好心人,他一直让大钟亮堂堂的给我们看[1]。你年轻,眼神儿比我好——现在几点了?"

麦克道尔·苏特洛目不转睛地看了大约半分钟才看清时间,最后回答说:"我想,大概是一点半了。"

"那么,我还能再打几个小时的盹儿,然后麻雀会把

---

[1] 指蒂芙尼珠宝店外的大钟。

我们叫醒的,"她说,"这是你头一次来我们这旅馆过夜吗?"

"是的。"他回答。

"我看也是,"她接着说,"从你摸表的动作看出来的。你很快就不会再这么做了。"

他的脸唰地白了,害怕她预测到了未来的事实。难道他真有一天要习惯在露天睡觉吗?

老太太侧了侧身子,为了能看到他。

"你是一个帅小伙,"她继续说,"就冲你的模样,城里应该有不止一幢房子会愿意收留你——还有人给你盖好被子,让你暖暖和和的。"

"也许我还是待在这里更好。"他觉得自己应该说点什么,便表态。

"我们这旅馆不错,真不错,"她又说,"首先就是通风好。当然,你要是愿意,可以去车站过夜。我可不想去。我以前去过,我在雪地里都比在车站容易入睡,那里什么人都有。我们这旅馆整夜开着门,并且还是欧式付费制,我是这样认为的——至少你能买到任何你买得起的东西。夜猫子马车来的时候,你可以吃顿夜宵——只要你买得起。我是买不起的。"

"我也买不起。"他回答。

"那么,现在指望着别人请吃早饭的就有咱们两个人了。"她兴高采烈地回应,"我认为,如果有人邀请,咱俩绝对不会因为事先有约而拒绝。"

他没有回答,因为一想到未来,他的心就一沉。

"你现在饿吗?"她问。

"饿。"他简单作答。

"我也饿,"她说,"我就是习惯不了饿肚子。饥饿就像病痛,对不对?它不会放过你。它不知疲倦,也不会宽待你。它会赖着,就这样赖着不走,一直一丝不苟地办事。有时候,我饿极了,就有种想自杀的感觉,你有吗?"

"没有。"他回答,"至少现在还没有。我还没活够呢,不会那么快就活腻的。"

"我也没活够,"她回答,"有时我真想放弃,但不知怎的就是做不到。不过死其实很容易,把自己撂在沿着百老汇大道开过来的缆车前面——转眼就上天堂。但是他们不卖往返票啊。再说了,被缆车轧死是一种糟糕的、邋遢的死法,你说呢?再加上今天是星期五——我相信如果我在星期五自杀,来世绝不会有什么好运气。"

"现在已不是星期五了,"他提醒她,"现在是星期六的凌晨了。"

"这样啊,"她答道,"那我们最好尽快睡个美容觉吧,既然是周六,那这里的花市很快就会吵醒我们的。就这样,晚安!"

"晚安!"他回道。

"祝你梦见自己找到了价值一百万美元的金子,醒来后发现是真的!"她继续说。

"谢谢你,"他答道,纳闷这位邻居到底是个什么样的女人。

她没再说什么,而是再次安顿好自己,闭上双眼。她身穿铁锈黑的衣服,头上蒙一块薄薄的黑披巾。她过去一定很漂亮——她的侧影给这个年轻人留下了这样的印象——他感到非常困惑,猜不出她为什么会来这儿,深更半夜,露宿街头,身无分文,独自一人。她似乎不该出现在这儿,因为她的态度虽有主见但并不无礼。她的腔调也不刺耳,实际上,她的话语夹杂着风趣。她的话甚至令他困惑,不过他认为这表明她是爱尔兰人。

他来回琢磨这些事，不一会儿就睡着了。他反复做起同样的梦——梦见一次粗野的宴会，稀奇古怪的巨型餐食摆在他面前的桌子上。菜的味道闻上去很奇怪，但还是让他直流口水。然而，当他想要吃上一点充充饥时，整桌佳肴就滑到了他够不着的地方，最后就彻底消失了。每次的梦都是大同小异，最后一次，他面前的桌板上只放一张巨型馅饼，他成功地切开了馅饼，却看见里面飞出二十四只黑鹂鸟。鸟儿在他头顶盘旋，然后飞回那张空空的馅饼壳里，停在那里，唱着歌儿笑话他。

鸟儿的叫声太大，吵醒了麦克道尔·苏特洛，他听见头上和身后的树上有数不清的麻雀在叽叽喳喳。

他回想起昨天晚上那位老太太说的话——鸟儿会叫醒他们的。鸟儿大概是先叫醒了老太太，因为长椅上他身旁的座位已经空了。

他站起身来，环顾四周。天已经快亮了，东面的天空出现了玫瑰色的光带。在他昨晚睡觉的凳子后的草坪中央有一棵大树，一只松鼠正在树上蹿上跳下。广场北端的一片空地上停着十几辆花匠的马车，满载各种盆栽花卉，人们正把这些花一排排地摆放到人行道上。又有一辆笨重的马车载着玫瑰花横穿车道，惊起一群鸽子，鸽子在空中盘旋一阵又落了下来。一股湿润的微风从海湾吹来，预示着当天晚些时候要下雨。

散落于广场各处的长椅上的睡客正陆续醒来。麦克道尔·苏特洛看到有一个人去饮水器边洗手洗脸，也尽力效仿。洗完后，他看了看蒂芙尼的大钟，此时是四点半。几分钟后，第一缕阳光开始给远远高过林肯像的高楼檐口镀金。

不出一个半小时，缆车开始更加频繁地经过市中心，从渡口驶出的穿城马车也慢慢多起来。花车连同从车上卸下来的花塞满了广场北端的空地。牛奶车嘎吱作响地穿过广场四周的缆车轨道。一天伊始的迹象迅速增多，一个接一个，麦克道尔·苏特洛全都看在眼里，不管肚子饿得多难受，他的兴致始终不减。这是他第一次亲眼看见一座大城市的苏醒。

他离开联合广场，走到第五大道与二十三街交汇处，然后又走到第三大道与十四街交汇处，但他发觉自己总是回到花市。最后，他的心底萌发出一线希望。买花的人有些是身体不够强壮的女人，无法把沉重的花盆搬回家，也许他能因此找到一份差事。这并不是他心目中赚取面包钱的好方式，但是他从来没有像今天这样如此急切地想要吃到面包。

当他回到花匠的马车队附近时，他发现其他失业者也在周围转悠，希望能老老实实地挣点钱，他也不止一次看到有人得了差事，扛着高大的植物离开。

他看到一个小老太太在花车间走来走去，终于鼓起勇气走上前去。她眼睛明亮，举止文雅，笑容慈祥。他问她，她要是买了花，是否愿意请他帮忙搬回家。她看了看年轻英俊的小后生，在他看来，她的眼神既精明，又流露着同情。

"好的，"她回答，"我看可以信得过你。"

一两分钟后，她与一位苏格兰花匠就两盆盛放的杜鹃花讨价还价。然后她转身对麦克道尔·苏特洛说：

"把这两盆花送到第二大道与二十街交汇的街口处的研究生医院，工钱是半美元，你愿意吗？"

"愿意。"他急切地回答。

"非常好，"她说，"把它们送到新生儿病房。就说是范·道恩小姐送的。新生儿病房，明白吗？这是你的工钱。我不得不信任你,不过你长着一副诚实的面孔,我相信你不会剥夺小病孩们的权利,他们无非是想看到他们喜爱的花,闻闻花的香味。"

"是,"麦克道尔·苏特洛说,"我不会的。"说着拿起重重的花盆,两个臂弯里各抱了一盆。"研究生医院的新生儿病房,范·道恩小姐送的,对吧?"

"正确。"她回答,露出明媚的笑容。

他抱着两盆花走了,兜里揣着钱,可以开斋了,似乎怎样飞奔到医院都不够快。但是,当他把花送达,走在返回广场的路上时,他突然想起了昨晚长椅上坐在他身旁的老太太,她也一直饿肚子。他兜里现在有五十美分,透过第四大道上一家小吃店的橱窗,他看见招牌上写着:"普通早餐,25美分。"他的钱够买两份普通早餐,一份他自己吃,一份给老太太吃。

他围着小公园转了三圈,还从各个方向穿了几次公园,最后不得不承认自己找不到她。

于是,他独自一人去饭店吃了一份普通早餐。

从饭店出来后,他感到精神焕发,此时大街上匆匆而过的行人在他看来都要比天蒙蒙亮时见到的那些人更快乐。长长的太阳光束照亮了大街小巷。带着饭盒的工人逐渐减少，带着纸包午餐的女店员逐渐增多。

汹涌的人潮再次席卷大街，大城市的喧嚣又一次响起。

他回到花匠的马车附近，自信还能再挣半美元。但是当他看到其他人饥肠辘辘地等在那里时，他转身离去了，认为给别人一次机会才公平。

他在太阳地里找到一个座位，看着市场上的花被后来的买主一盆盆买光。他好奇那些植物都去了哪里，继而想起同样的花有的用于葬礼，有的却用于婚礼。想到同一种植物今天用来装点餐桌，明天也许用来活跃病房气氛，后天则会栽入墓地，他头一回觉得有些古怪。

终于，他觉得应该到了邮局开门的时间了，便动身走向第五大道与十三街的交汇处。

到达邮局门口时，他停住了脚步。他不敢进去，虽然大门开着，他也能看见其他男女在小方窗前咨询问题。要是他的发问得到和昨天一样的答复怎么办？要是他不得不在联合广场上再熬一宿怎么办？

最后，他还是鼓足勇气，走进邮局。他一靠近窗户，里面的办事员就认出了他。

"麦克道尔·苏特洛,是吧?是的——今天有你的信。不过信超重了——需要你额外支付四分邮费。"

当这位年轻人把吃早餐后剩下的二十五分硬币放下时,他的手直哆嗦。他迅速抓过信封,要不是办事员提醒他,他差点忘记收起找回的零钱。

他撕开信封。信是汤姆·皮克斯利寄来的,内含一张五十美元的邮政汇票,信是这样开头的:

"亲爱的老兄,去百老汇大道78号找山姆·萨金特,他会帮你在巴拉塔里亚湾[1]中心谋个职位,当新边界的测量员。我会在你收到这封信前给他写信,另外……"

但麦克道尔·苏特洛一时无法往下读。他的眼里噙满泪水。

(1895年)

※1 巴拉塔里亚湾(Barataria):美国路易斯安那州东南部墨西哥湾的小海湾。

纠结※1

夏日的烈焰整日炙烤着这个旧库房低矮的木屋顶。这里前不久还是个冰淇淋店,现在却被仓促地改建成了救世军※2的营地。宽敞的入口处张贴着各种标语牌,宣称"欢迎所有人",并恳请陌生人"走进来吧,获得救赎"。高高的出租屋排列于小巷的东西两侧。那天傍晚,居民们倾巢而出,涌上大街,人行道上挤满了男男女女,他们被白

※1 原文Irrepressible Conflict直译为"不可遏止的冲突"。美国政治家威廉·亨利·苏厄德(William Henry Seward)在1858年的演讲中首次提出这个用语,他预言美国北方和南方的社会经济制度将产生"不可遏止的冲突"。

※2 救世军(The Salvation Army):成立于1865年,是一个以军队形式作为架构和行政方针、以基督教作为信仰的国际性宗教及慈善公益组织,以街头布道和慈善活动、社会服务著称。

天的炎热折磨得无精打采,盼着夜幕降临时潜入城市的那一丝慵懒的微风。不过,没什么人乐意走进这间闷得发慌的会堂,去参加即将开始的唱诗敬拜,特别是在那天晚上——相比之下,外面的活动可有意思多了。在即将开始焰火表演的广场上空,各种烟花已经开始升腾绽放。偶尔会有男孩子(怀着比捣蛋鬼略强的自制力)把一包准备好的炮仗点燃,扔进别人家的木桶里,而当木桶的主人在噼里啪啦的爆炸声中来到门口时,他已经欢蹦乱跳地跑开了。

一位苍白、消瘦的少妇穿着救世军制服,神态疲惫地站在入口处,向所有路过的人兜售《救恩报》[※1]。看得出来,她年轻的时候大概也是个美丽的姑娘。然而此时的她显得那么虚弱、憔悴,好像久病初愈一般。在她头顶上方,一朵烟花在高空绽放,像彩色星雨般洒落。这时,她忽然想起上一年的七月四日[※2],仅仅一年之前,自己是如何观赏焰火表演的——她躺在床上,吉姆在下楼主持敬拜

※1 《救恩报》(The War Cry):救世军官方出版物。不同国家的救世军组织在世界各地出售《救恩报》以筹款支持救世军的社会工作。
※2 七月四日:美国独立日,在这一天,美国各地会举办各种庆祝活动。

前特意把床抬到了窗边。她怀抱着两周大的宝贝安详地躺在那里，觉得那些在空中旋转闪烁的光轮和沿着曲折轨迹起落的烟火不是别的，正是一个光辉灿烂的金色未来的预兆。但是这般憧憬在随后的几个月里是怎样破灭，只剩一片漆黑的啊！婴儿因为吃不到合适的食物生了病，吉姆也病倒了，而虚弱的她又不得不起身下床照顾他俩，直到父子一前一后相继离世。每当她任由思绪飘回那些绝望的日子，她就得非常努力地控制自己，否则难免情绪失控，大哭一场，以致在接下来的二十四小时都感到筋疲力尽。

她克制住心头涌起的情绪，转而在眼前的职责中寻求慰藉。五分钟过去了，没有一个人买她的报纸，时间已到，该进会堂参加唱诗敬拜了。

她推开弹簧门走了进去，看到里面聚集了二十来位观众，已有六七位救世军成员在这间窄小会堂尽头的低矮讲台边就座。奎格利上尉也站在那边，黑亮的头发被仔细地卷好，山羊胡子也被仔细地梳理过。他已准备就绪，抱着手风琴，就等开场了。

她也说不清为什么一看到奎格利上尉带领唱诗敬拜就觉得难受。她并不否认他带领得很好——他弹的曲调里带着摇摆的节奏,让所有人都忍不住站起来跟着舞动;他唱歌动听,讲话动情。但她并不完全喜欢他的态度、他那副施恩于人的样子,更别提他总是会在演讲的时候突然提到她的名字,并多此一举地把她叫到台上去——就算已经加入救世军两年了,她依然既不喜张扬个性也不爱抛头露面。他对她的本意是好的,这点毋庸置疑,她也知道他曾不止一次对她给予过特别关照。不过,就在短短一周前,慈母般亲切的威利茨副官曾询问过她是否真的喜欢奎格利上尉,并建议她如果对他并无爱意就该谨慎行事,不要误导了对方。这次与副官的谈话加深了她对上尉的厌恶之情。

奎格利上尉一看见她就立刻开始讲话,像是一直在等待她的出现。他讲话时鼻音很重,时常省掉一两个辅音,他欢迎在座的各位,很高兴大家能来。他邀请大家一起歌唱那庄严古老的赞美诗《宝血活泉》。他用手风琴定好调子,弹奏歌曲的第一小节,开始领唱。来宾中只有三四个人跟着唱,于是唱诗的重任就落在了救世军成员的肩上。

接下来,上尉为听众介绍了当天早上刚出版的《救恩报》,说它不仅内容丰富有趣,还印着大家接下来要唱的歌词。因此，他建议在场的诸位人手一份，这样大家就都能跟着音乐唱起来了。

那个一脸哀愁的瘦弱少妇开始沿着过道向左右两侧的人兜售报纸。

"这就对了，米勒姊妹。"上尉大声说，似乎是在鼓励她，可她听到自己的名字被公之于众，不禁畏缩了一下。"我希望大家都能买米勒姊妹手中的报纸，好让她回到台上来和我们一起唱歌。你们还不知道米勒姊妹的嗓音有多么甜美吧？我们可知道。"

上尉继续用亲昵的口吻讲话，这时她绕着座椅走了一圈，回到讲台上，在慈母般关切地冲着她微笑的威利茨副官身边坐下。突然，上尉语气一变："现在，我们一起来祈求主赐福于我们——愿他祝福在座的各位，也愿他祝福这场聚会。我并不知道你们今晚来这里都是出于什么原因，但我确实知道：如果你来这儿是为寻求上帝的祝福，那你一定会得到。如果你另有所求，那我无从得知你是否能称心如意。不过，只要你为祝福而来，那你必将满载而归。只要你祈求，上帝就一定会赐福于你。希金森弟兄，可以请你带领我们做祷告吗？"

当希金森弟兄祈祷上帝赐福于当晚在场的所有人时,讲台上的男男女女纷纷跪下来,散坐在会堂里的众人也大都虔诚地低下头。米勒姊妹听过无数遍希金森弟兄带领的祷告,她知道他会说什么,甚至可以精确到每个词,因为他祈求的范围十分有限。即便如此,这个男人怀有的那种单纯的热诚还是每每让她有点小激动。像往常一样令她反感的是,上校总要在希金森弟兄的祷告中时不时地插进几声"阿门!阿门"或"哈利路亚"。

祷告结束之后,大家又唱了一首福音歌曲,随后上尉放下他怀中的手风琴,拿起《圣经》。他朗诵旧约中的一个段落,描述了以色列人在白天的云柱和夜间的火柱的引导下向旷野行进的历程。讲解经文的时候,他一直手捧《圣经》。他说,以色列人为了获得胜利做好了艰苦奋斗的充足准备。所有的人都必须做好这样的准备——以色列人也好,英国人也好,美国人也好,没有任何人例外。大家都知道七月四日的意义,都知道一百多年前的美国人如何勇猛地战斗。说到这里,他抓起了身后的国旗,国旗一直靠在墙上,挨着血红色的救世军旗帜。

看着他挥舞星条旗的样子,米勒姊妹越发厌恶起上尉来，因为她知道上尉是个才来美国没几年的英国人，在她看来，这样的举动可以算是公然与自己的祖国作对。她不知他是否真会无知到竟然以为独立战争中有某场重要的战役恰好发生在七月四日。

随后，她的思绪飘回了少女时代，她忆起毕业前的那个夏天在家乡的校舍里最后一次庆祝独立日的情景。她想起老法官斯坦迪什如何气宇轩昂地朗读了独立宣言，仿佛是他自己刚刚拟就的。现在，她坐在这间小小会堂里，呼吸着凝重的空气，那一天的点点滴滴在她的回忆中翻涌上来，她对奎格利上尉号召所有在场的人来做上帝战士的呼声充耳不闻，耳中反而回响起年轻的德克斯特·斯坦迪什那恳切的声音，说他要去海军学院学习，希望她能在这里等他回来。她许下了诺言，但她又为什么没能信守诺言？当她听说他到了安纳波利斯之后成了班上最棒的舞者，所有巴尔的摩的姑娘都热切期待成为他的舞伴时，她为什么愚蠢地感到嫉妒呢？她其实早就意识到自己取消婚约的理由一点都站不住脚，而她竟又犯傻，没有预见到德克斯特不可能离开学院，回家亲自向她解释。就算他理应受到惩罚，但只要他能出现在她眼前，亲口说出他爱她的话，她本来是能原谅他的。可他是军校生,要到第二年才有请假的资格。结果,她没等到第二年就嫁给了这个叫詹姆斯·米勒的神学生,没想到新婚丈夫很快就怀着渴求受难一般的宗教狂热放弃了学业,加入了救世军。吉姆是爱她的,他以为她也同样爱他。她心头掠过一阵自责的痛楚,扪心自问:吉姆在尚未意识到妻子远没有那么爱自己的时候就撒手人寰,对他来说算不算是一种解脱呢?

奎格利上尉凭借丰富的经验,别出心裁地从《基督精兵前进》里摘选了一段歌曲,用以结束自己的演讲。米勒姊妹从遐想中被拉回现实,加入众人的合唱。大家唱过三段歌词的时候,上尉突然叫停了合唱,转向米勒姊妹身边的威利茨副官,邀请这位头发花白的女士对台下等待救赎的众人说几句话,表达亲切的问候。

同副官在一起,被她慈母般的笑容所安慰,被她宜人的信心所鼓舞,米勒姊妹总是感到很快乐。威利茨姊妹有着公谊会[※1]教徒般的质朴和强韧的个性,让柔弱而憔悴

※1 公谊会(Quaker):亦称"贵格会"或"教友派",是基督教新教的一个教派,17世纪创立于英国。

的米勒姊妹总觉得可以依靠。这位年长的女性还有一个令她喜爱的特点：她的宗教热情既足够真诚，又历久弥新。她每晚的见证都像第一次时那样，充满了同样的力量和同样的感情。大多数人的发言都逐渐变为陈词滥调，少有新意，几乎成了机械的套话。但是威利茨姊妹走到台前，对她从上帝那里获得的、不可言喻的平安做见证时，分寸拿捏得正好，既不害羞也不怯懦，而是让人觉得她十分乐意向众人宣告上帝为她所做的一切。

副官发言结束，回到苍白的少妇身边坐下，两人相视而笑。奎格利上尉再次捧起手风琴。

"接下来，请听一段独唱，"他说，"有请米勒姊妹为我们演唱这首古老而辉煌的赞美诗《万古磐石》。米勒姊妹，请上台。"

她的声音并不是特别大，但足以充满这间小小的会堂。虽然她并不喜欢站到显眼的位置上，但她的确很喜欢唱歌。在全神贯注地歌唱时，她有时竟能全然忘我。

在那个七月四日晚上，她才张口唱了几句，就意识到有一双眼睛正热切地注视着她，完全不同于她习以为常的那种普通的好奇目光。她顺从自己的冲动，向台下看去，正撞见德克斯特·斯坦迪什凝视的双眼,仿佛他是来宣告自己要立刻占有她一样。

眼前的情景大大出乎她的意料,她几乎失去自制,连声音都支吾了,差点中断唱到一半的歌词。但她稳住自己,虽然感到血液上涌,脸颊发烫变红,但还是坚强唱了下去。她的第一个念头是逃离这个地方——马上躲起来,哪儿都行,只要是他看不见的地方就行。他已经六年多没见过她了,她的青春和美貌已在那些令人疲惫不堪的岁月里消逝殆尽。她知道自己已不再是他爱过的那个漂亮姑娘,她对他打量的目光避之不及,深恐他看到她褪色的容颜和干瘪的身躯。

但她既不能跑开,也无处可藏,她只能老老实实地站在那里任他端详,等他发现她看上去多么疲惫和衰老。她再一次和他四目相对——他的眼睛压根儿就没离开过她——她觉得这双眼睛里饱含怜悯之情。这让她感到厌恶。他有什么资格同情她?她挺起了单薄的身板,为了逞强唱得更响了。不过,唱完后她还是松了一口气,终于可以退回威利茨姊妹的身边坐下了。

上尉紧接着开口,说现在到了奉献的时间。希望在场的各位根据自己的财力多少奉献一点,量力而行。威利茨姊妹和米勒姊妹,请你们二位到下面收集一下大家的奉献,好吗?

她拿起手鼓的时候,一时冲动,转向身边年长的女性寻求帮助。

"请让我负责讲台边上的观众吧,"她请求,"您负责靠后的那几排可以吗?"

副官略感惊讶地低头看了她一眼,但还是立刻答应了。

少妇在过道上往下走了几排就不再往前,想尽可能离他远远的。每当她偷偷向他瞥去,就发现他还在紧盯着她,她走到哪儿,他就盯到哪儿,而且,这眼神流露出的并不是她刚才觉察到的怜悯,而是爱意——是他俩最后一次面对面时,他眼中流露的那种爱意。

当她们把手鼓伸向会堂里的每一位观众之后,两个女人回到了讲台上。副官开始数钱——大都是分分角角的硬币,总共还不到两美元。

上尉继续坚定不移地主持敬拜。他又领唱了一首赞美诗。唱完之后,他转向一位姗姗来迟的富态男人,他一直坐在讲台上希金森弟兄的身后。

"杰克曼弟兄，"他过分热忱地问，"今晚，你的灵魂有什么感动呢？能和我们分享一下吗？"

当这个发福的男人局促地用手抓住前排椅背站着，快活地宣告他获得救赎的确据时，米勒姊妹默默地坐在讲台上。

她没法不去看坐在她正前方的德克斯特·斯坦迪什。她注意到他坐得笔直，宽厚的肩膀看起来十分坚毅。她看出他也见老了，她发现他的脸上带有一种强势的表情，这正是她上一次见到他时他所缺少的。

他一直是个英俊的男子，在安纳波利斯接受的训练对他助益颇多。他不再是个毛头小子了，而是一个男人，皮肤黝黑、蓄着胡须，那架势就好像他知道自己想要什么，而且会去千方百计地获取。她看得出，他选择去保护的那个女人一定不会受到外界的任何伤害。一个憔悴的女人会在他的可靠保护之下得到休憩。不知不觉地，她把自己曾经答应要嫁的男人和自己最后嫁了的男人做了对比——一个雄健有力，一个温柔软弱。这时她又脸红了，觉得这么想是对死者的不忠。吉姆一直对她非常好，他是孩子的父亲，他没做过任何错事。但这个念头又冒了出来——要是他更有魄力一点，也许他们的孩子就不一定会夭折了。

杰克曼弟兄还在滔滔不绝,但米勒姊妹丝毫没有留意,甚至没听见他的讲话。在敬拜的后半程,她什么都没听进去。她机械地跟着大家起立、坐下,恍恍惚惚地下跪。敬拜结束之后,人群开始散去,她看到他没有离开。他静静地站在那里,等着她过去找他,准备把她带走。他还未曾开口,米勒姊妹就已猜出她的旧情人此来的目的:他希望跟她重叙四年前被斩断的鸳鸯旧梦。

等会堂里的人走得差不多了,他向她走来。

她转向身边的头发灰白的女人。

"请告诉我该怎么办吧,"她央求道,"他要来把我带走了。"

威利茨姊妹看到了那个正慢慢向前走来的年轻人,最后离开的人正纷纷为他让道。

"他是否也爱着你呢?"她问。

"是的。"少妇回答。

"那你爱他吗?"

"爱——至少我是这么觉得。噢,我爱他!"

"他是个好男人吗?"这是最后一个问题。

"是,绝对是,"答案脱口而出,"是我认识的最好的男人!"

强壮的身影越来越近,年迈的女人站了起来。

"要是你爱他甚过热爱与我们共事,那么以上帝之名,去找他吧,"她说,"我们这里不需要勉强留下,如果你无法欣然投入服事中,那就将其他一切都放下,平平安安地去吧——愿上帝的祝福与你同在!"

她弯腰亲吻少妇,然后离开,这时德克斯特·斯坦迪什走到少妇跟前站住了。

"玛格丽特,"他坚定地说,"我是为你而来的。"

她一言不发地走下讲台,跟着他去了。

他们走到门口的时候,一辆双轮马车恰好经过,他叫住马车。

"你要带我去哪儿?"她问。她很高兴能得到他衷心的爱护,也下定决心从此以后让他为她的未来做主。

"到我妈妈那儿去,"他一边把她扶上马车一边答道,"她住在宾馆里。她见到你一定会很高兴。"

"她会吗?"女孩有些疑虑地问。

"当然,"他断言,"她知道我一直爱着你。"

(1897年)

单人交响乐团

向晚时分,空气闷热而浑浊,这座大都市在遭受连续十天的热浪侵袭之后往往是这样。马儿疲倦地拖着超载的车厢穿过市区,前额上绑着海绵。下班回家的女店员们懒洋洋地给自己扇着风。从办公室里解放出来的男人们无精打采地走在路上,胳膊上搭着外套。红通通的太阳渐渐没入哈得孙河对岸的山背后。不过看样子,晚上并不会比白天凉快多少,因为树上的叶子还是纹丝不动,和下午的时候一样。

我们整个七月都不得不留在城中,因为家里的病人迟迟不见好。现在已是八月初,就算再等上十天,我们也不一定能出城避暑。高温让病人难以成眠,延缓了身体的康复。那天傍晚六点刚过的时候，她好不容易昏昏沉沉地睡了过去。我们轻轻地离开她的房间，但愿她能至少睡上一个小时。

我悄悄走下楼梯，打开大门到外面的门廊上站着，这时，我听到了排箫的尖厉音调，伴着套铃的叮叮当当和鼓点的砰砰闷响。我马上猜到肯定是哪一路的流浪音乐家准备开演了，我也知道音乐一起，我家病人急需的安眠就会被无情地打断。

我轻轻关上身后的大门，跃下台阶，向街角飞奔过去，声响似乎是从那儿传来的。我寻思着，这家伙要是个外国人，我只好给他几毛钱把他打发走，之后他准会每天晚上回到这里，不讨到钱就不走人，而我等于赞助了好几周我根本不想听的音乐会。而这位流动音乐家要是个美国人，我当然就能向他求情，以礼相待，而他也一定不会再来打扰我们了。

我转过街角，看见几码开外的地方有一个古怪的身影——一个打扮得稀奇古怪的怪人——一个又瘦又高、四肢灵活的男人，头上戴的尖顶高帽显得他个子更高了，帽尖上用铁丝搭了个架子，上面挂着一串铃铛，随着脑袋的晃动叮叮当当响个不停。他穿着一件长长的亚麻风衣，衣摆拍打着两条裹着黑色紧身裤的竹竿腿。两腿间是一对镲，分别绑在两个膝盖上。他的背上绑着一个低音鼓，鼓上漆着广告，称这位表演者是"西奥菲勒斯·布里格斯教授，单人交响乐团"。鼓的两面各接了一根鼓槌，绑鼓槌的绳子顺着他的腿一直延伸到脚，这样一来，他只需用脚尖打节拍就能把鼓点加入合奏了。我刚才听到的排箫被固定在他的胸前，高度恰好到下巴，这样，他只要把脑袋一偏就能轻松地吹出声来。他左手拿着一把小提琴，右手持弓。一看到我过来，他就用弓轻叩琴箱，仿佛在提醒整个乐团集中注意。随后他举起小提琴，并没有举到下巴，因为有排箫挡着，而是把提琴靠在肩膀下方一点的位置，这种姿势在街头音乐家里并非罕见。毫无疑问，我来得正是时候。

他显然不是外国人。只要看一眼他瘦长的脸、友好的眼和温柔的嘴，就能看出他是地地道道的美国人，他的父母和祖父母也都出生在大西洋的这一边。

"很抱歉在你开演之前打断你，"我赶忙说，"可否劳动大驾去稍远一点的地方表演——离这个街角稍微远一点？如果你同意，我将不胜感激。"

我马上意识到自己措辞不当，因为和善的笑容从他的嘴角消失了，而且他缓缓作答时的态度显得很生硬。

"我好像没太听明白你的意思，"他说，"我可不是——"

"很抱歉不得不请你离开，"我打断他，努力解释，"我自己倒是很想听你的演奏，但是有个情况，我的一位家人久病初愈，正在慢慢地恢复，她已经一夜没合眼了，这才刚刚睡下。"

"你怎么不早说呢？"西奥菲勒斯·布里格斯教授立刻应道，愉快的笑容重现在瘦削的脸上，"当然没问题，我可不希望我的音乐打扰到任何人。要是能让病人感到舒服，我就是跑到城市的另一头去也乐意呀。我可知道家有病号是什么滋味，没人比我知道得更清楚了——没人比得了。"

"你真是太好了，真的。"我说着，和他一起往街角走去。

"噢，没关系，"他回答，"在哪儿演奏都一样。你就告诉我是哪幢房子吧，我好离它远点儿。"

我把大门指给他看。

"从街角数过去的第三户,对吗?"他问,"好,那就行了。我也很感激你提醒了我,我可不愿意吵醒一位病人。排箫和大鼓可不是安神的玩意儿,你说对吗?"

微笑漾成一阵欢笑。我再次道谢并和他握手道别,然后他就转身走了,后面跟着一群孩子,自打我开口跟他说话,他们就一直眼巴巴地围着我俩。

次日拂晓前,一场暴雨席卷了城市。大雨下了整整一天,总算给街道降了温,把空气洗刷一新。随着热浪的退去,大家终于可以安然入眠了。男人们在清晨迈着轻快的步伐走向办公室,女店员们上班的时候也不再没精打采的了。我家病人在迅速康复,过不了几天,我们就能带她一起出城了。

扫除酷热的暴雨是周四下的,直到周五傍晚,天空才完全放晴。周六和周日的空气一直很清新。

周日的黄昏时分,我来到门廊上坐着,这是不得不在城里度夏的纽约人的习惯。我搬了一两个坐垫出来坐下,嘴里叼着晚饭后的第二支雪茄。我陷入了一种与世无争的宁静之中,这一刻,我甚至摒弃了思考的必要。看着吐出的烟圈悠悠地在头上盘旋，我觉得十分满足。

尽管我已超然世外，可我最终还是模糊地察觉出，有个男人在房子前面已经来来回回地走了两三趟，而且每次经过时都紧盯着我，似乎在期待我认出他来。他再次走过的时候引起了我的注意。我看出他是个瘦高个儿，约莫五十岁，瘦长脸刮得干干净净，穿着一身朴素的黑西装，从衣服上的各种皱褶和折痕判断，明显是周日去教会穿的正装。走到房前的时候，他放慢了脚步，抬头望上来。四目相对的时候，他笑了。我也立刻认出了他。原来是西奥菲勒斯·布里格斯教授，单人交响乐团。

他发现我认出他来，就在那里站住了。我站起身来和他打招呼。

"我记得是这座房子，"他开口说，"但我拿不准。你瞧，我这人没记性，就像蛤蟆没尾巴。不过，我觉着自己还不至于忘掉房子这么大的东西吧——你看，我没搞错吧？"他愉快地笑了。"而且我觉得门廊上坐着的那人就是你，"他兴致勃勃地继续说，"真高兴我猜对了，因为我还想再见你一面，问问那位女士好些了没。那天晚上她睡好了吗？她现在感觉怎么样？"

我再一次为初次见面时他的体谅行为道谢,还感谢他此时的亲切关怀,并高兴地告诉他家里病人的好消息。这时我意识到应该尽些地主之谊,就问这位来客需不需要"来点什么"。

"不用了,谢谢你,"他回答,"当然,如果你不介意我拒绝的话。事实上,我不喝了。我现在看不上红酒了,它像毒蛇一样又咬又叮,我可再也不想把蛇灌进肚子里了。我是喝够了,再也不想喝了。我觉着现在对我来说喝点最淡的鸡尾酒就够了。在那个蓝色老鼠绿色耗子和黄色猴子组成的欢乐大家庭里,已经没有我了。这些玩意儿我当年可不缺,就像开了个小动物园似的——你懂的,那就像是一场常年举办的'世界上最棒的表演',而我拿着一张长期有效的入场券。但和那些没完没了的演出一样,你很快就厌倦了——至少我厌倦了,然后就不喝了,现在我是滴酒不沾了。"

"发誓戒酒了?"我一边问,一边在坐垫上挪了挪,让他在我身边坐下。

"没有,"他坐了下来,干脆地说,"我不需要发誓去戒。我就是不喝了,就这么简单。"

"有些人可觉得戒酒没那么容易。"我议论道。

"那是不假,"他回答,"老实说,这对我来说也不容易。但我必须这么做,就是这样。你看,我尝试过喝酒解闷,但我发现并不上算。我可不喜欢那种长远看来注定赔本的买卖——像是一种非常糟糕的经营之道,是不?所以我就不喝了。"

似乎该由我接上一句老生常谈了,而我也把握住了时机:"沾酒容易,戒酒难呀。"

"这我懂,我沾上它是够容易的,"他和蔼地笑答,"那时我还在当兵。一个男人在沼泽地里摸爬滚打了一个多星期之后,来上一口朗姆酒,那感觉可真不赖。"

他这么一说,我才头一回注意到他外衣上的铜纽扣。

"原来你当过兵呀?"我问,羡慕之情油然而生。我这一辈的人在南北战争的漫长年月里还只是无法参战的毛头小子,大多数人对上过沙场的老兵都怀有羡慕之情。

"我在葛底斯堡当小鼓手来着,"他回答,"捞上这么个差事还真不容易啊!"

"怎么呢?"我问。

"咳,是这么回事,"他解释道,"我的父亲呢,

纽约往事
Old New York

是个缅因人,是一位船长。我母亲死后不久,父亲又结婚了。他这第二个妻子不喜欢我,而我也不咋喜欢她。我猜是我们俩之间从来就没什么母子之情吧。她喜欢时不时地跟着我父亲去航海,我也喜欢。我俩有一次跟他出海,那时正赶上战争爆发。我们出发去考斯[※1]贩货,在接下来的1962年夏天到了地中海。那年夏末的时候,我们到了热那亚[※2],在那儿有机会看到报纸,上面印着的全都是战事消息。看样子这边的买卖也进展得不太顺,所以我就很想回家乡帮把手,镇压叛乱。你知道,我那时满十四岁了,个头很高,看着不止十四——估计跟我现在差不多一样高。我在船上干的就是力气活儿,我想,既然山姆大叔[※3]日子不好过,我怎么就不能像个汉子似的帮把手呢?我也不介意告诉你,后妈也没给我什么好日子过,她就是个鸡蛋里挑骨头的火药桶,怎么着都没法让她满意。港口里还有一

※1 考斯(Cowes):英国南部港市。
※2 热那亚(Genoa):意大利西北部港市。
※3 山姆大叔(Uncle Sam):美国的绰号和拟人化形象,一般被描绘为穿着星条旗纹样的礼服,戴着星条旗纹样的高礼帽,身材高瘦,留着山羊胡子,鹰钩鼻,精神矍铄的老人形象。

条船停在我们附近，那个船长算是后妈的某个远房亲戚吧，我就上了他的船，我们直接回国，从热那亚一路开回朴次茅斯[※1]。我想当兵打仗，结果人家不要我，说我太小，你说这不是瞎扯吗？所以我就当了小鼓手，在波托马克集团军[※2]里，从葛底斯堡到阿波马托克斯都待过。"

"到战争结束时你也还只是个孩子呀。"我议论。

"这个嘛，我那时十七，但我觉得自己老得像七十。"他笑答，瘦削的脸上笑出了皱纹，"反正李将军[※3]投降后，转年我就够岁数结婚了，再转年我的女儿就出生了——她要是还活着，现在应该快三十了。"

"那你战后是不是留在正规军的某个乐队里了？"我问，很想弄明白他是如何从小水手变成小鼓手并最终壮大为单人交响乐团的。

※1 朴次茅斯（Portsmouth）：美国弗吉尼亚州东南部城市，自南北战争时起就是海军基地。

※2 波托马克集团军（Army of the Potomac）：美国南北战争东部战区中联邦（北军）的主要集团军。

※3 李将军（General Lee）：罗伯特·李，美国军事家、教育家，在美国南北战争中担任美国南方邦联总司令。1865年，他在邦联军弹尽粮绝的情况下向尤里西斯·辛普森·格兰特将军投降，从而结束了内战。

纽约往事
Old New York

"没有，"他答道，"我的确考虑过，但是没留下。不过在海上漂泊了那么久，又参过军，总是居无定所、四处漂泊的，我可安顿不下来，我不愿意长期定居在任何地方。所以我开始了表演生涯。我一直很喜欢音乐，几乎什么乐器都能把弄，一把密齿梳子也可以，装满音栓的教堂管风琴也没问题。所以我就随一家马戏团外出巡演，用和声杯助兴表演。"

"和声杯？"我疑惑地重复。

"就是一个托盘，上面放好些红酒杯、高脚杯、平底玻璃杯什么的，杯子里放一些水，你懂的，水多水少音高就不一样。哈，我曾经用一个跨了七个八度的和声杯表演《铁砧合唱》[1]，总要返场两次才能让观众过足瘾。我记得以前管这玩意儿叫'音乐玻璃杯'——但现在业内人士都叫和声杯。"

我承认我听说过音乐玻璃杯。

"我就是在那个助兴演出里表演和声杯的时候遇到我后来的妻子的，"他继续说，"她是个马戏团女郎。你

---

[1] 《铁砧合唱》（Anvil Chorus）：威尔第的歌剧《游吟诗人》里的著名合唱。

知道，大多数马戏团女郎都是爱尔兰人，可她不是。她是从白山※1那边来的。我刚一进团就朝她献殷勤，等马戏团到了冬季驻地的时候，我俩已经存了不少钱，于是就结婚啦！我老婆的乐感也不差，所以那个冬天我俩就搭档，搞了一个双人组合，开春的时候，我俩就作为'瑞士摇铃人'上路开演啦！我俩的打扮就像我以前在那不勒斯见到的意大利佬似的。"

我再次请他解释一下。

"噢，你应该看过那种表演吧？"他忙问，"不过最近好像有些过气了。你得有一套好铃铛，能奏三到四个八度，全部铺开放在你面前的桌子上，然后你敲铃铛奏出曲子，就像敲和声杯似的。有的曲子用铃铛敲出来比什么都好听——比如《洋基歌》和《吓跑黄鼠狼》。大伙儿就喜欢你挑些朗朗上口的曲子，再用铃铛给敲出来。哈，我和我老婆以前经常演奏爱国歌曲串烧，压轴的是《集合到国旗下》，士兵的寡妇们总是听得泪汪汪。要是我们能这么表演下去，肯定早就发了。可第二年夏天生了闺女之后，

※1 白山（White Mountains）：美国新罕布什尔州北部阿巴拉契亚山脉的一部分。

纽约往事
Old New York

我老婆就病倒了。我们一直以为她很快会好起来,所以我接受了纽约这边的一份工作,在百老汇大道上巴纳姆[1]的旧博物馆里,在交响乐团里打鼓。你还记得巴纳姆的旧博物馆吧?"

我说确实记得百老汇大道上的巴纳姆的旧博物馆。

"我不太喜欢那里。你知道,动物可臭了,工作上限制又多,一天要表演两三次。但我必须想方设法留在纽约,因为老婆动弹不了。长话短说吧,她卧病在床差不多三十年了——当然,并不是一直在遭罪,只是一直病恹恹的,也没什么胃口。我有时觉得她就这样了,不会好转,也不会恶化。但是两年前,就在我差不多习惯了她久病不愈的时候,她突然死了。女人真是太善变了,不是吗?"

我不得不承认,我们这个物种的雌性行为的确让人捉摸不透。

"我女儿比她妈妈早死一年。她这辈子一天病都没生过——真的,这点她随我,"布里格斯教授继续说,"她

---

[1] 巴纳姆(Barnum):美国马戏团经纪人兼演出者,1841年巴纳姆买下纽约市百老汇街的一座废弃博物馆,此馆日后成为巴纳姆的"美国博物馆",以奢侈的广告和怪异的展览品而闻名。

和她丈夫以前在歌舞秀里表演'美国姑娘和爱尔兰小伙'二重唱，现在人们都管这叫歌舞秀。"

我说，我觉得"综艺节目"——那种娱乐形式的旧称——似乎更为恰当。

"我也这么认为，"他接着说，"我也总这么跟他们讲。但他们都觉得歌舞秀这个名字更时髦——现在的人就好这个，什么事都讲时髦。不过我觉得很多老式的东西比他们引以为傲的那些花哨的新发明要好得多。就拿三环马戏场来说吧——除了老板之外，三环马戏场对谁有好处？观众每人总共只有两只眼睛，就算你有斜视，一次最多也只能看两个环啊，对不对？再说了，三环场没办法让真正的艺术家好好表演，只会让他灰心丧气，因为观众的注意力都被分散了。要是他根本没法确定观众在看他，他又怎么发挥出最佳水平呢？"

我再次插话，表示完全赞同他的观点。

"不管他们给我什么好处，我都绝不会去三环马戏场表演，"他继续说，"我搞了一出新节目，就快准备就绪了，一旦他们听说了，准会争着请我去表演。我——"说到这儿，他停了下来，往街上来回扫视了一遍，似乎想确认没有人躲在附近偷听他接下来要说的话——"我不介意告诉你，如果你想知道的话。"

我声称自己很感兴趣，特别想了解他的这出新节目。

"好，"他说，"我记得刚才跟你说过，我的外孙女现在是我唯一的家人。她快八岁了，是个小机灵鬼——而且很健康，像她妈妈。她很喜欢我，这也像她妈妈。而且她天生就有音乐天赋——我一放下乐器，她就摆弄起来，爱不释手——她用风笛吹起《荣美圣城》来简直能让雕像落泪。她还喜欢唱歌——好像欲罢不能似的。她有天使般的歌喉——嘿，总有一天她会成为一代歌后。就是她的歌声启发我搞了这出新节目，就叫《山姆叔叔的小屋》，由她和我二人搭档。我演山姆叔叔兼拉小提琴，她演小伊娃，中间快速换装，扮成托普西。演小伊娃的时候，她当然得唱赞美诗——《等到云消散》《到那日，乐无比》之类的曲子，演托普西的时候，她会先来一段班卓琴独奏，返场的时候她会来一段唱跳，我拉小提琴给她伴奏。这个计划是不是很棒？肯定会引起轰动的！"

我表态，认为这个主意很吸引人。

"不过我已经决定了，"他接着说，"在我找到合适的首演机会之前，绝不带她亮相。我不想一上来就谈条件，因为等我们出了名之后，我们很快就能开出自己的条件。但是首演时机至关重要。所以我得等到秋天，甚至等到新年，才会为这事操心。与此同时，我的街头表演还要继续。这个夏天，单人交响乐团能妥妥地赚个盆满钵满。上一次你没听我演奏真是遗憾——毫无疑问，演出精彩极了。也许不如和声杯或瑞士铃铛那样正规——这点我不太确定，但也不赖，而且大夏天的，只要有一群孩子围着你，你就必定成功。有时候我演奏《土耳其巡逻兵》之类的曲子，能有上百人围着我呢。"

"回想我请你离开的那个傍晚，那些小不点儿瞧我的神情，"我说，"明显感觉到他们非常渴望听你演奏。而我迫不得已，也让自己丧失了欣赏的机会，真是遗憾啊！"

他慢慢站了起来，灵活的骨架仿佛一节一节地舒展开来。

"这样吧，"他热诚地回应，"你家的女士不是好多了吗？"

我说家里病人正在稳步康复。

"那好啊，"他建议，"我下周哪个晚上再过来一趟,你说怎么样?我可以为你们全家,还有你愿意邀请的朋友演一场。你再告诉她,她要是想听哪首新歌、圆舞曲、进行曲、歌剧选段什么的都行,我没什么不会的。只要她报上曲目,单人交响乐团就会演奏。"

我理所当然地接受了他奉送的这场演出。说定后,布里格斯教授起身离去,他煞有介事地和我道别,好像习惯了万众瞩目似的。

第二个星期过去了一半,一天傍晚,单人交响乐团出现在我家前面的人行道上,演出特意为我们献上的音乐会。

我家病人如今已恢复元气,能坐在窗台边观赏布里格斯教授的表演了。但她的注意力很快就从单人交响乐团转移到簇拥在周围的一大群孩子,他们把他团团围住,对他的奇异演出表现出了浓厚的兴趣。

"快瞧那个坐在对面台阶上的小美女,她孤零零地坐着,好像谁也不认识,"渐愈的病人叫道,"她真是我见过的最有灵气的小美人儿。瞧她听这单人交响乐时的一脸倦容,就好像咱们这里上演的是《唐怀瑟》[※1],而她是坐

※1 《唐怀瑟》(Tannhäuser):德国作曲家瓦格纳在1845年创作的歌剧。

在剧院包厢里的贵妇人。"

夕阳的余晖渐渐消退,单人交响乐也在《土耳其巡逻兵》和压轴返场曲《铁砧合唱》中圆满结束。西奥菲勒斯·布里格斯教授收完钱之后,我下楼来和他握手表示感谢,而孩子们也终于接受演出已结束这个显而易见又不可避免的事实,慢慢散去。这时,坐在街对面的那个镇静自若的小女孩庄重地站了起来。高个儿音乐家穿过马路,尖顶帽上的铃儿叮当作响,这时,她牵起他的手,好像他属于她一样。他迈步离去,她小跑着跟在他身旁,抬着头冲他微笑着。

"我知道了,"我说,"那一定是她的小外孙女,未来的双面娇娃,小伊娃和托普西。"

(1896年)

9

新剧
排演

威尔逊·卡彭特走到两条主干道交汇处时停下来看了看手表,希望自己不要比预定的排演时间早太多。看到已经快八点了,他立刻加快脚步,穿过在道口交织、向四方延伸的缆车轨道。一列火车咣当咣当地从他头顶上方的高架铁路上驶过,留下一串打着转儿的蒸汽。一辆缆车用独眼瞪着他,在闹市区飞奔而过。街角教堂传来悦耳的晚间敬拜召集音乐,教堂的尖塔旁,一轮柔和的满月窥视着喧闹的大街。往北一条街,一串俗气的灯泡照亮了某个演艺场入口上方张贴的海报,宣告在当晚的"圣大音乐会"

上,被誉为"爱尔兰女皇"的奎妮·多尔蒂[1]将要表演新歌《他打起架来风度翩翩》。这位青年剧作家在疾行的同时注意到,仍有三三两两的行人在往敬拜所或娱乐场里走。他不由自主地把这座大城市的周日晚间景象和童年时在出生的那座小村庄里度过的周日晚间迅速做了一番对比。

他不知道倘若寡言少语的双亲还健在,得知他参与创作的一部话剧就要上演,而他正在前往最后排演的路上,他们会怎么想。这部话剧并不是他的第一部作品,他去年冬天就幸运地赢得了由某份前卫报纸主办的最佳独幕剧比赛大奖,不过,这是他的作品头一次被纽约的主流剧院搬上舞台。来到大门紧闭但灯火通明的剧院入口处时,他再次停下,饶有兴致地将张贴在大门两边的三幅海报看了一遍。五彩缤纷的海报上介绍说,美国青年演员,黛西·福斯特尔小姐,将首次在本剧院登台亮相,出演由哈里·布拉克特和威尔逊·卡彭特联手为她量身打造、由泽凯·基尔伯恩亲自执导的最新美国喜剧《一触即发》。

---

[1] "奎妮"(Queenie):这个名字来自古英语,意为"女王"。

纽约往事
Old New York

这部最新美国喜剧的作者把海报来回看了两遍,再次掏出手表,发现刚好八点。他扔掉手中的香烟,快速绕过街角,钻进一扇小门,走下一条昏暗悠长的通道。通道尽头是一间小小的方厅,也许唤作楼梯平台更恰当,从这儿上楼是更衣室,下楼是道具室。一扇大大的门把舞台与这里隔开。

卡彭特刚一进方厅,这扇门就被猛地推开了,一个神情紧张的年轻人冲了进来。一看到剧作家,他就止住脚步,伸出手,疲惫地笑着说:"你来了呀?我真是太高兴了!"

"排演还没有开始吧?"卡彭特急切地问。

"明星还没到呢,"这位演员回答,"你知道,她从来不着急。黛西就是这样,总是从容不迫的。她那些小伎俩我可全知道。我跟你说过,要不是我一月份之后就一直闲着,我才不会接下这部戏呢。我觉得我和你写的这个角色毫无共鸣呀。当然,我会尽全力去演的,也许这个角色也没那么差,但我就是找不到共鸣。"

卡彭特亲热地拍了拍对方的肩膀,大声说:"德雷瑟,千万别担心,你一定没问题!哈,要是你成了整部戏的亮点,我也不会惊讶!"

说着,他伸手去推通向舞台的那扇门。

可德雷瑟却突然恳求道:"我刚找到你,你别急着走呀。我一整天都在等着见你呢。我得听听你的建议,这很重要。"

"嗯?"剧作家回应。

"呃,"年轻演员说,"你知道在第三幕里我有一场戏,和吉米·斯塔克演对手戏的那场。他应该对我说:'我觉得我老婆是吃饱了撑的。'然后我说:'你是怕她叫你吃不了兜着走吗?'哎,这句话到底该怎么说呀?"

在剧作家看来,这句台词中哪儿该重读再明显不过,但他还是向演员解释了一番,然后才得以脱身,总算来到了舞台上。

《一触即发》第一幕的场景已经设置好了,舞台被灯光照得亮堂堂的,观众席则漆黑一片。至少过了一分钟后,卡彭特才依稀分辨出楼座的轮廓,楼座罩着防尘的亚麻布,免得天鹅绒和镀金装饰落灰。台下总共有二三十人,三五成群地散坐在乐池的椅子上。舞台前侧包厢空洞洞、黑黢黢的。尽管这是个温暖的初秋晚上,卡彭特仍觉得剧院里寒气袭人，令人生畏。他凝神在黑暗中搜寻，想找到那张他一直渴望再见的脸。

两个男人坐在舞台正中脚灯附近的桌子旁边，聊得十分火热。其中一个身量较矮，头发花白，举止威严。此人是谢林顿，应邀参与话剧制作的舞台监督。另一个人就是哈里·布拉克特，和卡彭特共同编剧的合著者。

才来的剧作家刚刚在漆黑的剧场里分辨出他要找的那群人，并向其中的两位女士鞠躬致意，这时，哈里·布拉克特看到了他。

"哎呀，威尔，"他大叫，"魅力巨星又迟到了——咱们今晚也不省心，要做的事多着呢！谢林顿对他们在第二幕的两场重头戏里的表现一点都不满意。咱们得格外上心，让他们都能演好，否则就只能指望这剧'叫好不叫座'了。"

"叫好不叫座！"谢林顿断然反对，"怎么会！你们写的这个东西有"钱途"——大有"钱途"啊。前提是我们能挖掘出第二幕里黛西的那两场戏里的所有笑点。但要把该有的笑点都给合理地挖出来还有很多工作要做——而且一定要做！我总说，每一阵笑声都值一块五。"

"第二幕里的两场戏?"卡彭特问,"你说的是跟斯塔克配戏的那场和跟马文小姐配戏的那场吗?"

"我觉得跟马文配戏的那场没什么问题。"舞台监督说。

"那可不一定,"哈里·布拉克特插了进来,"威尔,是你坚持要她参演的,可她太没经验,真不知道她怎么撑得住那么长的一场戏。"

"马文小姐非常聪慧,"卡彭特急于为自己心爱的姑娘辩白,"而且她的外形跟角色十分相称!"

"外形条件的确很好,"布拉克特回应,"但是在第二幕的那场戏里,她要做的是演戏,不是当花瓶。"

"她也会演好的,"舞台监督坚称,"你看,今天晚上她把她妈妈带来了,哪儿都找不到比凯特·香农·洛兰更厉害的老戏骨了。"

"那倒也是,"哈里·布拉克特承认,"我估计洛兰能给女儿示范一下,怎样才能把那场戏里的全部韵味呈现出来。"

"今晚,香农会把整出剧看一遍,"谢林顿说,"这样她明天就能给马文好些指教。这个小姑娘问题不大。倒是黛西,我比较担心她在那场戏里的表现。这部戏必须演成一出高雅喜剧,高高在上的狄泽尔夫人[※1]——高雅喜剧不太对黛西的路数。"

"现在是无能为力了,"布拉克特回道,"要是魅力巨星没办法把那场戏演好,那就是魅力巨星自己的错了,是不是?威尔,你记得吧,是她在我们写剧本的时候一再要求,要我们尽可能地把她的角色写得高端一些。我们照做了,现在她只能超水平发挥了——如果她能做到的话。"

"我倒不担心那场戏,"卡彭特说,"我一直对她能否演好高雅喜剧持怀疑态度,所以写剧本的时候特意留了一手,就算俗着演,这场戏也能出彩。你知道,演狄泽尔夫人可以有两种方式。"

"对大众情人黛西可没有两种态度,"舞台监督说,"观众都认可她,这就够了。归根结底,我觉得她怎么演那场戏并不重要,雅还是俗,观众都会接受。这个角色就

※1 狄泽尔夫人(Lazy Teazle):谢里丹的话剧《造谣学校》里的主角,彼得·狄泽尔爵士的妻子,本是村姑,进入伦敦上流社会后染上了挥霍和打情骂俏的恶习,致使婚姻几乎破裂。

是给她量身定做的，我们需要做的就是让每个人的表演都符合她的基调，再就是把能找出的笑点都找出来。你接受我的意见把第三幕里的冗长对白删掉，这部戏就会变得一票难求——你就瞧好吧。我跟你们说，在咱们完事之前，我就能教会你们两个毛头小子写一出真正的滑稽剧！"

舞台监督谢林顿发表这番演讲的时候，哈里·布拉克特几乎站到谢林顿背后去了。他冲卡彭特眨眨眼。

"对，"他过了一会儿说，"我觉得这在同类作品中可以算得上是一部上乘之作了，我希望它能吸引观众。反正，我相信，就算我们的死对头也不会说它只有'文学价值'。"

卡彭特苦笑一声。"对，"他赞同，"我们已经把它打造成型了，我觉得应该不会有人侮辱咱们，说《一触即发》'写得还行'。"

"威尔，你还记得我们去年冬天一起写剧本时开的玩笑吗？"哈里·布拉克特问。他随即转向谢林顿，对他解释道："我们以前总说要是'触'动不了剧院经理，就没人会去看戏，我们也就'发'不了财了。"

"触动剧院经理可比让观众去看戏难多了，"卡彭特补充说，"我相信傻瓜都能写剧本，但是只有才华横溢的人才能成功地将剧本搬上舞台。"

一个眼睛乌溜溜的美女轻快地走上舞台。

"魅力巨星终于来啦，"哈里·布拉克特说，"我们总算可以开工了。"

"我来迟了吗？"美女一边问一边走上前来，"大家都在等我吗？"

"亲爱的，你只晚到了二十分钟，"舞台监督看了看表说，"我们的确都在等你。"

"那就好，"她微微一笑，回答，"我们还有一整晚的时间呢，对不对？"

提词人拍了拍手，大声喊："第一幕！"两个一直坐在舞台侧翼的男人站起身走到台前。两人的胡子都刮得干干净净，看不出具体年龄。德雷瑟先生也跟他们一起走来，从他的举止可以看出，他比平时越发紧张了。一个保养得很好、年纪稍大的女士从前侧包厢下方过道边的椅子上起身，穿过那扇隔开观众席和舞台的门。她的身后跟着一个纤弱、优雅，长着明亮的蓝灰眼睛的金发姑娘。

"卡斯尔曼太太，马文小姐，"提词人跟她们打招呼,"现在全体准备就绪。"

接下来就到了正式排演的时间了。卡斯尔曼太太走到舞台中央,拿起一份报纸,大声念出上面的日期,说自打男主人和女主人盛怒之下分道扬镳已经过去整整五年了,还说尽管这儿离纽约只有不到一小时的路程,这五年来他俩却谁也没再踏进这座老宅半步。这时,其中一个配角,一个笨拙的小伙子,就是原本站在舞台侧翼的二人中的一个,拿着一份电报走上来,递给卡斯尔曼太太。她拆开电报,大声读电文:男主人将在当天傍晚早些时候到家。随后,马文小姐,长着一双明亮的蓝灰眼睛的姑娘,拿着一封打开了的信走上前来告诉卡斯尔曼太太,女主人终于要回家了,当天下午晚些时候就到。排演就这样一板一眼地进行着,每个人都全情投入。演员们的台词会时不时地被舞台监督打断。"把最后一场再过一遍,"他下达指令,演员们就会回到原位,重新开始。"亲爱的,等他上台之后你再走过去。而且,他说'这是什么意思'的时候,你别抢话。稍等一下,然后再说出你的那句旁白'他能怀疑什么呢?'要沙哑着嗓子小声说。明白?"

终于,雪橇铃铛的叮当声响了起来,管弦乐队的配乐起先轻柔舒缓，随即渐强直至终结于一个短促的强音，接着黛西·福斯特尔小姐推开舞台后部的大门，初次亮相。发现所有人都吃了一惊时，她甜甜地笑了，说："我看出来了，你们没料到我会回来——但愿你们都很高兴再次见到我。"

这时，一个蓄着又浓又黑的小胡子、面如死灰的瘦男人上前一步，面对五年未见的妻子。"我们都很高兴再次见到你，"他不得不说，"真的非常高兴，更高兴的是，你看起来气色这么好，精神头这么足！别离并没有暗淡你眼中的神采，也没有——"说到这儿，高瘦的演员停住，犹豫着。"我不知道这段台词有什么问题，"他不耐烦地说，"但我就是记不住。我从没说过这么拗口的台词！"

提词人告诉他接下来要说的话，就再没人关注这个小插曲了。

两位作家正坐在脚灯中间的桌子边，哈里·布拉克特对卡彭特嘀咕："斯塔克越来越自大了，是不是？就是个只顾耍帅却不记台词的新手，还真把自己当回事儿呢！"

接下来是一场重头戏，妻子用诙谐轻松的语气给丈夫讲述分居五年来她的所作所为，最后宣布一条令人震惊的消息：她在南达科他州待过六个星期，并且在那里设法办理了离婚！不过，《一触即发》的详细情节就无须在此透露了，总之，这部新排的美国喜剧正在一幕幕地展开。临近幕终的时候，谢林顿敦促演员们加快表演节奏，好在一个出人意料却精心设计的突发场景中迅速落幕。

第一幕结束之后，舞台监督又让大家把末尾那段重排了两遍，确保首演的时候万无一失，随后，舞台被打扫一空，为第二幕的布景腾出了地方。

卡彭特望着这个优雅的灰眼睛女孩回到昏暗的观众席上，在她母亲身边坐下。他的心突然怦怦直跳，他不知自己何时才能鼓起勇气告诉她，他爱她，并请求她嫁给他。接着，他也走下舞台，坐到这对母女身后的椅子上。

"洛兰夫人，您今晚能过来真是太好了，"他说，"我觉得，有您的女儿在我写的这部戏里表演，似乎能给我带来好运呢。"

"荒唐！"马文小姐笑着说。

"玛丽告诉过我这部戏写得有多妙，"年长的演员回应，"其实比她形容的还要好。有些地方的对话非常精彩，角色的反差恰到好处——更重要的是，整出戏上演效果非常好!情节带动演员入戏,演员的发挥空间很大。明晚一定会演出成功!"

"这是一部很好的戏,"玛丽·马文断言,"我觉得我的角色可爱极了!"

他还没来得及表示恰当的感谢,洛兰女士就接着说:"的确,玛丽的角色很迷人。而且我觉得她也会演得很好!"

"肯定会!"他毫不犹豫地大声说。

"我觉得戏的内涵比我原先料想的要丰富,"玛丽的母亲说,"现在戏也看了,我今晚会帮着玛丽把她的角色再过一遍,给她示范一下怎样处理角色。我正等着看第二幕里她和福斯特尔的那场对手戏呢。我觉得在那场戏之后,玛丽应该和她一起出来谢幕了。事实上,我不敢保证她不会抢掉福斯特尔的风头。"

"哎呀,妈妈,"女儿插话道,"那可不行!那我还不得明儿一早就收到两周后解约的通知?我可不想在演出季刚开始就砸了饭碗,现在各个剧团都人员齐备了。"

"要是你们一个多月都没什么上座率的话,你确定这个福斯特尔的班子还能每周都发薪水吗?"洛兰女士问道，声音里透出一丝焦虑。

"我觉得泽凯·基尔伯恩还行，"剧作家回应，"去年，他靠那部进口情景剧《医生的女儿》赚了大钱。再说，他是有资助人的。"

洛兰夫人微微一笑，露出了漂亮整齐的牙齿。她年纪虽长，却仍然是个美人儿，身材姣好，银发如冠。

"资助人？"她又问，"但谁又来资助这个资助人呢？我听你的朋友布拉克特先生说，嗓门大的鸟儿不聚财。"

卡彭特热切地回答："我真的认为基尔伯恩很有实力，不过我估计很大程度上的确取决于这剧是否迎合大众口味。纽约这里有空档期，要是《一触即发》受人追捧的话，他们就能在这里一直演到圣诞节。总而言之，要是我们这部戏大受欢迎，薪水就一定能按时发放。"

"我希望它一炮而红，"洛兰夫人回答，"也是为了你好。你们没把这部戏卖断给剧院吧？"

"当然没有，"年轻的剧作家回答，"哈里·布拉克特是业内的老油条了，不会做这样的傻事。只要一周的演出收入超过四千美元，我们每晚都能分成。只要它能一炮而红，我们就等着挣大钱了。洛兰夫人，您觉得希望有多大呢?"

"第一幕还不错,"她答道,"我现在只能说这么多。等我把三幕戏全看完再来问我吧,到时候我会告诉你我的意见,而且我相信自己能非常准确地预测它的命运。"

这时,第二幕的场景已经布置好了。展现的是一座小山顶上的度夏小屋,俯瞰西点军校濒临的哈得孙河。这个场景不仅美丽如画,还设计巧妙,可以营造出生动的舞台效果。

第二幕快开始的时候,卡彭特陪着马文小姐返回舞台。

他刚穿过隔开观众席和舞台的那扇门就迎面撞见了德雷瑟,后者正焦躁地来回踱步。

"哎呀,卡彭特先生,"他喊道,"看见你真是太好了!我想听听你的建议。你看,毕竟是你写的剧本,你应该能说了算。在我和马文的这场戏里,我是真爱她呢,还是不爱呀?谢林顿说我爱着她,但我觉得要是我当时并不爱她的话会好笑很多——这样一来,最后一幕就会更加出彩。你意下如何?谢林顿非说照他说的那样演会更戏剧化。我不否认这一点,但是那样就不好笑了,是不是?"

卡彭特就这个问题给出了自己的意见之后,德雷瑟才放他走。但他还没走出十码远,就又被卡斯尔曼太太叫住了。

"卡彭特先生,"这位老演员开口说,一副惯常的高傲作态,"你觉得我在第一幕里应该如何装扮呢?她是个管家,对吗?所以我觉得我应该穿一条围裙。"

年轻的剧作家表示,他也认为管家在第一幕里穿一条围裙是得体的。

"但是帽子就不用戴了吧?"卡斯尔曼太太追问。

卡彭特表示,帽子是没有必要的。

"谢谢你,"卡斯尔曼太太说,"你瞧,我此前向来只和正统戏剧打交道,所以碰到这种事情就不知道如何是好了。"说到这里,她突然一顿,连忙改口道:"哎呀,请你见谅,卡彭特先生,我真的无意暗示你的这部迷人的话剧不正统——"

剧作家哈哈大笑。"你不用道歉,"他说,"我倒觉得《一触即发》不正统得连亲生父母都认不出它了呢[※1]!"

第二幕的排演终于开始了,两位作者同舞台监督一起

※1 原文illegitimate有"不正统"、"私生"等意思。

坐到小桌边。

有一两次,谢林顿就删除某些台词的问题向他们征求意见。

"我总说,台词要能砍则砍,"他解释道,"台词少了,观众的哈欠也就少了。"

但有一次他叫停了排演,却建议加一句话。"你得把这个复杂的情况解释得明明白白,"他说,"我认为,在这个地方解释最合适。你要想让他们明白德雷瑟会在下一场戏中把马文误认为是福斯特尔,你就得在这里加一句,铺垫一下。"

两位作者草草商议了一下,卡彭特便拿出笔记本和铅笔,匆忙写下一句话给布拉克特过目。

"这样挺好,"谢林顿说完,将台词大声念给德雷瑟听。德雷瑟向卡彭特借来铅笔,在他那个角色的台本里写上新台词,并大声质疑自己能否在头一晚就把新台词记熟。

几分钟之后,谢林顿再次打断演员们的表演,坚称落日效果需要好好调整一下,以便烘托对话。

"这个场景中,在福斯特尔身上,我想要一种柔和的玫瑰色调。"他说明。

"太对了，"黑眼睛的明星笑道，"那应该和我的气质很相称。"

"在和马文配戏的场景里，我想让这色调跟蓝色的月光形成对比。"舞台监督说。

"太对了，"黛西·福斯特尔表态，"我往舞台中央那么一站，你就让彩光灯全打在我一人身上！"

"我们最好回到你出场的地方，"谢林顿决定，"把这场戏再从头过一遍。"

男女演员顺从地回到黛西·福斯特尔在那一幕亮相时各自所在的位置上。得到登台的提示后，她爆发出一阵矫揉造作的笑声，走上前来。

"这阵笑声非常好，"谢林顿称，"——比上次的好。你要尽可能笑得很假、很虚伪。记住你的处境：你的心上人背叛了你，你在强装镇定，但其实心都碎了。明白吗？"

大明星又笑了一次，其中的造作虚伪更加明显。

"亲爱的，就是这样，"舞台监督说，"你就一直这样笑着穿过舞台，然后跌坐在那边的椅子里，最后让笑声渐弱，变成一阵啜泣。"

大明星回到刚才穿过的那扇粗木门旁边，又笑起来，并向前走去。她穿过舞台，瘫坐在一张椅子上，哽咽起来。

卡彭特上前一步，在谢林顿耳边窃窃私语。这时，福斯特尔小姐马上坐直了，满腹疑虑地问："搞什么呢？有什么就大声说出来，别嘀嘀咕咕的！"

年轻的剧作家连忙解释。

"我只是想建议谢林顿，不妨把那张椅子转过来一点儿，这样你就不会侧对着观众了，观众才能更好地看到你的全脸。"

"我得承认，要是剥夺了他们欣赏的机会，那就太遗憾了。"女演员缓和下来，和舞台监督一起把粗木椅子转了转。

随后，她再次跌坐到椅子里开始抽泣。

马文小姐登上舞台，自言自语道："多么美妙的傍晚啊，多么壮丽的日落呀！"说完，她静静地站在那里欣赏起来。

黛西·福斯特尔小姐又抹起眼泪，哭哭啼啼地说："我现在还剩什么活头呀？"她回头看了看另外那位女演员，又用正常的声音说："你会容我在山上待一阵子，让我自己好起来的,对不对?"随后又用刚才的哭腔继续道:"我现在还剩什么活头呀?我的心都碎了!我的心都碎了!"接着,她又换用日常说话的语气问舞台监督:"这样可以吗?够入戏了吗?"

接下来他们该排演整出话剧里最重要的一场戏了——魅力巨星(布拉克特惯用的称呼)和卡彭特暗恋的姑娘之间的对手戏。两位演员和她们各自扮演的角色都十分相配。尽管卡彭特对黛西·福斯特尔并无好感,他却对她在演绎这个精彩片段时表现出的精准判断和娴熟演技感到几分惊讶。与此同时,温柔的玛丽·马文在角色反差中展现的微妙气场让他十分着迷。

排演就这样艰难地进行着,谢林顿独揽导演大权,命令某些场景快快演,又要求某些场景慢慢来,好让观众有时间明白剧情。卡彭特或布拉克特时不时地提一点建议或意见,但要是谢林顿态度坚决,他俩也只得妥协。舞台监督督促一班演员好好演戏,把他对剧本的理解强加给他们,那情形好似乐团指挥带领他的一班乐手在演奏交响乐。

第二幕从头到尾排演完了,最后那场戏也重复了三四遍，直到顺溜得如同上好油的发条钟，然后舞台又被一清而空，以便进行第三幕的场景布置。

谢林顿陪着马文小姐穿过前侧包厢后面的门，来到昏暗的观众席。

"那场戏你会演得特别好的，"他说，"不过，你一定要有自信。"

"这真是个美妙的角色，你说呢？"她热情地回应，"我还没有演过这么令我享受的角色呢！"

卡彭特正准备到台下去告诉玛丽，听她亲口说出他写下的字句令他感到多么快乐，忽然，他的合著者拍拍他的肩膀，叫住了他。他一转身，哈里·布拉克特就凑到他耳边低声说：

"留神那个魅力巨星。她恐怕已经盯上马文的角色了。要是她怀疑那小姑娘会把这场戏的风头抢走，她准会大闹一场，让谁都不好过。我觉得我们最好过去跟她说，她演得比夏洛特·库什曼[1]还好。"

---

[1] 夏洛特·库什曼（Charlotte Cushman, 1816—1876）：19世纪一位非常成功的美国女演员。

卡彭特笑道:"小心别让她盯上你吧!要是她觉得你是在嘲笑她,岂不是更糟?"

"那倒不会,"哈里·布拉克特回应,"我们的魅力巨星对溢美之词可是来者不拒——没有她消受不了的。"

两位剧作家在舞台侧翼找到黛西·福斯特尔小姐的时候,她正站在那里同德雷瑟议论另一位戏剧界人士的怪癖。

卡彭特和布拉克特走近的时候,这位女演员正说道:"哼,她居然有脸对我说,我在台下比台上更有趣——那个贱人!我可不甘示弱。我跟她说,很抱歉我没法给她同样的恭维,因为她在台上比台下更无聊!"

两位剧作家跟着一块儿笑了起来,随后哈里·布拉克特开口了。

"你嘲弄的那位是你恨之入骨的死对头吗?"他问,"哈,要是她明天来看你在这部戏里的表演,那场工一定得在她的私人包厢里铺一块防水地毯,因为她看你在第二幕的表演时肯定会绝望得痛哭流涕。"

黛西·福斯特尔小姐朝他眨了眨大大的黑眼睛,高兴地笑了。

"就是，"她承认，"我相信，她看那场戏时肯定好受不了——难受归难受，演出结束后，她还是得过来和我握手道贺。"

"她大概会走个过场，"布拉克特回应，"她可不会热情到把手套握穿的。"说完，他悄悄地用手肘碰了碰他的合著者。

"事实上，"卡彭特一经提醒便开口，"我正要跟哈里·布拉克特说呢，我们给你写了这么一个高雅喜剧的角色或许是犯了个错误——"

女演员用怀疑的目光打量了他一下，但他却若无其事地说下去。

"看得出来，"他继续说，"你会把这个角色表现得精彩至极，你会一炮而红，评论家们都会催着你去演狄泽尔夫人和罗瑟琳[1]。他们会告诉你，你演现代戏根本就是浪费才华，你应该把精力都投入正统戏剧中去。"

黛西·福斯特尔小姐的脸上退去了怀疑的神色，又浮现出高兴的笑容。

※1 罗瑟琳（Rosalind）：莎士比亚的喜剧《皆大欢喜》中的人物。

"确实是这样,"哈里·布拉克特宣称,"我们生怕你凭借这个角色大红大紫之后,下一个演出季就只有谢里丹[※1]和莎士比亚才配得上你了。那不是把我们到嘴的面包给抢走了吗!"

女演员轻快地笑了起来。"我可不觉得你们会挨饿呢,"她回答,"倒是我有可能挨饿——如果我去演正统戏剧的话。倒不是说我从没演过正统戏剧,我很小的时候就在《暴风雨》中演过爱丽儿。我只能说,可不好演哩。我觉得爱丽儿真是个很难演的角色,而且台词里有种特殊的韵律,要是你在哪儿卡壳了,你可没法自己编一句应付过去,但是演你们这部剧的时候就不成问题。"

"没错,"布拉克特严肃地表态,"《一触即发》里的对白可不像《暴风雨》里的对白那样有韵律感。"

"我还演过《黎塞留》[※2]里的弗朗索瓦,"福斯特尔小姐继续说,"可我觉得,莎士比亚的这几个角色我一个

※1 谢里丹(Richard Brinsley Sheridan,1751—1816):英国戏剧家、政治家,以讽刺喜剧著称。

※2 《黎塞留》(Richelieu):英国剧作家爱德华·布尔沃·利顿(Edward Bulwer-Lytton)创作于1839年的剧作,但女演员误认为这也是莎士比亚的作品。

也不喜欢。"

"没错,"布拉克特再次带着无畏的严肃劲儿表态,"弗朗索瓦并非莎士比亚笔下的最佳角色之一。不管你当时多么没经验,这角色都配不上你。不过,话说卡彭特提到过的罗瑟琳,还有比阿特丽斯[1]——"

此间,卡彭特从德雷瑟的阵发性动作猜出这位演员想要插嘴,而又拿不准会造成怎样的结果,于是这位年轻的剧作家抽身出来,还设法拉上德雷瑟跟他一起离开。

他俩才聊了几句,卡彭特就望向观众席去寻找玛丽·马文。他看见她坐在母亲身边,这时洛兰太太正与谢林顿聊得兴高采烈。他欠了欠身,像是要离开德雷瑟,这位喜剧演员连忙恳请他留待片刻,探讨一些问题。

"跟第三幕里我的那段台词有关,我想提一点建议,"演员说,"这段台词非常好,而且我觉得我能轻易挖掘出三个笑点。你记得那段台词吧?我指的是关于三个老女佣的那段:'我们镇子里有三个老女佣,第一个其貌不扬,第二个朴实无华,第三个奇丑无比。每当她们一块

---

[1] 比阿特丽斯(Beatrice):但丁《神曲》中的人物。

儿出门上街的时候，那里所有的钟都会停摆。她们的父母给她们受洗时起名为信心、希望、仁爱，但男孩子们总管她们叫战争、谋杀、猝死。'就是这里，当我说出'那里所有的钟都会停摆'的时候，要是乐队能同时轻轻奏响《爷爷的大钟》[※1]的旋律，岂不是更能烘托笑点吗？你觉得怎么样？这可是我自己想出来的！"

剧作家沉默了一两秒钟，然后让演员去请教刚刚返回舞台准备开排第三幕的舞台监督。

新场景很快就布置好了，家具都已各就各位。最先出场的演员是面容枯槁、暴躁易怒的斯塔克。他一开始说得很流利，但不久就打了个磕巴，接着，他不顾两位作家在场，不耐烦地喊道："哎呀，我记不住这句台词！我也不知道它是什么意思！怎么能指望一个人张口说出这种垃圾话？"

和刚才一样，没人在意他耍脾气，而这个演员也没再废话，继续演下去了。

※1 《爷爷的大钟》（Grandfather's Clock）：发表于1876年，美国著名歌曲，歌词中提到墙上的大钟在爷爷出生时开始运转，在他死去之后停摆。

随后，德雷瑟走上舞台，两位男士的相互误解加深到了纠缠不清的地步。斯塔克扮演的角色认为德雷瑟扮演的角色是黛西·福斯特尔角色的舅舅，是一名士兵。同样地，德雷瑟认为斯塔克才是那位女士的舅舅，是一名水手。因此，他们分别用士兵和水手的说话方式称呼对方，笑料也由此猛增。当误解达到高潮的时候，黛西·福斯特尔突然走了进来，立刻发现自己被卷入这场滑稽的困局，怎么也解释不清楚。

舞台监督发现德雷瑟漏掉了一句话，给他提了个醒。"你没说'真该死！'"他说。

"我知道，"演员解释，"但我想留着在下一段台词里再说。这句话在那儿说更有感觉——你琢磨一下是不是？"

谢林顿也认为"真该死！"放在后一段话里的效果更好。这个调换得到了批准，德雷瑟感到十分满意。

斯塔克、德雷瑟和黛西·福斯特尔相互误解的这场戏十分重要，所以舞台监督让大家重排了两遍，直到他们能流利地说出每一个词，不假思索地做出每一个动作。就这样，排演接近了尾声，谢林顿进行了最后的润色，看上去总算对他的劳动成果感到相当满意了。

这出喜剧的最后一句台词毫无疑问是由大明星来说的，不过在得到提示之后，福斯特尔小姐只简单地说了一句"完结"。大家心里都清楚，要是在某部戏剧排演的时候念出了最后一句台词，那可太不吉利了——就跟往舞台上放了一把雨伞或者引用了《麦克白》里的台词一样不吉利。

"齐活，"舞台监督说，"我相信明晚一定会演出顺利的。"

排演在这句话中正式结束，人们开始散去。

"但愿一切顺利，"哈里·布拉克特对卡彭特说，"而且我觉得没问题。不过，大概要等到下周三或周四，等售票处那个男的热情地过来和我握手，向我问安的时候，我才会信心倍增。到那时候，他就会知道我们创作的是不是一部好剧了！"

卡彭特帮马文小姐披上薄披肩。等她的母亲也过来之后，他们向众人道了晚安，一起离开了剧院。

他们走出剧院，走进这温暖的夜晚，此时的大街比卡彭特刚进剧院那会儿清静了许多。门前经过的缆车少了很多，大街上方的高架铁路上，火车的车次也不再频繁。街对面演艺场前的灯都已熄灭，那场盛大音乐会显然已经结束。月已西沉，他们还没走过一个街区，教堂的午夜钟声就响了起来。

走在洛兰太太身旁的小伙子终于打破了沉寂。

"呃，"他问道，"您现在觉得这部话剧怎么样呢？"

"我觉得它是同类话剧中的一部好作品，"年长的演员回答，"是这类话剧中的一部佳作，而且排得很好，演员们也会好好表演的。谢林顿知道怎么引导每个人发挥出最佳水平。它会是一部成功之作。"

"有没有好到会在这里连演三个月？"年轻的作家问道，"然后在演出季剩下的时间里去各地巡演呢？"

"噢，会的，一定会的，"洛兰女士回答，"一定会的。在这里少说也得演上一百场！"

他们在街角停下等缆车，这时谢林顿也加入了等待的行列。

卡彭特抓住这个机会，把女儿从母亲身边引开，来到了几步开外的地方。

"妈妈觉得这部戏会成功，真让我高兴，"女孩子开口了,"而且妈妈的判断一定不会错。你一定会赚很多钱的。"

年轻的剧作家觉得他的机会终于来了。

"我赚钱主要出于一个目的,"他回应,"我想请你分享一半。"

"一半?"她重复道,没听懂似的。

"啊,呃——是全部,"他飞快地应道,"再加上我。"

"卡彭特先生!"她叫道,绯红的脸蛋让她显得比之前更加可爱。

"你愿意嫁给我吗?"他热切地问。

"噢,我觉得我必须答应你,"她回答,"否则你就要当场跪在大街上了!"

(1895年)

盘上的蜡烛

年轻的彼得斯小姐最后看了一眼餐桌,桌上点缀着极富装饰效果的秋叶,她又确认了席位卡都已摆放到位。路过音乐室的时候,她匆匆照了照镜子,看到脸颊上的红晕后露出了微笑。她来到雇主——那个发福的女主人身后谨慎地站好,恭候陆续到来的宾客。她注意到今晚众位宾客聚会的主角——那位年轻的爱尔兰男士开朗热情,很显然心里也倾慕其俊美的容貌。现在,她正一声不吭地坐在餐桌边她的座位上,心里暗暗揣测,不知那外来客会如何看待他们这群人。

要说坎顿太太家的晚宴向来沉闷无聊,对这位可敬的寡妇来讲是有些不公平的。不过,尽管烹饪水平一流,而且宾客都精选自社交界的核心圈子,但不可否认的是,菜品的种类有些单调,讨论的话题也缺乏新意。不过那天傍晚在座的宾客当中,有几位却是首次荣幸受邀来到这上层人士的宅邸参加晚宴。九月刚过,大多数社交名流都还在城外避暑之地流连忘返,因此,当坎顿太太突然收到曼宁顿勋爵为潘切斯顿勋爵的弟弟吉尔伯特·巴里阁下所写的介绍信而不得不设宴招待时,她一度为补足宾客人数头疼不已。她听说,这位英俊的爱尔兰人在莱诺克斯颇为成功,所有的女孩都为之倾倒。曼宁顿在信中写道,这位年轻人酷爱造访贫民窟一类的地方,并提到他一直住在汤恩比馆[1]里,因此,他恳求女主人把他介绍给纽约的那些热衷于提升下层社会状况的人士。

正是因为曼宁顿勋爵信里的这句话,坎顿太太才邀请了小说家鲁珀特·德勒伊特,因为她恰好读过他的一篇文章,描写的是居住在意大利区里的那些可怜人身上发生的故事,她觉得要是巴里先生想了解纽约贫民窟,鲁珀

---

[1] 汤恩比馆(Toynbee Hall):1884年创立于伦敦,旨在团结社会各界的有志之士参与社区改革,做出反贫穷的努力。

特·德勒伊特一定能解答这位爱尔兰青年的所有问题。同时，她还有幸请到了吉米·苏达姆夫妇。她知道吉米太太对穷人十分关心，经常充当女资助人什么的。最后，当年轻的彼得斯小姐进来抄写邀请函、核对支票簿、回复堆积如山的信件时，坎顿太太检查完宾客名单，一言不发地盯着这个年轻漂亮的秘书看了一阵，说："要找准并请到主宾想见的人可不那么容易。彼得斯小姐，要不你也来作陪吧？你不是参加过那种组织吗？叫什么来着——打工女孩俱乐部——是不是？"

"我自己就是个打工女孩，对不对？"彼得斯小姐回答，"而且，能有事干我就十分高兴了。"

"要是德勒伊特先生对这些人有什么不了解的地方，你可以跟他讲讲。一位爵爷的弟弟居然会为大西洋这边的这种事情操心，多荒唐啊，是不是？"坎顿太太回应，"那就这样定了。"

尽管这位南方女孩不欣赏女主人提出邀请的方式，但她并没有拒绝，反而乐得借机重温一下过去的奢侈生活，自从她赚钱谋生以来，那种生活就离她远去了。就这样，十月的那个傍晚，她默默地坐在那张餐桌旁，对面就是吉尔伯特·巴里和鲁珀特·德勒伊特。她好像没有注意到年轻的爱尔兰人不止一次带着明显的仰慕神情向她望过来，还千方百计地诱导她加入谈话。

鲁珀特·德勒伊特一个人滔滔不绝，这让彼得斯小姐感到恼火。他的嗓音很刺耳，让她心烦意乱，她也十分嫌恶他使劲撅着方下巴的样子。她听着他口若悬河，虽然说不上自吹自擂，但让人觉得他比别人懂得都多。他确实能时不时地描绘出一桩极具画面感的事实，因为他有着记者的敏锐眼光。他还有新闻工作者那种无忧无虑的天性，在他的喋喋不休中充斥着对现实状况的多种荒唐误读，以至于让她想起了一个嗓子不错却难免跑调的歌手。

"我并不想装作自己把纽约里里外外、上上下下摸了个透，"他说，"不过说起对我们这座多语混杂的城市的研究，那真是令人着迷呀，你钻研得越深入，就越有可能获得不可思议的发现。你知道我们这儿有个意大利区吗？"

这个问题大概是冲着不列颠客人问的，但回答者却是吉米·苏达姆太太。

"当然知道了，"她说，"谁没读过你写的那个惊心动魄的故事？——那个故事有个吓人的标题——'死地之景'。"

听到这位如此貌美的女士、如此高端的社交精英这样夸赞自己的一篇文章，作者脸上流露出骄傲的神色。

吉米·苏达姆先生向坐在他右边的坎顿太太侧身说道："真搞不懂我太太是怎么做到的，是吧？你瞧，她什么事儿都落不下——什么书都读——什么都知道。"

"我并不是有意想让您回想起我写的那篇小玩意儿，"德勒伊特继续说，那副自鸣得意的样子让年轻的彼得斯小姐恨不得用大头针扎他，"这并不是重点，不过我确实下到意大利区待了两天，为写文章亲身领略那儿的地方特色。不过有一点您不知道，我敢说在场诸位都不知道，那就是，这座城市里的部分土壤是从意大利运过来的。"

"真的呀，"不列颠客人评论说，"那倒的确很有意思。我猜，这是出于某种宗教动机吧——正如中世纪的某些教堂墓地会使用从圣地巴勒斯坦带回的泥土一样？"

"这无疑是个更浪漫的缘由，"说书人解释道，"不过真实原因恐怕十分无趣。纽约这里的意大利土壤是作为压舱物带过来的，那些船过来是要把这里出产的面粉谷物运回去。哈莱姆区[※1]那边有很多很多地块都是用这种压舱物填埋的——主要是石头，但也有一些泥土。"

"辉煌的热那亚为纽约帝国城奠定了地基，"年轻的爱尔兰人用略显华丽的辞藻说道——而彼得斯小姐猜测德勒伊特已在心里记下了这个人物的特点，以便日后详细刻画。"那么，纽约城下方是否也像那不勒斯一样藏着一座火山呢？——说到火山，好像欧洲每座伟大的城市都有火山。你们这里有没有贫穷、悲惨、不满的劳苦大众在怒火中烧，就像在巴黎公社领导下闹得沸反盈天的那群人一样？我最想知道的就是这个。"

"我们这儿有自己的魔鬼大锅，你说的是这个意思吧，"德勒伊特回答，"而且我们这儿有来自全球各个角落的人，都在帮这口大锅保持沸腾。我们这儿有上千的俄罗斯犹太人，他们的生活方式和在栅栏区[※2]的时候别无二致。我们这儿的中国人多得足以维持一家中国戏院的运营。我们这儿的叙利亚人实在太多，他们已经开始为自己

※1 哈莱姆区（Harlem）：纽约的黑人区。
※2 栅栏区（The Pale）：18世纪末，沙俄政府在边远地区划出的犹太人聚居地，以限制犹太人的活动。

抢占某些街区。我们这儿的爱尔兰农夫胆小又多疑，他们就算到了鬼门关也不愿意去医院，因为他们坚信医生都会备一瓶毒药，碰到麻烦的病人就让他们喝下去。"

"我觉得他们住在宽敞的医院比待在闷热狭小的出租屋里会舒服得多，"吉米太太说，"况且他们在自己家里也得不到像样的看护呀，对不对？"

"穷人是最不讲道理的一群人了——而且还忘恩负义，"苏达姆先生补充道，"至少我是这么认为的。"

"他们在自己的出租屋里可没你想象的那么糟糕，"德勒伊特解释，"如果有人生病了，会有别人帮忙照顾孩子。"

"普天之下和衷共济的母爱啊，"吉尔伯特·巴里议论。彼得斯小姐估计那个说书人又在心里暗暗记下了这句话。

"他们真让人无法理解。"德勒伊特说。

"为什么呢？"彼得斯小姐隔着桌子冷不丁问了一句，让所有人都吃了一惊。年轻的爱尔兰人露出鼓励的微笑，这位漂亮姑娘之前不肯发言似乎让他一直感到愧惜。

"你问他们为什么让人无法理解？"说书人重复道，

"我实在是不知道为什么。他们都是难解之谜,全都是,而我也不打算搞懂他们了。"

"难道不是因为你坚持用那样的眼光看待他们,把他们看成陌生的野兽吗?"年轻姑娘继续说,"你谈论他们的方式,就好像他们和我们截然不同。但他们和我们并无不同,不是吗?他们和我们一样有感情;他们和我们一样,也会恋爱,结婚,争吵,死亡。出租屋里的罪行并不比城市别的地方更多——你别忘了住在出租屋里的人远远多于住在别处的人。那里的欢乐不比别处少,悲痛也不比别处少。我认为,那里的幸福跟别处一样多,而乐趣则多得多。他们并不是低等动物,听到别人那样说他们,我就气得发疯。不管怎样,他们都是人——如果你无法理解他们,那是因为你就没打算把他们作为平等的人来对待。"

"我也这么认为,"爱尔兰人表示赞同,"我们必须在人道的层面去关怀他们——只有那样才能让他们敞开心扉。"

"我们凭什么指望人家对我们敞开心扉呢?"彼得斯小姐继续说,"我们自己也不对陌生人敞开心扉呀,是不是?"

"千真万确，"巴里承认，"有时候我会觉得，我们随随便便闯入一个穷人的屋子是不是太无礼了。我想我们可不会欢迎他闯进我们自己的房间。"

"我觉得你的这个提议倒十分有趣，"吉米太太宣称，"我会满心欢喜地期待五岔路派遣传教士来第五大道[※1]的那一天。"

"多荒唐的念头！"坎顿太太嫌恶地叫道。

"拜托，"爱尔兰人回道，"我否认这个提议是我提出的，但它并没那么荒唐——真的不荒唐。他们能教给我们许多东西。我还真说不准，到底是他们能向我们学到更多东西呢，还是我们能向他们学到更多东西——我真的说不准。说起基督教精神——实践的基督教精神——之类的——我觉得吧，在穷人中有这种精神的比富人要多。"

"如果你想目睹纽约底层生活的生动画面，"德勒伊特插嘴道，"那你一定要找个机会去看看盘上的蜡烛。"

"盘上的蜡烛？"巴里重复道，"我从来没听说过。"

※1　第五大道（Fifth Avenue）：纽约的高级住宅区和名媛士绅聚集的场所，后逐渐形成高级购物街区。

"听起来像是迷信传说的标题,那种从欧洲移植过来在美洲幸存下来的迷信。"吉米太太说道。

"这不是迷信,只是一个习俗而已,"德勒伊特解释道,"至于是不是移植过来的遗风就不知道了。要知道,我自己从没见过这种东西,我只是听人说起过。我听说在出租屋片区,要是哪家人交不起房租被房东赶了出去,少得可怜的家具也都被扔到人行道上,他们不知道当晚可以去哪里过夜,这时候就会有一个邻居拿出一支蜡烛,点上,立在一个盘子上,然后托着盘子站到人行道上去。看到这个迹象,大家就都知道有个家庭陷入了痛苦的不幸之中,路过的人都会往盘子里丢几个硬币,直到积攒了足够的钱来还清拖欠的房租,让那可怜的母子回到出租屋里去。"

吉米·苏达姆太太苦笑一声。"那种事情在切里山[※1]还有可能发生,"她说,"但是在默里山[※2]绝无可能,对不对?想想看,一个破了产的百万富翁站在街角,手托银

※1 切里山(Cherry Hill):位于纽约附近的新泽西州。
※2 默里山(Murray Hill):纽约曼哈顿的一个富人区。

盘，上面放个小灯泡，指望路过的千万富翁给他扔一两张支票去付清房租，这也太荒诞了吧！"

"我还以为给你们描绘了都市生活中的新奇一景呢，"德勒伊特笑答，"但您一开这样的玩笑，就把整个画面都糟蹋了。"

"这真是非同寻常，"巴里说道，"确实非常奇特。'一支小小的蜡烛，它的光照射得多么远。'[1]我觉得这个习俗并非是从爱尔兰或者英格兰传过来的——至少，我没有听说过任何类似的事情。"

"我听一个爱尔兰老妇人抱怨过，说这里对租客的法律比她故乡的要严厉得多，"彼得斯小姐语气坚定，紧接着以那位爱尔兰老妇的口吻补充道，"'在那边儿呀，租客们一定会联合起来抵制房东，他们一定会的，兴许还会朝房产中介开枪呢，但在这儿是办不到啦——这儿有警察，这帮倒霉玩意儿！'"

"你见过盘上的蜡烛吗？"巴里隔着餐桌问她。

"从没见过。"她回答。

※1　引自莎士比亚《威尼斯商人》。

"那你听说过吗?"德勒伊特问道。

"今晚是第一次听说。"她回答。

"你不会是说,你不相信有这种习俗存在吧?"吉米太太问,"那我们的幻想岂不是一个接一个地破灭了?"

"我当然不知道了,"女孩回答,"我在那边工作的时间并不长——去年二月才开始的。不过这听起来像是假消息,我以前当记者的时候,我们在报社里常这么说。"

吉米·苏达姆太太今晚是第一次和彼得斯小姐见面。这时,她好奇地打量着这个姑娘,很想知道曾经当过记者,现在和穷人住在一起,又居然在坎顿太太家出席晚宴的她到底是一个什么样的女人。

此时,女主人正在向苏达姆先生低声介绍说彼得斯小姐是个南方姑娘,出身于好人家,以前常常用"波莉·珀金斯"的笔名为《每日播报》的周日版写稿子,但她去年冬天辞掉了那份工作,来到这里给她当起了秘书。

"假消息?"爱尔兰人兴冲冲地重复道,"这是你们那种美式英语,对不对?我得把这个记住。假消息——到底是什么意思呢?"

"意思是子虚乌有的事物,"德勒伊特解释道,声音里透出一丝酸涩,"彼得斯小姐并不相信有盘上的蜡烛这回事,但她太客气了,不说我讲的故事是瞎编,所以才说它是假消息。"

"哎呀,德勒伊特先生,"她回敬,"你自己还当过报社记者呢!"

"说起你们的报纸,"巴里插话,"我必须承认,让我有些困惑。那些报道都非常精彩,非常及时,非常吸引人,但你永远不知道报纸可不可信,对不对?有时候报纸干的事真是糟糕透顶。"

"你恐怕会发现,连美国人也没有几个会为我们的报纸辩护,"说书人说道,他总是对曾经当过记者抱有一丝羞愧,"不过,你刚才想到了什么糟糕透顶的事呢?"

"实在是匪夷所思的事,你知道,"爱尔兰人解释道,"比如这样的一件事。一两年前,有人给过我一份你们纽约的报纸——我记得好像是《每日播报》。我兴致勃勃地看了一遍,就像在看描写某个奇特的野蛮部落的文字一样,明白了吧?真是太离奇了。"

正当客人直言不讳时,年轻的彼得斯小姐恰好捕捉到了端庄的吉米·苏达姆太太的眼光,两人会心一笑。

"最让我震惊的是,"巴里继续说,"某个特约记者写的一篇长文,题目用大大的字母——"

"那叫爆炸性大标题。"德勒伊特解释道。

"爆炸性大标题?"爱尔兰人重复道,"这名字真是太贴切了。爆炸性大标题——真有意思!这篇文章有个很大的爆炸性大标题,讲的是一桩自杀案如何被查得水落石出。好像是有个工人阶层的穷姑娘陷入了麻烦,她不想给家族蒙羞,于是跳进了这儿的河里——哈得孙河,对吧?她精心筹划,以求不留下任何线索,免得被人发现。但她万万没有料到,这个特约记者有着恶魔般的机谋,会把事情查得水落石出,而这个记者也是个女人——至少我猜是个女人,因为文章署名'波莉·珀金斯'。"

吉米太太发现血液涌上彼得斯小姐的面颊,这个南方姑娘的脸红得就像装点这两个女人中间的桌布的枫叶。她还注意到鲁珀特·德勒伊特正带着掩饰不住的尴尬神色瞪着前面的盘子,而坎顿太太则有点坐立不安。

"报道称这个可怜人的遗体被送到了太平间,"巴里继续说,"但是没有人认领,于是县里出钱把她埋了。就在这时,这个记者使出了她那恶魔般的诡计。她猜测女孩的家人一定想亲眼看见遗体葬在圣洁之地的过程,于是下葬那天她也去了。她果然猜中了,有两个身穿黑衣的女人在那里,正是那个可怜姑娘的母亲和姐姐,她们以为没人认识她们、监视她们,所以毫不掩饰她们的悲痛。而这个密探尾随她们到家,查出了她们的名字,然后把整个事件都登上了报纸!我估计这伤透了母亲和姐姐的心,她们原以为死去姑娘的羞辱已随她的遗体被深埋地下,却发现羞辱又重新找上了门。我不否认这位女密探展现了极大的才能,但这是多么可鄙的事呀!冒险去伤害两颗慈爱的心——却又是为了什么呢?"

爱尔兰人提出了这个无法回答的问题,于是整个屋子陷入短暂的沉寂。随后,彼得斯小姐抬起头,直视他的眼睛。

"这就叫'抢先报道'。别的报纸都没有这条新闻,"她说,"而撰写那个故事的记者得到了每周五美元的加薪。"

"诚然,这是她应得的。"巴里回道,"可我觉得她拿到的是带血的钱。"

"我现在也这样认为,"彼得斯小姐回应,"我当时要是这么想就好了。我写了那篇文章,这就是我现在和穷人同住的一个原因,是为了尽量弥补对他们的亏欠。当然,我不能抹去我做过的错事,但我愿意尽力。"

屋里又是一阵沉默,最后吉米太太打破了沉默,转头去问坎顿太太是否会在马匹展览会上置办一个包厢。

等女士们离开餐厅之后,巴里在苏达姆身边的椅子上坐了下来。

"那个漂亮姑娘叫什么名字?"他问,"彼得斯,是吧?她竟然告诉大家她就是'波莉·珀金斯',要我说她还真是十分勇敢呢,对不对?我喜欢她。她真是好样的!而且她那一头浅发也相当迷人呢,不是吗?"

(1897年)

男人、女人
和马

那是一个暖融融的十一月傍晚,阵阵微风温柔地穿城而过,从这条河吹到那条河,风里没有丝毫冬季的寒意。梅里芒特·莫顿沿着麦迪逊大道轻快前行,穿过一条又一条窄街,望见一轮满月低低地挂在东方,又大又圆,月光如水。来到默里山的坡顶上时,他停下了脚步,尽情享受着眼前的景致,这景致与他在谋生之地目之所及的景观迥然不同,那是位于新英格兰的一座小小的大学镇,他在那里度过了大半生。灯火辉煌,车马喧嚣,大城市的气息在空气里弥漫,将他团团包围。他几乎能感觉到这座大都市的心脏就在他面前怦怦跳动。他发现自己又在患得患失,不知道当年从德国回来后便欣然接受那个教授职位算不算走错了一步，不知道当时他若照曾经的设想来了纽约，在这座商业之都的喧闹中奋力打拼，他的生活会不会更充实，更丰富多彩。

漂亮的花园剧院坐落在山坡下，一串闪闪发光的灯泡拼成一个已上演近百场的庸俗娱乐表演的名称，这条大道的这一段于是焕发出一种奇特的、不自然的光辉。抬头望去，只见美丽的塔楼高高耸立，直指纯净的深蓝色天空，塔楼的灯光照亮了自己的优雅身姿。大道上的马车堵成了长龙，塔楼下、剧院前的拱廊通道上人潮涌动，一些人胳膊下夹着大竞技场的折叠卡纸平面图，还大声叫卖着马展的门票。梅里芒特·莫顿与最新的潮流如此脱节，甚至不知道马展周即将迎来辉煌的尾声。但他对纽约足够熟悉，知道马展同时也是各色男女的展示会，而且人的亮相不仅和马的亮相同样重要，甚至更加有趣。他以前从未在恰逢马展的季节来过纽约，所以，原打算去大学俱乐部打发晚间时光的他决定抓住这个机会，见识一下碰巧对他来说十分新奇的都市奇观。

他从一位坚持不懈地向他大声兜售的票贩子那里买了一张入场券，走进了宽敞的大厅，里面是一段上坡路。

他穿过右侧餐厅的一扇门,顺着一截通往半地下畜栏的楼梯向下望去,看到了拴在那里的马匹。一股强烈刺鼻的马厩味钻进了他的鼻孔。随后,他走进一个巨大的圆形竞技场,在他头顶上方,长串的小灯泡勾勒出屋顶的每一根骨架。莫顿对这里的第一印象是光辉灿烂和巨大无比,第二印象则是永不停歇的喧嚣忙乱。从他身后的楼座上传来铜管乐队演奏的东方风格的进行曲,响亮又刺耳,然而这样的音乐也无法掩盖数千张嘴发出的乱哄哄的嗡嗡声。莫顿觉得这座巨型建筑好像被男男女女填满了,所有人都在说话,很多人还在走动。他觉得自己被拥挤的人群裹挟,正围着展览马匹的圆形场地外侧那高高的围栏缓慢绕行。人群挤得密不透风,他根本没法靠近围栏,也无从得知里面到底有没有什么可看的东西。

围栏边站着一溜对马多多少少有所喜好的人,他们似乎对围栏里的情况还算感兴趣。不过,挤在围栏和长排私人包厢之间的宽阔步道上的男男女女大都并不关注圆形场地,他们只顾盯着那些打扮得花枝招展的坐包厢的女士们。这位来自新英格兰的大学教授突然发现,在场的多数人并没有假装对马匹感兴趣,仿佛马儿天天得见,他们反而大大方方地盯着那些被包厢圈起来、一个挨一个坐着的时尚人士，这些人可不经常把自己暴露在大庭广众之下。坐在又窄又高的看台上被别人打量的那些人中，有的带着业余人士的拘谨，有的则在长期实践中学会了泰然自若。后者看起来好像习惯了受人瞩目似的，好像他们料定这是理所当然的事，好像他们来这儿的目的就是被人看。他们好像都彼此认识。莫顿突然觉得，他们显然都是某个秘密时尚联谊会的成员，他们有自己的手势和密码，有自己的一套密语，对那些没有被接纳的非该阶层成员，他们统统视而不见。他们会对迟来的圈内人点头示意，露出灿烂的笑容。他们之间的交谈没有片刻停歇，女人会探身和隔壁包间的熟人说话，男人会串到朋友的包厢去拜访。间或会有某个坐包厢的人从下面绕行的人群中认出某个熟人，不过大多数时候，两个阶层的人相互之间没有任何交流。

对莫顿来说，眼前的新奇景象吸引着他。这确实很新奇，都让他拿不准该如何理解这一幕了。看到那些明显很有钱，或许还很有势的人们居然心甘情愿地自我卖弄——很多人的打扮就像特意要引人注目似的——这让他大感不解。作为一名学过社会学的人，他发现这次的社会考察——以"社会"一词最狭窄的定义来理解——不仅有趣,而且很有教益。整件事的庸俗不堪时时令他大为震动,但最让他震惊的莫过于不小心听到一群打扮得过于招摇的女人用很大的声音议论一个叫"威利"的人。

"他真是个无耻的小坏蛋!"一位女士吵嚷。

"你可不能这么说,"一个高个儿灰发女人争辩,"你知道,他可是我的傍尖儿。"这一神来之笔让其他女伴嘻嘻哈哈笑个不停。

不过,展会上鲜有人和这群女士一样粗俗。实际上,莫顿发觉大部分被别人瞪得局促不安的男女显然都是有良好教养的人,令他惊讶的是他们居然愿意把自己放到这样一个在他看来十分尴尬的位置上。举例来说,很多服装扎眼、帽子奢华的姑娘本身倒是面容精致、神态腼腆,毫无疑问,她们很时尚,但她们也很有教养。莫顿觉得,这些纽约姑娘的主要特色也许就是时髦——时髦而非美丽。

在场女性的平均姿色很不错,尽管如此,他绕着这座巨型建筑走了半圈之后,却没见着几个能称得上美丽的女子。那些姑娘看上去或强壮,或健康,或活泼,或机敏,或迷人,但鲜有美丽的。此外,他认为她们明显都比同行的男伴优秀很多，不仅容貌更为姣好，连举止和智慧都更胜一筹。

莫顿惊讶地发现，这些男人当中，有些人对自身服装的关注不亚于在场的任何一位女性，他也不止一次地注意到，对女性服装的鉴赏并非局限于女性本身。

当他走到这座巨型建筑靠近第四大道的那一端时，他望见头顶正上方的一个包厢——他发现自己和其他人一样正盯着那儿看——那里坐着一位容貌出众、神色忧伤的美人，只有当她和站在座椅边台阶上的三四个年轻男子交谈时，才会露出一丝不自然的微笑。她的面容深深吸引了莫顿，而他身后的两个小伙子已经认出了她。

"看哪！"其中一人说，"那是赛勒斯·普尔夫人。她的裙子可真漂亮，你说呢？"

"向来如此，"另一个回答，"她是全纽约着装品位最高的女人。"

"确实，她总是打扮得非常漂亮，"先开口的那个回答，"不管怎么说，赛勒斯·普尔今夏从寡妇孤儿身上赚了那么多钱，够给他的妻子买这个冬天穿的衣服了。"

梅里芒特·莫顿见缝插针地绕着马展场地走了半圈

之后才头一次见到了马。当他来到第四大道那端时,挤在前面的人散开了,栏杆间的一扇门被推开,横在了步道中间,这时,马夫领着五六匹俊美的种马走出圆形场地。这位新英格兰的大学教授对好马十分喜爱,他的双眼紧随这些美妙的生灵,直到看不见为止。接着,他看到建筑另一端的空场上停着三驾马车,其中一架已经套上了四匹马,人们正把马匹往另外两架车上套。

他在那里站了几分钟,饶有兴致地看着那些人。之后他转过身,再一次随着拥挤的人群开始绕着圆形场地移动,直至走到票面座位之前都再没机会看到一匹马。他掏出那张小卡片又查看了一遍,发现自己的座位其实离入口很近,只是他进来的时候没往左走,反而往右才绕了这么大远。到这会儿,在包厢里展览的男男女女渐渐失去了新奇的吸引力,于是莫顿尽可能迅速地穿过人群,希望能及时赶到座位上去看马车比赛。

走到座位前的台阶下方时,他抬头一看,看到了一张熟悉的脸。在离他只有五六米远的一间包厢里坐着一位美貌非凡、气质高贵的女士,一位无可争议的美人。她大概将近三十岁,看起来却比两边的姑娘们还要青春靓丽。她身穿的服装结合了刻意的简洁设计与鲜明的个人特色，然而见到她的人却并不会在意她的装束，因为她的美貌让一切黯然失色，也让任何她有可能采用的装饰都显得理所当然。

她的姿态略带僵硬，或许透着一丝傲慢，但她微笑的时候却妩媚动人，正如她美得令人迷醉。

看到她的那一瞬间，莫顿怦然心动，心脏急促地跳了一两分钟。尽管已有近十年没见过她了，他还是一眼就认出了她。自两人上次见面以来，她并没有多大变化。无论在何处，他都会一眼认出她来。

而且，就算他不确定那就是她，一直在他后面绕场行走的两位年轻人之间的对话也会打消他的疑虑。

"吉米·苏达姆太太今晚可真漂亮呀，是不是？"其中一人问。

"她好好休养了一个夏天，"另一个回答，"她和她妈妈在圣莫里茨避暑，她丈夫吉米去找史丹尼赫斯特伯爵了。"

"他赶着马车从巴黎去了维也纳，对吧？"先开口的那个问，"我倒宁愿坐卧铺车厢——你呢？"

"我说不准，"对方回答，"驾着自己的马车跟史丹尼赫斯特那样谁都认识的人一道游遍欧洲，也真够神气的。我猜吉米觉得这样可以少花钱。另外，《笨拙》[※1]管他叫'漫游的耶户[※2]'，大西洋那边的人都觉得这个笑话妙极了。"

"这个笑话当然要让吉米破费了，"对方议论，"他们说史丹尼赫斯特伯爵只要能抓个美国人来付账，就绝不会自己掏钱。"

"嗯，吉米有自己的盘算，"另一个接茬，"而且他出得起这个钱。苏达姆老爹留下了一桩好买卖，而且吉米够聪明，知道不该插手。"

莫顿前方的人群刚才拥塞住了，但现在人群散开，一条通路出现在他面前。他退到一旁让身后的两个年轻人先过。他无法将视线从前方包厢里的那个美人身上移开。他不知道自己有没有勇气走上前去和她说话。他对她的记忆

※1 《笨拙》（Punch）：英国幽默周刊，1841年起在伦敦出版，带有资产阶级自由派色彩。

※2 漫游的耶户（Wandering Jehu）:出自《圣经·列王纪下》9章，公元前9世纪的以色列王，赶车甚猛。

是那么深刻，他记得她的每一次转头，记得她的每一次优雅的抬手，他清楚地记得他们最后一次见面时说的每一个字，难道她会忘记他？他觉得不太可能，然而又并非不可能——让他不能忘怀的，她为什么就一定记得呢？

正当他犹豫不决的时候，她包厢里的人开始四散离去。原本坐在她身边的一位姑娘站起身来，在两位小伙子的陪伴下走下台阶，从莫顿身边经过时，他们的对话传到莫顿耳中，原来他们要去下面的马厩里看一匹十分出名的马。另一个姑娘换到了包厢后排的座位上，和一位坐到她身边的年轻人相谈甚欢。苏达姆太太独自留在包厢前排。

她显然并不因为无人陪伴而觉得无聊，也显然毫不在意几英尺下的步道上往来的男女对她毫不遮掩的注目。她冷艳镇定地坐在那里，对一切都无动于衷、漠不关心，好像思绪已经飘远了似的。

莫顿终于下定决心，再次向前挤了过去。

当他来到离通往她包厢的楼梯仅仅一两米的地方时，她正好朝下看了一眼，恰巧捕捉到他紧盯着她的目光。她刚要转移视线，却又细看了一眼，随即认出他来，于是脸上绽放出笑容，还生起一抹淡淡的红晕。

莫顿脱帽行礼,她则点头致意,在他登上台阶来到她的包厢时,她热情地伸出了手。

"我真不敢奢望你还记得我,苏达姆太太,"他说着轻柔地握了握她的手,"我上次见你之后已经过去这么久了。"

"你怎么能以为我竟会忘记在你母亲家里度过的那快乐的一个月呢?"她回答,"人生中的快乐岁月并不太多,对不对?可不能随便让它们从记忆中溜走。你并没有忘记我,不是吗?那我又怎么会忘记你和你的母亲,还有那座小巧可爱的大学镇呢?"

"那一个月的时光,我无法忘怀,"他回答,"但那毕竟是很久以前了,我的生活一向平淡无奇,而你的生活却那么充实——再说,后来又发生了那么多的事。"

"的确,"她承认,"发生了太多的事。我结婚就是其中之一。但那并没有让我忘记你们全家对我有多好。你在这儿坐一会儿,跟我讲讲大学里和镇子上的新鲜事,好吗?"

"乐意至极,"他说着坐到她身旁的椅子上,"我该从哪儿说起呢?"

"说说你自己吧。"她这样要求。

"那倒不费时间,"他回答,"我没什么新鲜事。我本来就打算去德国——也许你还记得——就在那个秋天,在你离开我们之后。于是我去了,在那里待了两年,拿了博士学位,然后回到这所老校,他们给了我教授职位——就是这样。"

"我觉得这就够了,"她回答,一双黑眼睛真诚地看着他,"你有你要做的工作,你也去做了。你清楚地知道自己应该从事什么,并且能够从事它,我觉得人生中没有比这更好的事情了。"

"我想你是对的,"莫顿承认,"归根结底,我发现,艰辛的工作往往带来最大的快乐。不过,我也能从无所事事中获得实实在在的乐趣。我记得你和我们在一起的那个月里,我们并没有踏踏实实地工作,但我们无疑过得非常愉快。至少我很快乐!"

"我也是,"她表态,微微挺了挺身,带着愉快的回忆笑着说,"我很享受在你们家度过的每一分每一秒。我多么希望如今也能有这样的快乐时光!"

"难道没有吗?"他问。

"不常有,"她回答,"也许根本没有。"

"真让我惊讶,"他回应,"我还以为你是朝朝暮暮受款待,月月年年有宴乐呢。"

"确实是,"她解释说,"但是宴乐并不一定有乐趣,对不对?"

"理论上说应该有,不是吗?"他回答。

"也许理论上是这样,"她承认,"但我相信实践中并非如此。"

"我知道我们那个小小的大学镇远离发展轨道,"他继续说,"但有时,我们也会留意文明的信使——纽约的星期日报纸。而凡是我收到的报纸上,都一定会刊登你去这个晚宴舞会、去那个化装舞会的消息。我断定你生活在一种无休止的快乐之中,就像旋转木马一样转不停。"

她再次微笑,笑容里没有悲伤,只有一丝不易察觉的厌倦。"晚宴舞会是当下的时尚,"她说,"要说有什么事比时尚更荒谬,那就是浪费精力去反抗时尚。"

"很有19世纪末思潮[1]的意味啊。"他议论。

※1　1880—1890年在法国艺术圈子兴起的一股带有犬儒主义和悲观主义色彩的思潮。

"不想被晾在一边是有道理的,不是吗?"她问,"就算一个人不愿意参加那些活动,也并不希望不被邀请,因此往往会去参加,尽管更情愿待在家中。"

"我觉得,要是大部分人的动机都是这样的,你们纽约的社交聚会大概会很沉闷吧。"他笑了一声,回应道。

"是很沉闷,"她平静地回复,"有时候相当沉闷。不过,当然了,不去也不行。"

"我想也是。"他表示同意。

"可我有时也在寻思,"她继续说,"社会上的那些无聊人都是从哪儿给刨出来的。有时,在连续一个月参加没完没了的晚宴之后,我会绝望得想弃绝尘世。唉,去年冬天我对丈夫说,自打我们从佛罗里达回来后,没有一个晚上是待在家里的,而且没有一个晚上是过得愉快的,一个都没有。他觉得不至于那么糟糕,也许对他来说不至于,因为我相信女人不像男人那么麻木。当然,偶尔会有一个我觉得自己应该喜欢的晚宴,但结果都令人失望。我会见到某个我愿意与其交流的聪明人,我会见到他坐在长餐桌的另一端,仅此而已。倒是某个沉闷的老男人陪我进餐,吃完饭后大概会有两三个毛头小子走过来,试图恭维我，于是成功地挡住了那些或许真有话可说的男人。"

"尽管如此，还是有那么多人费尽心思要进入你们的圈子，"他说，"如果我对纽约小说里的描述理解正确的话。"

"确实，"她回答，"我估计我们的满足感主要来源于此——我们知道那些想拜访我们或者希望被我们拜访的人都嫉妒我们。我估计，对进入上流社会的渴望填补了许多女人生命中的空白，这种渴望给了她们生活的动力。"

"她们似乎并没有她们的'敌人'那么快乐[1]，"莫顿议论，"她们活得很苦很累。在那边的角落里，我看见一个漂亮女人，还无意中听别人提到她的名字——赛勒斯·普尔太太，是那个华尔街操盘手的妻子。我一看到她满脸志不得意志不满的神色，就觉得她或许正是我读到过的那种努力跻身上流社会的人。"

"普尔太太？"苏达姆太太淡漠地重复着，"我不了解她。当然，我见过她——在这个圈子里谁跟谁都见过——但是我不了解她。她长得挺漂亮，她也的确在奋力

---

[1] 典故出自英国作家瓦尔特·斯科特的叙事长诗《湖边夫人》。

争取社会地位。向上爬、往外拓是她的座右铭——人往高处走嘛！他们常说，去年整个冬天你都能听见她攀高结贵的爬梯声。不过话说回来，他们这样议论过很多人！他们都说她聪明，说她请客一掷千金，所以我毫不怀疑她早晚会成功。不过到时候，她恐怕会十分失望。"

莫顿笑了："照你的话说，力争上游不是喜剧反而是悲剧了，而且我得承认，我忽然觉得其中不无一丝闹剧的色彩。"

"是够荒谬的，不是吗？"她笑答，"我们不就是一群势利眼吗？吉米说，纽约的上流社会几乎跟伦敦的一样势利。"

片刻的沉默之后，莫顿略显生硬地问："苏达姆先生怎么样？你知道，我还没能有幸见他一面。"

"是吗？"苏达姆太太回答，"你就快见到他了。他去驾驶乔治·韦斯滕的马车了。看，他们来了！"

小号声响，竞技场靠近第四大道那端的围栏门被打开，一辆马车驶入圆形场地。一个非常壮硕的男人孤零零地坐在车夫座位上。

苏达姆太太举起长柄望远镜看了看驾车驶来的马车夫。

"噢,那不是吉米,"她马上说,"显然不是。那是被人叫作'堆肥'的那个人。"

小号声再次响起,第二辆马车拐进圆形场地。拉车的是四匹一模一样的栗色马。驾车人又高又瘦,看样子还年轻,他淡然地坐在车夫座上,当马车的一个轮子蹭到门柱发出刺耳的声音时,他也没流露出丝毫的恼怒之色。

"那就是苏达姆先生,"和莫顿交谈的女士说,此时四匹栗色马正轻快地小跑着经过他们面前,车夫座上的男人挺直了身板,娴熟地挽着缰绳。

"他看上去很专业。"莫顿评价。

"可不是吗?"苏达姆太太回应,"要知道,他曾驾驶从伦敦到布莱顿的马车,驾过三年。大家都说他的驾车技术十分精湛。我和他说过,要是哪天我们的钱全没了,他一定可以做个非常优秀的马车夫。"

"那些栗色马真是绝配,"大学教授说,"而且苏达姆先生驾驭得十分出色。只可惜马的尾巴都被剪短了!"

"噢,这是英式剪法,"她解释,"这样才时尚。不过这样很丑,是不是?你还记得那匹肯塔基母马的尾巴吗?又长又漂亮,就是那天我骑过的那匹——"

说到这里，苏达姆太太突然停住了。

"是的，"莫顿回答，眼睛并没有看她，"我还记得。"

苏达姆太太克服了小小的尴尬，轻轻笑了一声。

"我真是太无礼了！"她说，"我一直在谈论我和我丈夫，却没问你的情况。你结婚了吗？"

"没有，"他回答，抬眼看着她，她又脸红了，"我想，我可能这辈子都不会结婚了。这个世界上只有一个女人是我心所属的，我跟她说了，但她根本不喜欢我，她也跟我说了——然后她就跨上那匹肯塔基母马，带着我挂在她鞍头的心，策马远去了。"

"你会找到比她更好的女人，"她这样作答，"一个远比她更适合做你妻子的女人。"

还没等莫顿作答，先前在包厢然后去参观马厩的姑娘和两个小伙就回来了。小号声再次响起，评判员让四驾马车——苏达姆先生之后又有两驾马车入了场——再次绕场一周。随后，经过长时间的商议，评判员终于确定了奖项，马夫们飞奔过去，先把玫瑰结贴在由大块头先生驾驭的马匹身上，祝贺他获得第一名，然后转向苏达姆驾驭的马队，祝贺他获得第二名。获胜马车的分数显示在大厅各头的大布告牌上。几驾马车再次绕场一周，随后驶出场地。小号沉寂片刻之后，铜管乐队再次奏响嘈杂的乐声。

"吉米没拿到第一名，会不会不高兴？"刚回到包厢的姑娘问。

"我觉得他不会为此烦恼的。"吉米的妻子回答，恢复了先前的高傲态度。

她并没有把莫顿介绍给包厢里的其他人。

那么多人在场，他俩已经不可能像老朋友那样继续谈话了。莫顿发觉，自从姑娘和小伙子回到包厢，苏达姆太太对他的态度就不一样了。他很难描述清楚，但他感觉得到。或许她自己也意识到了。

他欠身准备离去的时候，她问："你这就走吗？我想让你见见我的丈夫。明天来我们家一起吃午饭好吗？"

莫顿表示感谢并遗憾地说他可能要赶午夜火车，又说十分荣幸再次见到她。然后，她再一次伸出手。一分钟后，他又置身于拥挤的人群中，沿着步道绕行了。

当他快要走到入口处时，乐声戛然而止，小号嘀嘀嗒嗒响起来，一个男人的声音断断续续地从场地中央传来，徒劳地想要告知挤在这座辉煌的竞技场中的数千名观众，世界上速度最快的马即将登场。目不转睛地盯着包厢里的男男女女的众人对这则公告毫不在意。对他们来说，就算一匹马能在没有陪跑马的情况下在两分钟内跑完一英里，也远远不如那些坐在包厢里的男人和女人有意思。

(1895年)

新年前夜的守候

12

四轮马车摇摇晃晃地从小巷子里出来,艰难地驶上大道,雪依然下得很大。车夫位上笔直地坐着两个男人,他们的大毛领上很快又堆积了大片大片的雪花。马车的窗户上结了一层厚厚的霜,车里那位训练有素的护士只能从一侧向外张望。她靠坐在这辆豪华马车里,身旁的座位上放着一个装满换洗衣物的包。每当她收到意外之请去负责一桩未知病例时,她都会感到好奇:不知这幢她即将走进的房子会是什么样,在让人骤然亲近的病房里,在不知多久的一段时间中,她被迫与之打交道的那些人又会是什么样。显而易见的是,这位病人既有钱,又舍得花钱——马车、拉车的马匹、身着制服的仆人,这些都是佐证。她还知道病人叫斯旺克，她好像在一两年前听说过一个名叫斯旺克的老富翁迎娶了一位年轻漂亮的太太。马车带着医生的便条来接她，她从便条上得知那位先生得的是急病，而且病情可能很严重。

那是一年之中最后的一天，天色很快就变黑了，马车沿着大道前行的时候给了她充足的遐想时间。旅店的窗户上还装点着圣诞花环，然而随着马车的疾驰，她只能透过持续不断的飘雪看到一点模糊的红黄色灯光。大道上，行人寥寥无几，只有当马车穿过宽阔的街巷时，她才看到结束了一天劳作之后下班回家的工人一群群地涌上街头。马车经过圣帕特里克大教堂，只见教堂已被白雪包裹起来，雪比石头更白。马车来到中央公园并继续前行，只见左边的宽阔草坪在渐渐降临的暮色中呈现一片灰色。终于，马车在街角的一座房子前面停了下来——在执业护士看来，这是一座很大的房子。它那大理石的墙面虽说不上阴沉，却也让她感到阵阵寒意。工人们正沿着大理石台阶匆忙支起遮篷的支架，而在积满雪的人行道上，一条小路已经被清扫出来。

随行男仆帮她把包拎上门廊，并为她按响门铃。

门旋即被一位英伦味十足的男管家打开了。

"这是为斯旺克先生请来的护士,"男仆说,"他好些了吗?"

"我看还那样吧。"管家回答。"这边请,"他对护士说,此时男仆已经把她的包放在了门内,"我先带你去斯旺克先生的房间,随后再把你的包送上来。"

护士跟随管家走上了刻有繁复暗纹的宽大的木楼梯。她注意到房屋内部灯光昏暗,仆人们来来去去,不知在为什么活动做准备。

"我们今晚要举办一场晚宴,"管家解释道,"只有二十四位嘉宾。可遗憾的是,斯旺克先生无法下来参加。我们现在把屋子弄得暗一些,这样到了晚餐的时候就不至于太热。"

无论照明不足的原因是什么,都让楼上比楼下更加阴郁——护士这样认为。

"那就是斯旺克先生的房间了,这是更衣室,供你使用——是大夫安排的。"管家说着带领这个陌生人进入一间天花板很高的小屋,屋里有一扇窗户朝向中央公园。遮光帘还没有拉上,孤零零的煤气灯正在幽暗地燃烧，房间里没有壁炉，墙边的沙发上铺着床单和毯子充当她的床铺。

这地方看起来是那么凄凉，她差点打了个寒战。但她训练有素，已学会不去在意自己是否舒适。

"这里就很好。"她肯定地说。

"我会让人把你的包拿上来，"管家说着正欲退下，"过会儿要不要吃点晚餐？"

"好的，"她回答，"我想待会儿吃点东西——方便的话随时都行。"

管家刚一出去又回来了。

"医生到了。"他敲着门宣布。

一个身材颀长、相貌英俊的男人威严地抿着嘴，迈着轻柔、坚定的步伐走了进来。

"你就是那位护士吧，"他开口说，"克莱门特小姐，对吗？你这么快就能按照我的指示过来，真是太好了。请你换好衣服，然后马上到隔壁病人住的屋子来，我会跟你交代一下你要做的事情。"

说完他便走了出去，过了不到十分钟，她就按照指示走进了房角上的那间大大的卧室。这个房间出奇的宽敞，有高高的天花板和四扇高大的窗户。

房间里生着一团暗红的火,看上去甚至不足以让那个精美的大理石壁炉变暖。靠近角落的地方放着一张大大的床,厚厚的帘子从一个顶罩上垂落下来。

护士走进房间的时候,医生正坐在床边。

"斯旺克先生,这位是克莱门特小姐,"他用欢快的口吻对一动不动躺在床上的老人说,"她会在晚上照顾你。"

斯旺克先生没有作答,但他睁开眼睛看了看这个过来护理他的女人。后来她常跟人提起,她从未见过这么锐利的目光。

医生转向她,同样以职业化的欢快口吻说:"护士小姐,我之所以请你过来,是因为斯旺克太太今晚有一场重要的晚宴,因此她可能无法给斯旺克先生所需的照料。"

医生是在对护士说话,护士却觉得他的这番话其实是说给病人听的,而那病人仍在目不转睛地盯着她。

突然,病人从床上坐了起来,开始剧烈地咳嗽。这阵发作过去之后,他又躺倒在枕头上,疲倦地闭上了眼睛。

"我觉得这次没有上次咳得那么严重,"医生说,

"现在,我可以把你交给克莱门特小姐来照顾了。如果午夜的时候我恰好路过这里,我会再进来看看你是否一切正常。与此同时,护士小姐,请你让他每两个小时服用一次胶囊——上一次服用的时间是五点半。如果他醒着,你要每个小时给他量一次体温。"

他用同样的欢快语气跟斯旺克先生道了晚安,然后向门口走去。护士心领神会,跟着他走了出去。

当他俩来到走廊里,身边没有旁人的时候,医生对她说:"要是他的脉搏或体温出现了任何变化,马上派人来叫我。摇铃找管家,告诉他必须叫我过来,他知道该怎么做。斯旺克先生只是得了流感,但他的心脏很脆弱,他需要悉心照顾。我今晚的最后一件事就是再过来一趟。"

护士回到角屋时,病人已经沉沉睡去,她便趁这段时间为漫长的守夜做起了准备。在留给她使用的那间更衣室里,她把自己的东西摆放在伸手可得的地方。她不但没有把遮光帘放下来,还在窗户旁边站了一会儿,想要眺望中央公园,然而纷飞的雪花就像一道摇曳的纱帘挡在眼前。工人已经搭好了从门廊通往人行道边的帆布通道,通道里挂着灯笼,在灯光的照耀下,条纹遮篷的奇怪形状尽显无遗。护士向下凝望的时候，看见一个连外套都没穿的老人站在挡雪篷的入口处，想在那里暂避风雪，不料却立刻被守门的仆人赶走了。

护士又回到大屋子里，看见病人还在温暖的被窝里熟睡。她纳闷生活为何如此不公：为什么那个人得在大雪纷飞的街上过夜，而这个人则拥有钱能买到的一切——居所、温暖、食物和侍候。她想起自己的父亲过去常说，我们在周围所见的不平等都只是表面现象，对于一切的贫乏都有所补偿，只是我们不知道罢了，而一切明显的优越都会通过某种方式、在某个时刻得到偿还。她从未像今晚这般怀疑过父亲的说法到底有没有道理。流落街头的老人和躺在床上的这个老人之间，除了不平等，还能有什么吗？她觉得不可能有了。

在逐渐适应房间里的昏暗灯光之后，她注意到，这里的家具又黑又笨重，地毯出奇的厚，墙上挂着巨幅油画，天花板上画着色调沉郁的壁画。在她四周全是财富和乐于消耗财富的证据。然而这个房间和整个屋子在她看来怪讨厌的，甚至令人厌恶。她自问，那个躺在大床上熟睡的病夫为什么没有更好地利用自己的财富，为什么没把自己的病房弄得宜人一些。她随即嘲笑起自己的愚蠢。房间的主人当然不曾预见到自己会病倒,他装修房子的时候当然不曾想到疾病。

她轻轻地在房间里走动,想看看那些画,但光线不足。她能辨认清楚的只有刻在小牌子上的画家姓名,那些小牌子都附在宽边的画框上。尽管她对绘画没什么了解,可她毕竟读过一点报纸,知道这些画家的画值很多钱——很可能一幅就值好几千美元。要是她有几千美元可以支配,她相信自己能把这笔钱花在比这家房主的作为更有利的地方。她再次强烈感到,这个病夫所拥有的远远超出了他应得的人生馈赠。她还未曾听他开口说过话,她其实也没有仔细观察过他的相貌,但她忍不住想,一个拥有这么多东西的男人,一个有能力做这么多事情的男人,一个完全自主的男人,一个只要乐意就能一掷千金的男人——她忍不住想,这样的男人应该是幸福的。的确,他现在病倒了,但流感终究会退去,等他康复之后,坐拥这么多财产的他一定比别人快乐——比那些穷人要快乐得多,这是一定的。

得出这个结论的时候,她正站在床脚附近,看着躺在那里沉睡的人。七点半的钟声已经敲响,她过来是想请他再次服药。这时她才注意到他的眼皮并没有合上,他一直在看着她。

"现在该吃一粒胶囊了。"她说着轻轻来到他身边,把药递给他。

他一言不发地接过胶囊,就着一口水咽了下去。然后他躺回到枕头上,不料又马上坐直了,身体又一次在一阵剧烈的咳嗽中颤抖。

他总算又躺回床上,但还在喘着粗气。

通向走廊的门外传来一个朝气蓬勃的声音,说:"约翰,我可以进来吗?"随后,一个优雅的年轻身影像只鸟儿似的飘进了房间。

病人睁大双眼看着妻子向他走来,笑容让他的脸变得明亮起来。

"你可真美啊!"他说,声音虽弱,却充满自豪。

"是吗?"她答道,笑了笑,"我今晚是尽力打扮了一番,因为全纽约最漂亮的女人都会过来,她们都是参加吉米·苏达姆太太的舞会的,我希望自己不输给她们中的任何一位。"

在这位妻子走过来之前,护士就退到了窗户边上,她相信吉米·苏达姆太太舞会上的任何女人,不管是谁,都不会比眼前这个正微笑着站在病夫身边的女人更加美丽。

这位老夫的少妻是个金发女郎，年纪很小，穿着低胸的天蓝色裙子，修长的雪颈上挂着一串硕大的珍珠项链，秀气的脑袋上戴着一顶钻石头冠，反射的光芒投向这间阴暗病房的各个角落。

"我想我应该趁大家还没到的时候跑过来看看你怎么样了，"她轻声说，"你知道，晚餐八点差一刻开始。我真心希望你能下来。我们会非常挂念你的。当然，我在最后一刻发出了邀请，找了一个男人来填补你的位置，凑足二十四个人，但是——"

她突然住了口，因为看到房间里还有一个人。

"那么，这位就是奇弗医生找来的护士啰？"她接着说，"我相信她一定会好好照顾你，约翰——医生一向十分细心。再说了，要是没有人陪你，我可不愿意把你一个人留在这儿——真的，真的不愿意！"

她说着又绕床走了一圈，转身朝门口走去。

"我得走了，"她解释道，"我不能就这样把时间浪费在你这里。我现在真该下楼去客厅了，而且我还得先检查一下桌上的花是否都布置好了。"

丈夫的双眼一直怅然地追随着她，注视着她的每一个轻巧而优雅的动作，待她终于消失在门外之后，过了好一会儿，他才转过头来用询问的目光望着护士，似要得知她对那位美妙绝伦的可人儿做何感想。

护士拿着医用体温计走到床边。

"你现在醒了，"她和善地笑着说，"我可以量一下你的体温吗？"

五分钟后，她把体温计上显示的体温记录到笔记本上，病人也再次坠入梦乡。这时，来参加夫人晚宴的第一批客人开始抵达。

车轮碾轧在厚厚的积雪上毫无声响，然而当受邀的客人一个接一个地穿过帆布通道时，护士还是听到了关车门的砰砰声。从安排给她使用的更衣室的隔壁房间传来了丝织物的沙沙声，人们的说话声有时如此高亢，以至于谈话的片段偶尔会飘进那个默然坐在病房里的年轻女子耳中。当所有宾客全部到齐之后，房子又复归寂静，楼梯转角处的一座大钟敲响了八点的钟声。

病人睡着的时候，护士没有什么事情可做。尽管她的身体一动不动，思绪却纷飞不止。她从小在乡间长大，后来离开那座靠海的新英格兰小村，去外面的世界闯荡。到现在，她成为执业护士已有近两年的时间了，然而，她的工作地点不是旅店，就是中等收入家庭。这是她第一次进入这么富丽堂皇的宅子，看到如此富有的人们。她情不自禁地感知着周围的一切，而且发觉自己也在渴望能这么有钱。她承认自己十分乐意作为宾客去参加楼下的晚宴。她很好奇，不知道一张可围坐二十四个人的餐桌会是什么样。能够举办奢华的宴会，而且不用担心筹备、开销等一切问题——噢，哪个女人都会乐于过这样的生活。她觉得自己有花钱的才能，也享受得起任何程度的奢华。她热爱她的职业，因为这是自己的选择。她也干得很成功，不过，她渐渐有些担心自己高估了自身的体力。这份工作十分辛苦，限制又多，她近来不止一次地感到疲劳过度。也许再过一两年，她储备的精力就会耗尽，而她也不得不放弃拼搏，返回家乡。家里的大门自然永远为她敞开，但是这样一来却会加重母亲已经肩负的重担。

还有另一条路可走，当她独自坐在病人身边，坐在豪宅中的这间昏暗的角房里时，这条路充满了前所未有的吸引力。她可以嫁人。不止一个男人向她求过婚，其中一个男人向她求过不止一次婚。他不屈不挠，至今不愿将她的拒绝当作最终的答复。他还算不上是个老头子，尽管他的年纪是她的两倍。他是个有钱人，尽管同她坐在其中安静沉思的这座豪华却压抑的宅子的主人比起来，他没那么富有。诚然，她并不爱他，这是毫无疑问的，但她确实很尊重他，而且她听说，有时爱情会在结婚之后萌发。他能让她得到她想要的一切，他也准备把他拥有的一切都给她。要是她嫁给他，她也能举办二十四人的晚宴，也能佩戴珍珠项链和钻石头冠，而且到那时，她有了钱就能做许许多多的善事。

在医院，以及后来在穷人中间服侍的过程中，她遇见过太多的苦情，不是凭她一己之力就能消除的。如果她拥有财富，她就能完成许多现在做不到的事，她能做各种各样的善事，她能扶危济贫，帮助弱者，而且能比那些出身富贵、从未有过她的生活经历、没遭遇过不幸和苦难的女人做得更加娴熟，游刃有余。她觉得她很了解自己的品质，也相信自己有强大的意志力来抵抗围绕着富人的种种诱惑。她自认为是个无私的人，觉得自己无法独享有可能临到她的财运。她郑重地下决心，要是她嫁给了那个准备娶她为妻的男人，她一定要投入大部分的金钱和时间去做善事。当然,她会打扮得符合自己的身份地位,也会极尽奢华地招待宾客,但是当她举办二十四人晚宴的时候,在她门前瑟瑟发抖的老人绝不会被赶走。

她的遐想被震颤病人身躯的阵阵咳嗽打断了五六次,她觉得咳嗽似乎越来越频繁,也越来越剧烈了。九点半,她再次给他喂药,量体温。随后她生起火,火烧得不旺;她抻平床上的床单,把枕头翻了个面。

他很快又进入梦乡,但呼吸有些沉重,还在睡梦中不安稳地翻来覆去。房子里异常安静,楼下聚会的响动丝毫没有传到楼上角房里的护士耳中。偶然走进更衣室的时候,她发现那里放着一个托盘,盘里盛有几样从晚餐桌上取来的菜肴。她很高兴有东西吃,就坐在窗边享用起来。厚厚的、柔软的积雪几乎沉寂了平日街头的一切喧嚣。大道上来往的马车好像在毛毡上行驶一样寂静无声。不过,乘坐雪橇的人越来越多了,听着铃儿叮当,她联想到了愉快的伙伴和热闹的活动。忽而,一辆消防车飞快地从房前开过,平日的那种轰鸣被厚重的积雪削弱了,当车子临近街口时,刺耳的警笛声阵阵传来。十分钟后,消防车又慢慢地开了回来。原来只是虚惊一场,护士感到高兴,因为她知道,这样的夜晚在拥挤的出租屋里发生火灾是多么可怕的事。

她还没用完这顿迟来的晚餐,厅里的大钟就用低沉的音调告诉她十点已到,即将过去的这一年只剩下最后两个小时了。接下来的一个小时里平静无事,除了病人偶尔咳醒。

在一年将尽的时候,护士突然觉得这一年在她人生中的意义要超过以往的大多数岁月,因为在十点到十一点之间,她终于下定决心,要嫁给那个想娶她为妻的有钱人——尽管她并不爱他。决心已下,她就任由思绪驰骋,畅想未来。当然,他们要到春天才会结婚,然后会去欧洲度蜜月。秋天的时候,她会力劝他把家搬到纽约来。他热爱自己的家乡小镇,但是他迟早会适应城市生活的。他们可以买一幢新房子,俯瞰中央公园的房子——也许就在这一带,在她就着病房的朦胧灯光置身其中的这幢房子附近。她发现自己在想,要是她买下隔壁的房子,不知这位病人的年轻貌美的妻子是否会登门拜访。想到这里,她不自觉地露出了笑容。

十一点刚过,她再次听到隔壁房间传来丝织物的沙沙声,紧接着,从下方街道上传来仆人为离开的宾客叫马车的吆喝声。不过,有些宾客仍迟迟不去,因为将近半小时之后，病房门才被打开，病人的妻子才带着优雅的倦意再次款款走进来。

当她向他走过来时，他的双眼立刻盯住了她，脸上也露出了满意的笑容。

"你一直在睡觉呢，是不是？"她开口说，"我太高兴了，不用说，这对你很有好处。我们都在楼下挂念你呢，所有人都问到你，都说你不在真令人遗憾。你一定要赶快好起来。到时候，我会再举办一场这样的晚宴，这次办得可成功了。那些花漂亮极了——而且我觉得，哪个女人的礼服都不如我的漂亮。我还知道，她们一个个都算上也没有我这么雅致的钻石。我相信，参加舞会的人也没有谁会戴着和我一样多的钻石。"

"坐到我身边，给我讲讲晚宴上的事儿吧。"生病的丈夫说。

"噢，我可不能耽搁，"年轻的妻子回答，"我得马上走。我得赶到那边去参加辞旧迎新。他们说吉米太太为大家准备了一个惊喜，晚宴上的人没一个猜得出会是什么！"

"你今晚要去参加舞会吗？"卧病在床的男人问。护士在他的眼睛里看到了恳求的神色，尽管他的妻子并没有觉察出来。

"当然要去了,"妻子回答,"我绝不会错过的。我觉得在新年前夜跳支舞是个极好的主意,你说呢?真希望你身体好,能同去,吉米太太一定会问起你的——她总是这么彬彬有礼。你不会挂念我的——再过五分钟,你又会睡着了,对不对?"

"也许吧,"他回答,还是紧攥着她的手指,"我会努力去睡的。"

"这就对了,"她一边说一边抽开手,向门口走去,"我会把你交给护士照料。她怕是比我照顾得还周到呢。有人生病的时候,我从来帮不上什么忙。那就再见啦。但愿我回来的时候你会有好转。当然,我会过来道晚安的。我也不会弄得太晚——三点前到家吧——最晚四点。"

说完,她款款离开房间,临走时回头冲丈夫笑了笑。他的双眼一直追随着她,在她离开之后,他又盯着门口看了好久。他的脸上有一种饥渴的神情,在护士看来,他就像一个在富足之中忍饥挨饿的人。他一边妄想那美丽的身影或许会回转,一边安静地躺着,同时却凝神细听,直到听见马车门砰地关上,才放松下来,在床上辗转反侧。

那时正是十一点半,护士遵照医嘱给他量了体温,又喂他服了一粒胶囊。她觉得他烧得越发厉害,咳嗽也越发频繁了。即便她看到病人再次沉入断断续续的睡眠之中,她还是希望医生能尽快过来。

直到离午夜只差几分钟时,医生才姗姗赶来,护士因而有时间彻底反思自己并非出于爱,而是为了钱而嫁人的决定。她的决定是经过深思熟虑之后慢慢形成的,而推翻这个决定却是突然的、毫不犹豫的、不可挽回的。是病夫眼中那无声的恳求让她改变了想法。看到那眼神之后,她觉得自己不可能走进一场无爱的婚姻——不仅是为她自己考虑,也是为她要嫁的男人着想。要是他爱她,她却不爱他,他们之间就不会存在公平交易。她就是在欺骗他。当看清这种交易的本质之后,她正直的心感到了厌恶。她已经不止一次地拒绝了他的求婚,而现在,她的拒绝便是最终答复。

她在窗边站了一会儿,向外望去。雪已经停了,云也撕开了一道缝,月光透过云层断断续续地洒下来。风在公园的大草坪上一个劲地吹,吹弯了落雪树枝的白色骨架。

三辆巨型雪橇满载欢乐嬉笑的人群从大道上经过,坐在雪橇上的人们互相对着歌。号角的嘟嘟声在一条小巷里反复响起,从城市两边的河船上传来越来越响、越来越频繁的汽笛声。手枪的射击声时不时地鸣响。旧岁最后一天的午夜就快到了,人们即将照例在嘈杂的喧闹声中迎来新的一年。

护士刚从窗边转过身,医生就走进了房间。她简短地报告了老人的病情,说他的咳嗽越发厉害,身体也似乎更加虚弱了。

正当他俩站在床脚说话的时候,病人又爆发出一阵猛烈的咳嗽。他坐起身来,在剧烈的咳嗽中颤抖——这次比之前的任何一次都更剧烈。他似乎要努力寻求解脱,却是徒劳,随后又无力地瘫倒在枕头上。医生立刻走到他身边,把手放在他的心脏上。短暂的寂静之后,楼梯上的大钟敲了十二下,钟声与屋外的手枪声、号角声和汽笛声的喧嚣混在一起。

"这正是我担心的,"医生终于说,"我估计他是得了心脏脂肪变性。"

"他——他死了吗?"护士问。

"是的。他死了。"

而窗外刺耳的喧闹声过了十分钟才渐渐平息下来。

(1895年)

译后记

世界上恐怕很难再有第二个城市像纽约这样，让我们感到既熟悉又陌生吧。

它出现在无数本书中：旅游书里的人在寻访街角的美食，艺术书里的人在探讨梵高的星空，推理小说里的人在这里死了八百万次。它出现在房间角落的荧屏上，IMAX 3D的巨大幕布上，我们面前的电脑屏幕上。我们见证了无数结局美好的爱情和阴差阳错的遗憾在这里上演：因为一副莫名的同时适合赠送男朋友和女朋友的手套而引发的天注定的情缘，给时尚杂志老板卖命结果差点夭折的感情，建立在为纸杯蛋糕的事业奋斗拼搏之上的友谊。我们觉得自己已经看遍了中央公园每一个角度的美景，从航拍飞机上，从高级办公楼的窗口，从慢跑者的身旁。我们甚至看着它一次次被摧毁，被厚厚的寒冰覆盖，被不知名的病毒感染以至于全城沦陷，在七百年之后成为人猿瞳孔里的一尊立在海边高举火炬的手。

正因如此，当我2011年到美国学习，顺道和朋友一起去纽约度春假时，我以为眼前的一切并不会让我觉得新奇。但是我错了，这座城市的内心如此充盈丰富又自相矛盾，它不是三言两语能描述得清的，也不是文字和图像能草草勾勒的。中央公园在晴好的天气里和阴冷的时节中完全是两副样子，你有时恨不得多驻足一阵看艺人卖力的表演，有时又想尽快离开冷清的湖边回到大街上。歪戴帽子的街头少年冲着我们吹口哨。脚步匆忙的行人被我们拦住问路，结果路人甲和路人乙指出了截然相反的方向。地铁站里，肥硕的老鼠从我们面前狂奔而过，在纽约生活很久的同学对此见怪不怪，却吓了其他人一大跳。我们当时念书的地方在大农村，没有电影院，几个人商量着晚上看场电影，却没注意到电影票上并无座位号。等电影开场前五分钟进去的时候，影院里几乎座无虚席，我们差点跟更晚入场的人一块儿坐到台阶上。当时停留的时间太短，很多以为到了纽约一定会做的事情都没有去做。我们没有去华尔街，没有去帝国大厦，甚至没有去看自由女神像，而是在MET和MOMA里消磨掉了大部分时间。唯一能从心愿单上画掉的事情恐怕就是去看一场百老汇音乐剧了，不过剧场的陈旧和观众的稀少也远在我们的预料之外。

纽约就是这样充满惊喜，每一个走在街上的人看在眼里的一定各不相同。这一点在詹姆斯·马修斯的笔下也得到了印证，何况那是19世纪末的纽约，是四轮马车还在麦迪逊大道上飞驰的年代。少女欣赏街道和花园里的春色，小伙子留意的却是姑娘美丽的容颜。上流社会的女主人只在乎晚宴的成功，穷苦大众则看到被房东赶出来的一家子在街边点亮了一支蜡烛。身无分文的青年在街头长凳上挨过漫漫长夜，找不到工作的老头在酒馆里默默地吐着烟圈。每翻过一则新的篇章，你又会从另一个人眼中看到一个新的纽约，而这也许就是本书的妙处所在。

这是我第一次在译言上参加翻译，也是我第一次得到翻译小说的机会。我并没有特意选择一本和纽约相关的故事集作为开端，不过这也许说明纽约和我的缘分还未完待续。翻译这本书是一个学习的过程，不仅让我从一些从未接触过的角度重新了解了纽约，还让我学习到了不少英文知识——特别是翻译《新剧排演》时接触到了不少戏剧方面的专业词汇，查资料的过程颇为曲折，还好得到了负责人燕楠的不少帮助。当然，我从燕楠和合译者王力军身上也学到了很多。我此前一直独立翻译，在经历了这本书的翻译之后才发现，要是碰到了对的合作伙伴，合作翻译确实益处颇多。我有一些累积多年却一直没有得到纠正的语言习惯和标点用法被一一指出，翻译过程中不小心出现的纰漏自己复校时很难觉察，但两位合作者总能凭借火眼金睛揪出错误，从而也保证了这本书翻译的准确性和成文质量。这一次和你们二位一起的"纽约之行"如此独特，真是意料之外的收获。

纽约，我们下一趟旅途再见。

徐蓓思